本书获

2020 年国家出版基金资助

2020 年贵州省出版传媒发展专项资金资助

谢六逸 全集

一

谢六逸 著
刘泽海 主编

贵州出版集团
贵州人民出版社

图书在版编目（CIP）数据

谢六逸全集 / 谢六逸著；刘泽海主编.
-- 贵阳：贵州人民出版社，2023.3
ISBN 978-7-221-17060-6

Ⅰ.①谢… Ⅱ.①谢…②刘… Ⅲ.①中国文学 - 当代文学 - 作品综合集 Ⅳ.①I217.2

中国版本图书馆CIP数据核字（2022）第004753号

XIELIUYI QUANJI
谢六逸全集
谢六逸 著　　刘泽海 主编

出 版 人	朱文迅
责任编辑	陈丽梅　葛静萍
英文译审	杨山青
装帧设计	高玉荣　元典文化
责任印制	蔡继磊

出版发行	贵州出版集团　贵州人民出版社
地　　址	贵阳市观山湖区中天会展城会展东路SOHO公寓A座
印　　刷	深圳市新联美术印刷有限公司
版　　次	2023年3月第1版
印　　次	2023年3月第1次印刷
开　　本	**889**毫米×1194毫米　1／32
印　　张	196.75
字　　数	4345千字
书　　号	ISBN 978-7-221-17060-6
定　　价	1980.00元

如发现图书印装质量问题，请与印刷厂联系调换；版权所有，翻版必究；未经许可，不得转载。

谢六逸像

谢六逸的家庭　杨玉成　摄

谢六逸居家照

谢六逸（长衫居中者）在复旦大学与新闻学系同学合影

谢六逸夫人鲍歧女士

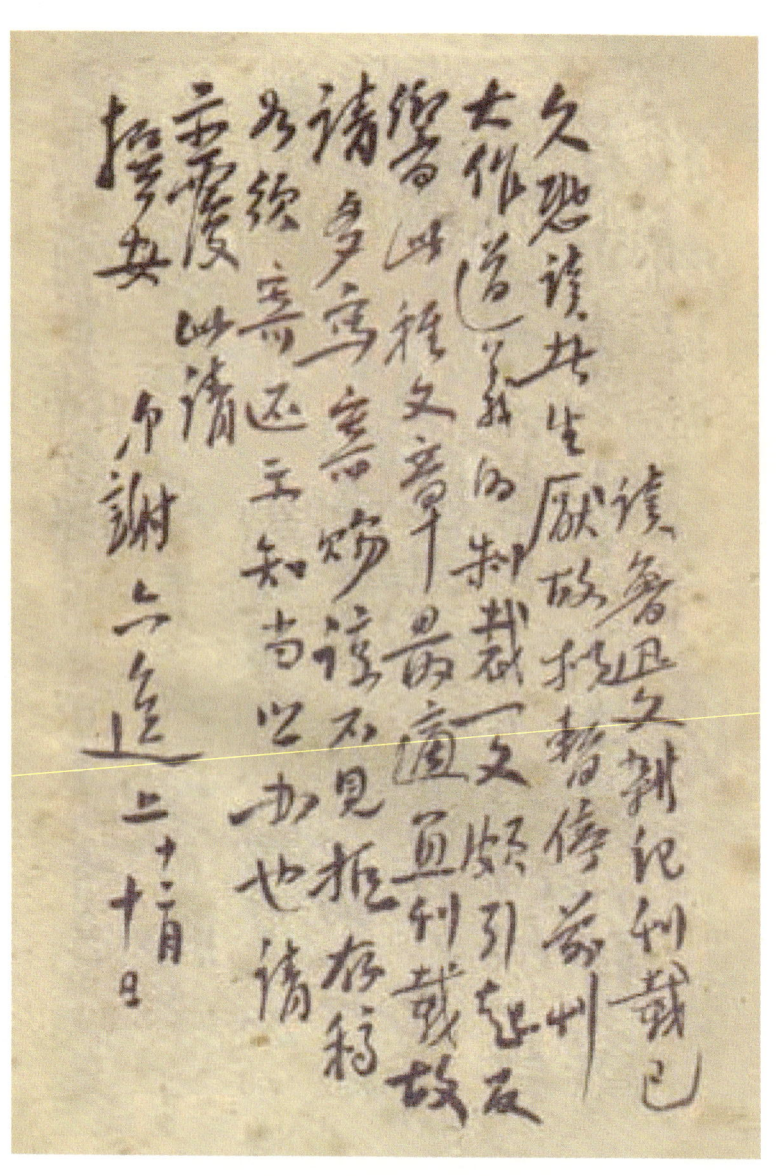

另境先生：久恐读其生厌，故择修蕴州读署近文辑记刊载已大作迄未知裁一文颇引起反响此稿文章最适宜直刊载故嘱另抄一寄多终寄去妙谅不见拒存稿多抄寄去主知当必加也请垂震慶妙请即谢六逸上 十二月十日

1936年12月10日谢六逸致孔另境信

新中國文藝叢書

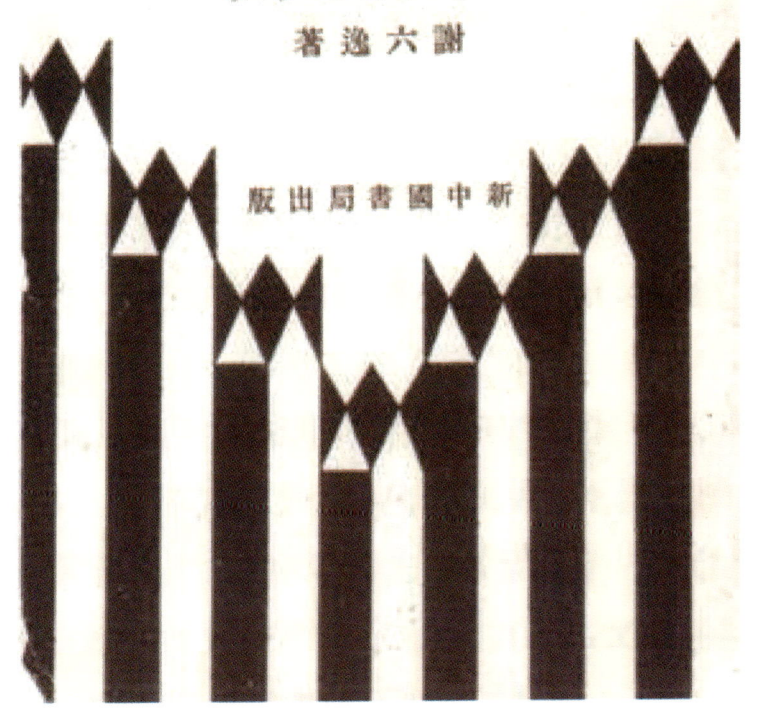

茶話集

謝六逸 著

新中國書局出版

谢六逸作品《茶话集》封面

谢六逸题赠吴秋山《茶话集》

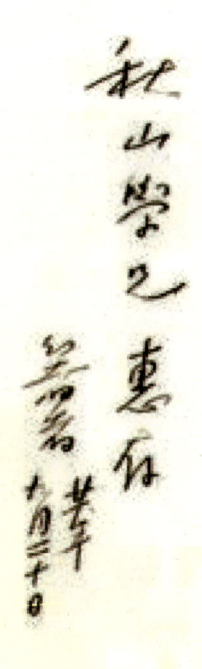

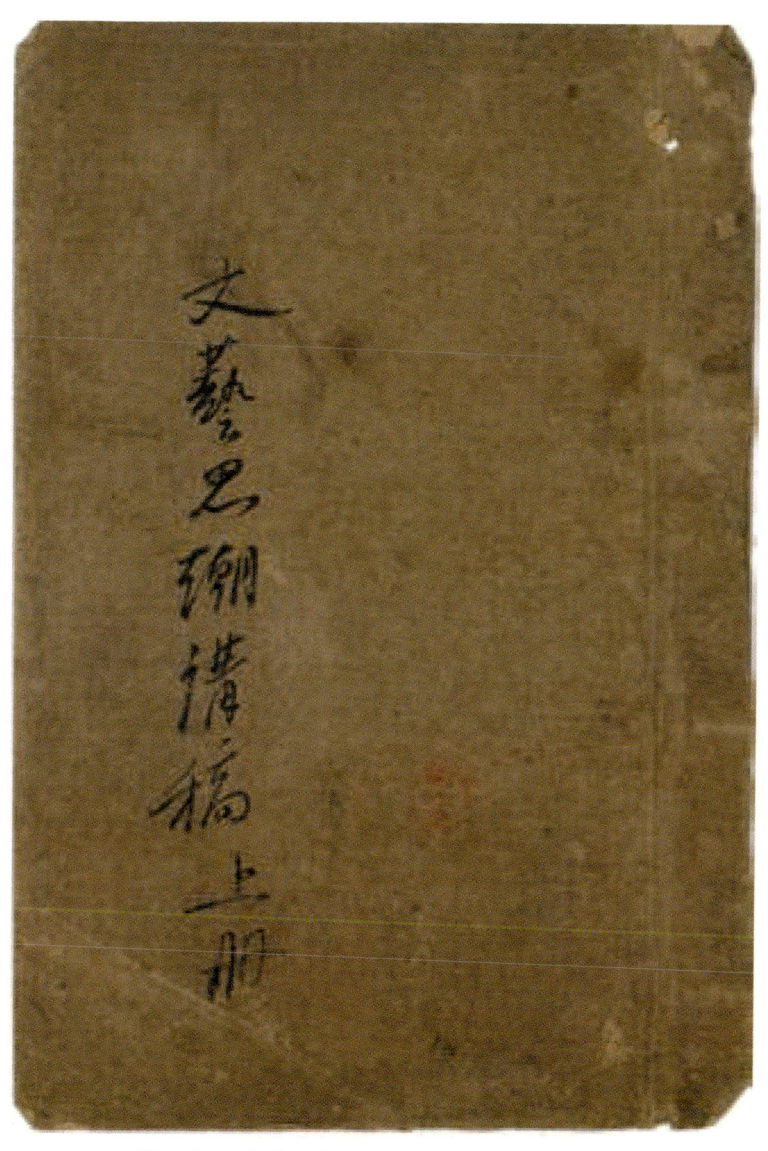

谢六逸手稿《文艺思潮讲稿》（上册）封面

文艺思潮笔记

第一讲 绪论 如何言之

（一）範畴·问题

甲：文艺思潮之性质。

茅（第）一点：文艺思潮是研究什么

"文艺思潮"這詞，在西洋原意是：main currents in literature，它是講文學上之各種傾向，各種理論（包含主義扁主張。）即是文學史上之各種集團，各種派別，假如其傾向相同者，便同站在「集團内，作同一之文學運動。文艺思潮，便是研究文學史各種集團的傾向的理論。

第二點：文藝思潮所研究的對象。

文藝思潮所研究之對象，是以歐洲文藝為主的。在中國文學史上，向說不到思潮二字，因為中國過去的文人，都是個人的，不是社會的，所以有文人相輕之辭，如李白杜甫各有個人不同之點的思想，而不能成為一個集團，不能站在同一傾向以做文學運動。所以文藝思潮，要以歐洲為對象。但中國自新文學運動發生後，已由歐洲文藝思潮接受，講到最近的中國文

谢六逸手稿《文艺思潮讲稿》（上册）第二页

谢六逸长女谢开志赠中国现代文学馆谢六逸手稿
《东洋文学史》捐赠页

谢六逸手稿《东洋文学史》内页

贫贱不移威武不屈励志已平生
论定盖棺君或无愧

家徒立壁我将何如
老亲在堂幼子在室临危无一语

谢六逸夫人鲍歧1945年作联、谢六逸之孙谢军2022年手书谢六逸挽联

贵阳市文物保护单位：谢六逸墓　张羽飞　摄

谢六逸墓碑　张羽飞　摄

编　例

一、全集所收文稿为谢六逸的图书著作(含正式出版和非正式出版)、报刊文章、他书所录谢六逸文章、谢六逸为他人作品所作序文,及部分作者在报刊中已公开发表的书信;未发表之书信,因涉及他人隐私,暂时未录。

二、在版本选择方面,全集所收著作如版本较多,进行版本对比后,择优选择底本;报刊文章一般选择首发作品。每种书附有整理说明,略述版本情况和整理者工作。

三、全集编排顺序如下:著作按类别以出版时间顺序编排;报刊文章分报刊按时间顺序编排。已收入著作的报刊文章,不再作单篇文章收录,仅在报刊文章总目中括注著作名称,作存目处理。

四、全书用现代规范简体字横排,个别用简体字可能妨碍文义表达处,仍用繁体字;专名中的异体字酌为保留。

五、校勘整理以尽量保存原貌,并兼顾现代读者阅读习惯为准则,凡作者习惯的具有时代特色的遣词方式,如"喜欢"作"欢喜","季节"作"节季"等,均仍从其旧。著作中某些当时曾普遍使用,今天其用法也有变化的代词、助词,如"伊""嗳"等,也不予改动。其余个别用字与当代通行规范不合者,如"缘故""原故"混用等,在今词典中仍有收录的,不予改动;但已经约定俗成的词语,如"仗义执言"作"仗义直言",及不利于阅读者,如"吧"有时作"罢","什"有时作"甚","的""地""底"混用等,则从今例。

六、文中征引前人著作、诗词,或转引他书,或仅凭记忆所录,与原文字句略有出入,除非影响文义或明显错漏,一般不加校改。

七、集中涉及选评其他作家的作品,及收录其他作者文章者,其用语均按底本,未作修改。

八、因底本成书年代较早,其外国人名、地名、术语等之翻译与现今通行译法不同,或《全集》内前后互异处,也均按原文排印。对于作品提及的作者及主要著作涉及的人名,有人名索引,并提供规范译法,以方便作者查找。

九、文中的年代、数字使用时多为汉字,但仍有混用情况,为方便读者阅读,公元纪年统一为阿拉伯数字;年号纪年及帝位纪年统一为汉字;数字统一为汉字;在有关新闻的著作中,涉及报纸发行量的表格则使用阿拉伯数字。作者于落款时的时间表述常有混用现象,除语义不清酌为修改外,一般仍予保留。

十、集中所收作品,如无标点或采用旧式标点者,按新式标点规范,重新标点。如原文已用新式标点者,在尊重作者的书写习惯的基础上,参考现行规范进行整理。对原著中诸多不符合规范和不统一的地方做了规范和统一。

十一、在不影响文义前提下,尽量保留作品原貌。原书无分段,则酌予分段;原书已有分段,在不影响文义前提下尽量保留,但与现行规范出入太大,已影响阅读者,则进行规范整理。

十二、凡是底本明显脱漏、讹误,径补正。底本在当时无误,现出现歧义者,改字用( )扩出,添字用[ ]扩出。缺漏、模糊无法辨识之处,以□标识。不能确定缺字字数者,用▭表示。

十三、原文注释一般遵照原貌,采取小字随文注形式;编者注统一为脚注。

十四、本书编录资料,一般采用最初发表时的标题。原无标题的,一般取第一句话为标题;第一句话过长或不适宜作为标题的,由编者根据内容酌加。

十五、为便于读者更好使用本书,还按现行规范对标题级别也做了一些整理。

十六、为求合理分类分卷,整理者与出版者进行反复讨论,多次切磋,但仍难避免某些卷册之间的个别篇章重复,敬请读者谅解。

序

谢六逸在《谢六逸先生访问记》①中提出,我们读书的目的是要满足我们的理性的;我们要从读书或研究中得到一条路线,也可说是人生的路线,包含道德、职业、人生观等;要借读书来培养我们的情感,仅仅具备职业上的学问和技巧是不够的。从谢六逸的为学与为人看,理性、温厚是贯穿其一生的关键词。以下从谢六逸的生平、作品及编纂说明三方面着手,但求穿越历史烟尘,稍稍窥见其风采。

一、生平

谢六逸,原名谢光燊,字麓逸②,号无堂,曾用笔名:何宏

---

① 培林撰,《长城》,1936年第4卷第3期。
② 贵州教育志通讯,1984年第2期。该书记载谢六逸毕业名字为谢光燊(麓逸),六逸之名,1920年才首次使用。

图、谢宏图、谢宏徒、路易、宏图、宏徒、宏毅、鲁毅、鲁愚、大牛、中牛、小牛、毅纯、仲午、头陀、路益、路、易、宏、徒、度、毅、逸、牛等,1920年以"谢六逸"名在《新中国》杂志发表译作《欧美各国的改造问题》,后即以此名行世。

1898年(光绪二十四年)9月27日(农历八月十二日)生于贵州贵阳指月巷,曾祖谢笠斋①;祖父谢朝燮,号晋臣,生二子二女。长子即谢六逸之父,名天赐,号森初,曾任都匀县知事。天赐生二子一女,长子光燊;次子光敏②,号竹铭;女字婉仪。朝燮盼后代诗书立身、讲求信义,乃命字辈为:天光开庆典、祖荫永新昭、学士经书裕、名家信义超。

谢六逸一生行迹主要在三处,即出生在贵阳、求学在日本、工作在上海,期间短暂停留重庆北碚,其中贵阳为其出生地,亦为其人生后期的避难地。以下以谢六逸在各地停留时间为序,略述其生平。

(一)贵阳(1898—1917)

谢六逸《读书的经验》:"我幼小时没有进过私塾,完全由我的父亲母亲教我。父亲教我读的书,使我受印象最深的,是一部《史鉴节要》。这书是他手抄的,他善作楷书,很工楷地写在雪白的厚棉纸上,装订得很精致,引起我对于书籍的嗜好。母亲能够暗诵许多诗词,她教给我许多诗,使我印象最深的是韩愈的《符读书城南》。"《符读书城南》乃是

---

①根据贵州省档案馆藏"模范中学第五期学生名册"。(全宗号122、案卷号130)
②据1926年11月26日谢六逸先生给妹妹谢婉仪的一封十多页的长信,该信现由贵州著名收藏家王立明先生收藏。

劝学诗,中有"金璧虽重宝,费用难贮储。学问藏之身,身在则有余"之句,是启发孩童立身宜正。谢六逸自言读书经验为六字"多读、深思、慎作"。在进入达德学堂高等部前,父亲的藏书如《红楼梦》《绿野仙踪》《飞驼子传》《子不语》等完成了他的初步文学启蒙。

1911年秋,谢六逸入达德学校高等部。1912年达德学堂改名为达德学校,1913年11月20日,达德学校"举行男学部高等五、六期〔谢光燊(麓逸)、梅筑培(梅生)、易廷鉴(智澄)等共四十人〕、初等第七期(三十七人)、女学部初等第六期(十三人)毕业式"。① 达德学堂的老师一方面向学生灌输民主、自由、平等、人权等思想;一面组织学生阅读《民报》《国粹学报》《黄帝魂》《革命军》等一类书报;同时大讲民族英雄抵抗外侮的事迹;到国外采购设备建立教学仪器室;招收女学生等,开风气之先。

1914年3月,谢六逸进入贵州省立模范中学,学习科目包括修身、国文、英文、历史、地理、数学、博物、物理化学、法制经济、图画、手工、体操,另有乐歌一门,没有考试成绩;物理化学和法制经济各为一科。② 谢六逸在《我青年时代所爱读的书:〈饮冰室全集〉》里说:"我在青年时代最爱读梁任公的文章……现在的青年与其读《古文辞类纂》,不如读梁启超的《饮冰室全集》。"

---

①贵州教育志通讯,1984年第2期。
②根据贵州省档案馆藏"模范中学第五期学生名册"(全宗号122、案卷号130),谢光燊入贵州省立模范中学的时间为1914年3月,毕业时间为1917年7月。

1917年7月,谢六逸在贵州省立模范中学毕业,根据贵州省档案馆藏"模范中学第五期学生名册"所录成绩,其同学刘金榜等成绩较好,谢六逸毕业时成绩处于中等偏上水平。1917年底,参加贵阳几所著名学校联合举办的官费学生的选取考试,考试科目有历史、语文、英语、体育等,历史考题题目为"试论俾斯麦在德国的政绩",语文题目"试论戊戌政变"。考试结果"第一名刘锡麟、第二名龙仲衡、第三名谢六逸、第四名李俶元、第五名冉为民、第六名刘崧生、第七名王若飞、第八名易志澄"。①

(二)日本(1918—1921)

1918年春,由黄齐生带队,贵州留日学生经上海乘坐京都号到长崎港,换乘火车,于3月8日抵达东京,入专为中国学生补习日语的补习学校。1919年4月23日,谢六逸入早稻田大学专门部政治经济科学习。② 其时留学日本者,政治经济科为当然显学,选择者众。

在早稻田大学,除五四运动期间随黄齐生先生组织的教育实业考察团(1919.5—1919.10)考察了江苏、山东、河南、河北、山西、北京等地外,谢六逸受杜威的"实用主义"影响,专注读书,特别是读文学相关图书,以求自强,其《读书的经验》一文总结此时的读书经历:多读、深思、慎作。

有记录的、谢六逸最早发表的文章是1917年在《学生》杂志发表的《泰西轶闻:亚洛温克里》一文,1918年以谢麓

---

①刘莹、刘容、刘君恒、刘君卫:《我们的父亲刘方岳教授》,贵州人民出版社,2005年。
②据早稻田大学谢六逸登记入学的档案。

逸之名在《小说月报》上发表《古墅女郎》(1918年第9卷第10号),这是其最早与文学研究会的关系线索,至1922年3月30日从早稻田大学毕业,①其间发表文章四十余篇,涉及《晨报·副刊》《神州日报》《新中国》《时事新报·学灯》《小说月报》《东方杂志》《文学旬刊》等几种刊物,文章内容主要讨论"欧美改革""妇女解放""平民教育""西方小说""文艺思潮""新诗研究"等,另有介绍或翻译托尔斯泰和果戈里等俄国文学大师作品者。其关心的关键词符合中国新文化运动的趋势,既在为新文化运动摇旗,也在结合自身专业,力求将新识见介绍给国民。谢六逸先生于1921年加入文学研究会,亦可见其与国内新文学的参与者,过往密切。

(三)上海(1922—1937)

1922年4月17日,日本归来的谢六逸入职商务印书馆编译所实用字典部,参加修订《综合英汉大辞典》直至1922年12月30日离职商务印书馆,仍在"馆外办事"。②

1923年1月,同为文学研究会会员的柯一岑推荐谢六逸代己任神州女学教务长,直至1926年神州女学停办离职,其间也曾至上海暨南大学、上海大学兼课。

1926年2月,入上海复旦大学中国文学科任教,主讲西洋文学史和东洋文学史。《复旦大学中国文学科章程》对复

---

①据早稻田大学档案,谢六逸毕业于日本早稻田大学政治经济科,获学士学位。1933年第三卷第一期《读书杂志》发表《作家自传:谢六逸自传》:"日本早稻田大学文学部毕业。"
②商务印书馆旧档案:"谢六逸君于民国十一年四月十七日进馆,在实用字典部办事","谢六逸等十六人等在馆外办事,均于民国十一年十二月底退职"。

旦大学设立新闻系的缘起和宗旨有说明。① 在此期间,谢六逸参与了复旦新闻系的相关工作。

1929年9月8日,复旦新闻学系正式成立,谢六逸为复旦新闻学系首任系主任。其将新闻学系的"办学方针"确定为:

1. 养成报馆编辑人才(如主笔、记者、通讯员等);养成报馆经营人才(如管理、营业人员等)。
2. 有正确的文艺观念与充分的文学技能;富有历史、政治、经济、社会之知识;指导社会之能力。②

至1931年国民政府教育部邀其主持制订全国新闻学系课程及设备标准,"因稔该系办理完善,且凤慕该系主任谢六逸先生对于新闻学造诣精深,经验宏富,故特敦聘起草大学文学院新闻学系课程及设备标准"。

可见谢六逸先生在短短时间内,将复旦大学新闻学系办成与北国燕京大学新闻学院(系)"并称瑜亮"的一流院系,其领导才能与专业修养可见一斑。

从进入复旦大学至1937年12月,谢六逸一家一直居住在上海,主要担任复旦大学新闻学系与中文系主任,学科建设和人才培养一直是其主要工作。而他对此间工作略有以下记录:这八九年来,我的生活就是所谓"教授"……如是

---

① 此说据梁德学、马凌:《复旦大学新闻学系的孕育、创建与早期建设(1924—1931)》,《新闻大学》,2019年第10期。
② 复旦周刊。

者八九年,我还是跑我的路,我不想改行做医生或者做律师,我有一股傻劲儿,就是多看一点书,这点劲儿消散时,那就什么都完了。①谢六逸在此期间共有三事:读书、教书、写书。《谢六逸全集总目(报刊文章)》所附97种谢六逸曾发表文章的报刊,有70余种报刊发表文章在谢六逸停留上海期间。上海期间作品略反映其工作和生活实际两方面。

工作方面:培养人才,大量办刊,学生实训,亲自指导;参加协会,担任要职,付出尤多,左支右绌;报刊所邀,偿还文债,办刊索稿,债台高筑。生活方面:学有所得,反复研究,发而为文;国内所无,恐人不知,竭力翻译;三餐所迫,卖文为生,撰稿结集。

(四)贵阳(1938—1945)

1937年12月,上海已然沦陷,复旦大学和大夏大学合组的第二联合大学分贵阳和重庆两处安置,大夏主要在贵阳,复旦主要在重庆。其时谢六逸一家辗转香港、广西、贵阳,暂时落脚谢六逸妹婿贺梓侨位于圆通街的余房。1938年春,谢六逸仍赴重庆为复旦学生上课,当年8月,谢六逸胃疾发作,应大夏大学校长王伯群之邀,离乡约20年后,终于重返故里贵阳,从此再未离开。

由于战时背景,到贵阳后,谢六逸一家疲惫于生存,数次搬家;又因学校待遇不能按时发放等原因,其时已有"越教越瘦"的说法。家中人口既多,夫人张罗家事,另有子女

---

①1935年第32卷第一期《东方杂志》所录《教书与读书》。

6人;老母在堂,需要赡养;与前妻易氏所生女儿宝娥亦需抚养;为弥补离家之憾,谢六逸先生也力所能及地照顾弟弟谢光敏的生活。①

谢六逸在贵阳的状态可以略为四字"迫于生计",他在给多人的信中提及此事,1943年5月27日,致徐调孚信"弟内迁以来,迫于生计,乏善可陈"。他的社会兼职也极多,曾在贵阳师范学院、贵阳文通书局、大夏大学、《中央日报》、贵州省临时参议会等处参与具体工作,主要为任教职、编杂志、参与文化抗战。他在贵阳的大夏大学即已因健康原因辞任文学院院长职务,日渐消磨,难以为继。

1945年8月8日,谢六逸因心脏病在贵阳师范学院寓所离世。其时老母王氏七十有六。夫人鲍歧女士挽联最能见谢六逸一生:威武不屈,贫贱不移,励志已平生,论定盖棺,君或无愧;老亲在堂,幼子在室,临危无一语,家徒立壁,我将何如?

每念余事颇多,便在极贫中撒手人寰的谢六逸先生,心实恻然;其子女在《一炷心香祭先严》中说父亲对他们的期许:"在一个没有阶级、没有压迫、没有剥削的社会里,做一个会中外语言文字,有文学修养,有科学知识,又掌握多种

---

①1926年11月26日,谢六逸先生给妹妹谢婉仪写了一封十多页的长信,该信现由贵州著名收藏家王立明先生收藏。信中所诉唯不能照顾家人;与前妻所生女宝娥送与弟弟为女,自己时常照顾,同时希望宝娥来上海读书,以补双亲不在身边之痛;解释了与鲍凤庆,即现任妻子鲍歧结婚乃因自己孤身在上海,病重难以自存,得鲍歧细心照料乃得脱险事,希冀得到家人祝福。其他如赡养老母、承包弟弟成婚费用等,词句恳切,可以作为谢氏与家人关系的主要佐证文件。

专门技能的工农业劳动者,才最称心。"此时或忆其1942年山居时偶得闲暇,口占一诗,不免潸然。

花果园远眺

山城风雨霁,景物更清越。
近水曲迤兰,远峰高插笏。
疏林苍翠中,石可数凹凸。
有鸟贴青天,云霄任出没。
人家十万户,烟火自飘忽。
拂树春风来,落花粘鬓发。
赏心在及时,坐以待明月。

二、作品

谢六逸先生辞世时仅47岁,其作品数量却超过500万言。以下从其著作和报刊文章两大部分,略述其作品情况。

(一)著作

以下介绍的谢六逸著作参考了1933年第三卷第一期《读书杂志》所录《作家自传:谢六逸自传》;1945年第四期《贵州民意》所录《谢六逸先生著作一览表》;1982年第二期《贵图学刊》(1987年5月补订),祝庆生编写的《谢六逸著译目录》;1997年5月贵州民族出版社版秋阳著《谢六逸评传》所附《谢六逸著译年表》;2009年8月商务印书馆版陈江、陈达文编著《谢六逸年谱》;相关研究论文涉及其稀见著作,则据其线索,按图索骥,以辨真伪。

本次介绍的著作的主要版本在谢六逸在世时即已问世,其离世后,与大多数现当代作家一样,作品尚未经过系统整理。再版著作大多为影印再版,或择其普及性较强者,敷衍成文,错误极多,编校缺乏精审。值得一提的是,《民国丛书》和《民国文丛》影印了谢六逸先生部分作品,因全为影印,不再花篇幅仔细介绍。以下梳理的著作版本为谢六逸作品中版本价值较高者。

1.《日本文学》(开明版)

谢六逸著,上海:开明书店,1927年9月初版;1929年8月增订再版(增写两章加附录一篇),该书仅有《日本文学》(上)。

2.《日本文学》(商务版)

谢六逸著,上海:商务印书馆,收入"万有文库",1929年10月版。

谢六逸著,上海:商务印书馆,收入"百科小丛书",1931年8月初版;1933年5月再版。

3.《日本文学史》

谢六逸著,上海:北新书局,1929年9月版。

谢六逸著,上海:上海书店,1991年12月版。

4.《日本之文学(上、中、下)》

谢六逸著,长沙:商务印书馆,1940年3月版。

5.《世界文学》

谢六逸编译,上海:世界书局,1935年10月初版。

6.《西洋小说发达史》

谢六逸编,上海:商务印书馆,收入"文学研究会丛书",1923年5月初版;1924年3月再版;1933年三版。

7.《农民文学ABC》

谢六逸著,上海:世界书局,收入"ABC丛书",1928年8月初版;1929年2月再版。

8.《神话学ABC》

谢六逸著,上海:世界书局,1928年7月版;1929年3月再版。

9.《文坛逸话》

宏徒编,上海:商务印书馆,1928年10月初版;1932年9月再版。

宏徒编,上海:上海书店,1993年影印初版。

10.《水沫集》

谢六逸撰,上海:世界书局,1929年4月初版。

11.《茶话集》

谢六逸著,上海:新中国书局,收入"新中国文艺丛书",1931年10月版。

(谢六逸著《摆龙门阵》,博文书店,1947年12月版,为《茶话集》一书改名出版。为盗版书。)

12.《范某的犯罪》

谢六逸译,上海:现代书局,1929年8月版。

13.《日本近代小品文选》

谢六逸译著,上海:大江书铺,1929年5月版;1931年3月再版;1932年9月三版。

14.《接吻》

谢六逸译著,上海:大江书铺,1929年10月初版。

15.《志贺直哉集》

谢六逸译,上海:中华书局,1935年3月初版;1940年11月再版。

16.《文艺与性爱》

[日]松村武雄著,谢六逸译,上海:开明书店,收入"文学周报丛书",1927年9月初版;1928年2月再版;1929年7月三版。该书为[日]松村武雄据摩台尔的《近代文学与性爱》节写,由谢六逸译出。

17.《文艺思潮讲稿》(上),藏中国现代文学馆。

18.《东洋文学史》(手稿),藏中国现代文学馆。

19.《俄德西冒险记》

谢六逸编著,上海:商务印书馆,1926年6月初版;1928年5月再版。

20.《海外传说集》

谢六逸著,上海:世界书局,1929年4月版。

后经赵景深建议,五号字改四号字,加插画,分为《日本故事集》《罗马故事集》出版。因内容无变化,不重复收录。《日本故事集》,上海:世界书局,1931;《罗马故事集》,上海:世界书局,1935。

21.《伊利亚特的故事》

谢六逸译,上海:开明书店,1929年5月初版;1930年4月再版。

22.《鹦鹉》

谢六逸著,上海:现代书局,1931年6月初版;1932年5月再版。

23.《彗星》

谢六逸著,上海:现代书局,1932年2月初版。

24.《小朋友文艺》(下)

谢六逸著,上海:北新书局,1932年6月初版。

25.《新闻储藏研究》

谢六逸编,申报新闻函授学校讲义,申报新闻函授学校印行,1933年2月。

26.《实用新闻学》

谢六逸编,申报新闻函授学校讲义,申报新闻函授学校印行,1935年。后影印收入芮必峰主编"中国近代新文学文典",2018年6月。

27.《国外新闻事业》

谢六逸编,申报新闻函授学校讲义,申报新闻函授学校印行,1933年2月。

28.《通信练习》

谢六逸编,申报新闻函授学校讲义,申报新闻函授学校印行,1940年。

29.《模范小说读本》(上册)

谢六逸编选,上海:光华书局,1933年4月版;1936年再版。

30.《模范小说选》

谢六逸编,上海:黎明书局,1933年3月。

31.中国小说研究

谢六逸编选,长春:开明图书公司,1942年12月版;1943年4月再版。

32.《大学国文》

谢六逸等编,上海:文通书局,1933年版。

33.油印本《复旦大学现代文选讲义》(1933年冬)。

34.油印本《复旦大学现代文选讲义》(1934年春)。

35.油印本《复旦大学小说选讲义》(1934年冬)。

36.油印本:《复旦大学现代文选讲义》(1937年春)。

以上讲义复旦大学图书馆、中国现代文学馆等有藏。

目前有部分作品在各类与谢六逸相关的作品目录里已有记录,但多方搜寻版本却劳而无功,略述如下。

1.《古事记》,新中国书店出版,1928年版。

赵景深在《我与文坛》:"《古事记》《源氏物语》以及《徒然草》,虽然是日本古典文学名著,也许谢先生说过要翻译,他并没有动手,至少我没有看见过。"[①]

2.《希腊传说》,新中国书店出版,1928年版。

叶芝女士翻译的《人鱼姑娘》为希腊神话集,1933年4月由神州国光社出版,谢六逸做了校译工作,论者多有将《人鱼姑娘》作为谢六逸作品。类似谢六逸校译作品还有如1933年4月千叶龟雄著、徐翔穆译、谢六逸校的《大战后之世界文学》,不应纳入谢六逸作品。

[①]赵景深,《我与文坛》,上海古籍出版社,1999年,第83页。

3.《红叶》,新中国书店初版,1930年版。

谢六逸作品《小朋友文艺》中有收录文章《红叶》,单行本《红叶》未见。

4.《母亲》,北新书局,"小朋友丛书",1930年版。

5.《清明节》,北新书局,"小朋友丛书",1930(1934)年版。

6. 文艺思潮史,北新书局,1930年版。

以上北新书局三种书,经检索《北新书目》及北新书局"小朋友丛书总目",无此三书。《文艺思潮史》当与稿本《文艺思潮讲稿》有关。

7. 欧美文学史略,大江书铺,1931年版。

8. 新闻学概论,大江书铺,1932年版。

9. 小说概论,大江书铺,1932年版。

经查大江书铺历年书目,未见此三种作品。《新闻学概论》作为文通书局版的《大学丛书》之一,出版时间为1941年。未见。孙怀仁在"申报新闻函授学校讲义"里编撰了同名的《新闻学概论》,同时作为"申报新闻函授学校讲义"的有谢六逸《实用新闻学》等四种作品,未见谢六逸版《新闻学概论》。

10.《读书经验谈》,光华书局,1933年9月版。

《读书经验谈》是谢六逸先生的一篇文章,作为单行本则未见。

11.《口语文读本》

该书在中华学艺社的计划中有表述:筹划日本语讲座。为方便国内人士与赴日留学者学习日语,中华学艺社还邀请社员江铁、马宗荣筹划编辑《日本语讲座》,推举谢六逸、毛秋白、江磐等社员担任编辑……《日本语讲座》拟出书籍如下:《口语文法》(葛祖兰)、《文语文法》(周昌寿、江铁)、《口语文读本》(谢六逸、马宗荣)。①

商务印书馆《日本文学纲要》,此书未见,谢六逸在《文学周报》第284期发表《关于文学大纲》,论及郑振铎《文学大纲》关于日本文学部分系谢在大学的讲稿,如有错误,由谢六逸负责。谢六逸另有三种日本文学介绍的图书。

樊从予翻译了《文艺思潮论》,此书常常被认为是谢六逸作品,实误;谢六逸自传所列《文艺思潮讲话》,未见,目前所见谢六逸关于文艺思潮的作品为《文艺思潮讲稿》(上)。

《俄国文学的理想与现实》,《谢六逸年谱》所录,谢六逸、沈雁冰、沈泽民译,未见。

林辰《忆谢六逸先生》,记录有《中国文学史讲义》(未刊),未见。

本次收入《谢六逸全集》的著作共30种,《大学国文》、油印本《复旦大学现代文选讲义》(1933年冬)、油印本《复旦大学现代文选讲义》(1934年春)、油印本《复旦大学小说选讲义》(1934年冬)、油印本《复旦大学现代文学讲义》(1934)、《中国小说研究》几种,前五种为作品选本,且无作者意见,不收入全集;《中国小说研究》与《模范小说选》重复,且仅为《模范小说选》之一部分,以上六种书不收入全集,只在下章介绍图书相关情况,以备研究。

---

①《中华学艺社报》,1930年第1期。

关于谢六逸的报刊文章，按附录《谢六逸全集总目》（报刊文章）所录共510余篇（含几种图书收录的文章），其中日本内山完造所编《万华镜》收录谢六逸《关于中国戏剧》，日本《改造》杂志第8卷第7期《关于日本古典文学》，为日语作品，存目于后；在报刊文章的总数计算上，同一个标题分期发表，分开计算数量，如《小说作法》《小说作法（续）》算两篇文章。

本次报刊文章编排顺序按"分报刊分时间"原则，即以作者在报刊上首次发文时间为报刊排序标准；每一种报刊内部，以作者发表文章先后顺序排列。此种排法充分考量了报刊文章的特点，同类文章主要在一种报纸发表，兼顾了报刊自身特点，主题更加突出。此举避免同类文章被时间简单分割，失去连贯性。

谢六逸一生工作出入于教育与新闻出版间，作品则邻于文学与新闻出版，他对新闻从业人员有"有正确的文艺观念与充分的文学技能；富有历史、政治、经济、社会之知识；指导社会之能力"的期待，文学、新闻、出版在谢六逸这里是兼容的。他所涉及的著作体裁包括散文、诗歌、戏剧、小说、文学史、文艺思潮史等多个方面，他作为教育者、学科开创者，一生致力于学科体系建设。可以说，学科体系建设是贯穿谢六逸一生的，他的几种日本文学史、多种文学讲义及编选的三种著作，都体现了其编书服务教学的系统思维。吴宓在《自编年谱》中说："盖自新文化运动起，国内人士竞谈'新文学'，而真能确实讲述西洋文学之内容与实质者绝少……仅有周作人（北京大学教授）之《欧洲文学史》上册，可与谢六逸之《日本文学史》并立。"①其在新文学史上的地位,是基础研究者的地位。

另外,谢六逸原发表文章时有部分配图,因原稿所涉图片非谢六逸先生作品,且因时间既久,印刷质量较差,重新确定版权和修复图片非一日之功,此次全集出版,未能加入图片,颇为遗憾。

三、编纂说明

本次整理主要工作在以下几方面:

(一)厘定总目

1. 选定版本

民国期间,谢六逸作品再版次数较少;中华人民共和国成立后,对于谢六逸的作品整理的主要形式为散篇文章编辑出版作品选,另外以影印再版为主,仅有《日本文学史》《神话学 ABC》《农民文学 ABC》等几种作品有普及本,鉴于出版者编辑目的是普及需要,既未对版本进行仔细考量,也难有版本之间的对校,因此整理质量很有限,对其作品的系统整理几乎就是空白,值得一提的是陈江、陈庚初二先生编的《谢六逸文集》,按随笔、文学、新文学及纪念文章四部分,收罗了部分报刊文章,让研究者可以窥见谢六逸作品的大概面貌,对于目前研究谢六逸作品者,此书功不可没。

有鉴于此,本次全集整理了民国期间出版的可见到的

---

①吴学昭:《吴宓与陈寅恪》,1992年3月,清华大学出版社。

所有谢六逸作品,并对不同版本进行对比后确定底本、通校本和参校本,但通过上文整理的著作可见,谢六逸著作版本较少,多为一个版本多次再版。这也是民国文献整理的特点之一,因时局之乱,出版不易,同一种书的多版本出版机会较少。

本序第二部分已罗列谢六逸著作版本,另外,全集内每种书之前有专页介绍底本情况,此处不再赘述。

2. 确定编排顺序

著作部分按"分体分时"原则,即大致依作品体裁分类之后,再按同体裁作品出版时间先后编排。值得一提的是,"分体分时"是大致原则,不因人为割裂,导致系统的内容板块被分割。如全集的第五册为《世界文学》,1935年出版,其出版时间晚于排在其后的《西洋小说发达史》,盖因《世界文学》是全面介绍,其图书体量足以成书,而《西洋小说发达史》篇幅很小,需要和后面的《农民文学ABC》《神话学ABC》合并成书。

同样,报刊文章的"分报刊分时间"原则也略有松动处,如同标题的两篇文章先后发表时,如间隔时间较短,中间即便有其他作品发表,也将两篇文章放在一起,再按时间顺序编排其他文章。这是深度编辑的结果,便于读者第一时间抓住谢六逸与报刊的关系。

3. 核准作者作品

谢六逸著作除《文坛逸话》等个别署名宏徒等,大多署名谢六逸,而其报刊文章的署名却不尽相同,考察所见的笔名即有何宏图、谢宏图、谢宏徒、路易、宏图、宏徒、宏毅、鲁毅、鲁愚、大牛、中牛、小牛、毅纯、仲午、头陀、路益、路、易、宏、徒、度、毅、逸、牛等24个；与人书信往来时，为保护被通信人，往往也用各类笔名，尚不在此次统计之列，可见确定其作品和作者之难。

秋阳先生和陈江先生已分别为谢六逸做了评传和年谱，这是《谢六逸全集》整理的基础工作，也为全集编撰提供了很多按图索骥的线索。在这二书基础上，编写组对谢六逸的所有笔名进行了全面检索和甄别。如毅纯笔名，全面检索后发现秋阳先生和陈江先生都有没有见到的毅纯作品，再全面考察之后发现，此毅纯是谢六逸笔名；同时期前后，也有毅纯笔名，但从写作题材和刊物发表作品的稿源考察，也得出某些毅纯并非谢六逸作品的结论。类似问题不胜枚举，核准作者和作品是所有工作中的最难点，虽尽力而为，难免有遗珠之憾。

（二）确定编例

1. 广泛参考

近年来，民国全集整理已渐成气候，地方名人，特别是文化较落后的地方文人，地方政府大力开发稀有的文化元素，在地方名人全集整理上愿意花时间和金钱，这从最近几年大量出版的各类地方"文库"上，可以窥见风尚。民国文人大全集也因此沾了光。

本次确定的编例，参考了《陈垣全集》《蔡元培全集》《鲁迅全集》《侯外庐集》《陈寅恪集》《胡适全集》等，特别是《陈垣全集》的分体分时，为我们最后确定编例奠定了基础，《蔡元培全集》对简体字的处理办法为我们提供了启发，其他全集某些符合本全集特点的编例我们也尽力吸收,以竟全功。

2. 注意特点

每个作者的全集作品特点各别,《谢六逸全集》的作品主要分著作和报刊文章两大部分,其他如书信、电文、演讲等较少,序文有一部分,这是其留存作品的实际情况。本次编全集时因势做了著作和报刊文章两大类的分类,其他书籍所收散篇文章和序文放在最后。

照顾作者的特殊时代表现形式,兼顾现在读者的阅读习惯。如作者惯用"喜欢"作"欢喜","季节"作"节季",保留一个时代的叙述方式,以及用字习惯,在本质上是保留一个时代的范式,不可一概而论,此类表达予以保留;个别规范与通行规范不符,如"缘故"与"原故"混用,现代汉语词典收录的词条,仍予保留;个别规范已与现行规范不符,"仗义执言"作"仗义直言",须按现行规范修改。大量译名,特别是人名译法不符合现行规范,在文中予以保留,在文末以"人名索引"规范。具体编例已附后,此处仅列要点,不赘述。

(三)编辑整理

1. 简体横排、标点、分段

全集按简体横排规范处理,部分文字如妨碍文义则酌为保留原用法,如专名中的异体字、繁体字等,仍酌为保留。

全集所涉作品较多,原作大多为繁体竖排,用简体字整理后,衍生出简体通行规范的具体要求,皆按简体字规范处理。如标点、分段等,原无标点,此次加上标点;原标点有误,此次订正。原无分段,酌为分段;原分段不恰当,酌为改正。

2. 订正错误

民国文献受制于其时的出版背景,战争频仍,发行能力不足等,版本内的拣字错误、印刷错误、校对错误等问题较多。本次整理针对明显的脱、讹、衍、倒等错误,均力所能及校正;部分专业性较强,且文义在似是而非间的则不予修改,保留作者的表达形式。对于文义不清,需要出注的情况,则酌为编者注;凡能径改处,以编例说明,减少出注,以免影响阅读。

3. 统一规范

不同作品在不同时期出版,涉及大量规范用法的统一工作,如数字的统一,作者的数字混用现象非常严重,同一段内汉字和阿拉伯数字混用亦属常事;同一个字在不同的文章中,产生不一样的表达,在不影响文义情况下,酌为统一。编辑规范内的统一工作较多,此处不一一罗列,其志在符合通行出版规范,方便读者使用。

(四)存目作品处理

谢六逸署名的作品没有全部选入全集,未入选者有《大学国文》、《复旦大学现代文选讲义》(1933年冬)、《复旦大学现代文选讲义》(1934年春)、《复旦大学小说选讲义》(1934年冬)、《复旦大学现代文选讲义》(1937年春)、《中国小说研究》,为便后来者了解全集情形,在此略说明未入选作品的基本情况。

1.《大学国文》是谢六逸、马宗荣、张永立三人主编的"大学丛书"的一种,署名作者是贵阳师范学院国文学会,其时(1943年前后),谢六逸任教于贵阳师范学院国文学系,任系主任,该书虽署名为集体作品,谢氏参与编选,则为题中应有之义。该书是合选的前人作品选,与民国常见的文学作品选类似,虽有自己的选择标准,但也流于泛泛而谈,似有专指,但却是一切文学作品选的统一准绳;又因该作品为他人作品选本,无任何注释说明,亦非谢六逸个人作品,并不能代表其创作成就,因此未入选。值得说明的是,《谢六逸全集》中收有两种作品选,原因是其中有大量谢六逸的说明文字,如《模范小说选》在文末有大量谢氏对作品精妙和不足之处的说明,能见其对于民国小说的主张,咳唾之间,常有珠玉,因此收入全集。

谢氏等所编选的《大学国文》为民国三十二年八月版图书,文通书局印行,署名的丛书主编者:谢六逸、马宗荣、张永立。全书共二册,后记对其编选目的进行了详细介绍,其选择标准在民国的国文选本中颇有代表性,略录如下:

该书为教育部颁定的大学国文选目,凡六十篇,每篇酌取必要参考书若干部,凡鄙俗、空疏、殽杂、幼稚浅陋者不录,妄人删改者不录,编订伪谬者不录,古书为今书所包者不录,辑佚者不录,孤本旧椠近百年来无传本流通者不录。经则汉宋并重,举学有家法者,子史举版刻雅正考证详明者,集部取流传有绪笺注翔实者,近人撰述未经论定,成而未刊,刊而未见者尚多,不复备举云。

中华民国三十二年元月国立贵阳师范学院国文学会识

由于该书已难找到,以下录其下册所选作品目录,以见其面貌:《霍光传》《说文解字序》《诸葛亮传》《马援传》《郭林宗传》《儒林传序》《晋庐山释慧远传》《神思》《水经注》《洛阳伽蓝记》《思旧铭》《阮籍传》《文苑传序》《答李翊书》《封建论》《梦游天姥吟留别》《北征》《哀江头》《琵琶行》《书王定国所藏烟江叠嶂图》《肥(淝)水之战》《西铭》《胡先生墓表》《上仁宗皇帝言事书》《乞校正陆贽奏议进御札子》《大学章句序》《中庸章句序》《拔本塞源论》《复鲁絜非书》,大部分作品已非目前文学作品选的内容,自有其独到之处,可供参考。

2.油印本《复旦大学现代文选讲义》(1937年春),该书为油印本,谢六逸后人于2001年11月赠中国现代文学馆收藏,该书极难见到,以下略述选文情况。其内容形式主要目录和具体内容两部分,全为其他作者的文章照录,当时或有与讲义相关的其他讲演内容,目前所见《复旦大学现代文选讲义》仅录12篇文章,包括梁启超《论小说与群治之关系》《清议报祝辞及论报馆之责任》,汪兆铭《中国学报发刊辞》,林纾《记九溪十八涧》,周树人《父亲的病》《吃茶》,何家幹《现代史》,徐彬彬《凌霄汉阁谈天》,孟宪承《初中作文教学法之研究》,爱罗先珂著、胡愈之译的《我的学校生活的一断片》,嵇汝运原作、叶圣陶改写《开河》,忆之作、叶圣陶改写《姐姐的死》,最后还有一篇,为人涂抹,无法识别。该书无谢六逸的议论文字,对作品无解说。不似《中国小说研究》,对作品的用字和精妙之处,往往有所阐发。但作品的选录标准可以看出谢先生对现代文选的态度,这是特别值得重视的。现代文学馆藏的《复旦大学现代文选讲义》的第

35、36页之间有4页散页,内容为《中学生杂志·文章病院》,据其后人备注,当为讲解时备用参考资料,第36页内容为孟宪承《初中作文教学法之研究》可以作为相互发明之用。

3. 油印本《复旦大学现代文选讲义》(1933年冬),该书基本情况与上书相当,作为讲义时间有区别。其目录为:《紧抓住现在》《徒然的笃学——思想山水人物》《东西文化及其冲突——西滢闲话》《父亲的病》《论小说与群治之关系》《金鱼》《国人对于苏联应有的认识》《鼻子》《项链》《父归》《陈独秀案辩诉状》《〈清议报〉祝辞并论报馆之责任》《囍日日记》。

4. 油印本《复旦大学现代文选讲义》(1934年春),该书基本情况与上书相当,作为讲义时间有区别。其目录为:胡适《国语的文学》、陶潜《归田园居》、李煜《感旧》、杜甫《石壕吏》、韩愈《南山》、《葛生》(《诗经·唐风》)、吴敬梓《王冕的少年时代》、宋濂《王冕传》、蔡元培《国文的将来》、刘大白《研究鬼话文》、徐彬彬《凌霄汉阁谈文》、周树人《父亲的病》、何家干《现代史》、周树人《我的态度、气量和年纪》、周树人《兔和猫》、周作人《吃茶》、周作人《谈酒》、周作人《尺牍》、守常《今》、玄珠《紧抓住现在》、孟宪承《初中作文教学法之研究》、梁启超《〈清议报〉祝辞并论报馆之责任》、梁启超《祭蔡松坡文》、梁启超《论小说与群治之关系》。

5. 油印本《小说选讲义》(1934年冬),该书基本情况与上书相当,作为讲义时间有区别。其目录为:《项链》《中国短篇小说序》《婴宁》《在酒楼上》《罗生门》《潘先生在难中》《亚克与人性》《书信》《第一次宴会》《分》《我的文学生活》《到纲走去》《清兵卫与壶卢》。

6.《中国小说研究》,谢六逸著,长春:开明图书公司,1942年12月版;谢六逸著,长春:开明图书公司,1943年4月再版。

该书为谢六逸《模范小说选》,上海黎明书局,1933年3月版之一部分,对比内容,《模范小说选》覆盖了《中国小说研究》的所有内容,二者仅有部分解说文字在不影响文义前提下,有很小出入。为减少重复,不收入全集。

谢先生去世后,各界纪念文章数十篇,无不赞其勤勉。他的主要成就在于他对学科体系的开创,这是勤勉者的专利,非有广泛和专业的阅读、勤勉的实践不能胜任。而对于谢六逸先生的研究,还待深入,亦望此全集可稍稍助力。

《谢六逸全集》编写组

2023年2月1日

日本文学（开明版）
日本文学（商务版）

《日本文学》(开明版)

谢六逸著,上海:开明书店,1927年9月初版;1929年8月增订再版(增写两章加附录一篇),该书仅有《日本文学》(上)。

《谢六逸全集》以上海开明书店1929年8月增订再版本为底本,其他版本均为参校本。

《日本文学》(商务版)

谢六逸著,上海:商务印书馆,收入"万有文库",1929年10月版。

谢六逸著,上海:商务印书馆,收入"百科小丛书",1931年8月初版;1933年5月再版。

《谢六逸全集》以上海商务印书馆1929年10月版"万有文库本"为底本。

目　录

日本文学（开明版）

003　　再版序

005　　第一章　民族与文字

013　　第二章　日本文学之分期

016　　第三章　上古文学

026　　第四章　奈良文学

051　　第五章　平安文学

070　　第六章　镰仓文学・室町文学

087　　第七章　江户文学

093　　第八章　明治文学

116　　后　记

日本文学（商务版）

119　　序

124	第一章　日本民族性
124	第一节　外国人对于日本民族性的批评
128	第二节　芳贺矢一对于日本民族性的批评
128	第三节　五十岚力对于日本民族性的批评
131	第二章　上古文学
131	第一节　总论
132	第二节　歌谣与祝词
136	第三节　《古事记》与《日本书纪》
144	第四节　《万叶集》
147	第五节　宣命、《风土记》、氏文
149	第三章　中古文学
149	第一节　总论
150	第二节　《古今集》及其他歌集
153	第三节　《源氏物语》
171	第四节　《竹取物语》及其他物语文学
180	第五节　日记与随笔
181	第六节　历史文学
183	第四章　近古文学
183	第一节　镰仓文字
187	第二节　室町文学
195	第五章　近世文学
195	第一节　总论

197	第二节	小说
201	第三节	戏曲
203	第四节	俳谐
205	第五节	歌谣

207	**第六章**	**现代文学**
207	第一节	总论
211	第二节	混沌时代
216	第三节	新文学发生时代
234	第四节	浪漫主义时代
251	第五节	自然主义时代
255	第六节	各派分立时代

262　**主要参考书目**

265　**人名索引**

日本文学（开明版）

再版序

近二十年来,日本文学的发展,是很可惊异的。有许多作家的作品,已为欧美人士翻译介绍。在我们中国,这几年介绍日本作家作品的,也特别加多。日本文学,在世界上已获得相当的位置,是无疑的。

提到"东方的文学",令人想到印度、波斯、日本等,但就Modern的意义上讲来,日本文学实已执东方的"牛耳"。中国与日本在各方面都有很深很繁的关系,所以理解日本文学,也是很切要的。其次,国内的出版物里面,日本作品的译本,渐渐增多,我们一面看作品,一面知道一点日本文学的变迁,并不是无益的。

日本的文学也有二千多年的历史,自然不是这本小著所能详述的。尤其是近二十年来的文学,复杂错综;在这本书里,实未能详尽。更有不必详说的,如日本各时代的汉文、汉诗作家之类。有这些原因,所以这本书只是日本文学的轮廓,而不是全身的画像。

本书初版的错字(如年代等),已加改正,并将两卷合订为一册,以便阅览。

谢六逸
1929 年 7 月 7 日

第一章　民族与文字[1]

日本民族的由来，是一个颇费研究的问题。经考古学者的发现，知道日本岛上，在石器时代，已有居民。这种民族，是由两种或四种混合而成的，即所谓倭人种，与朝鲜民族合称为泛倭人种。在日本的古籍中，缺乏关于他们的太古时期祖先生活的记载，只有在我国《魏志·倭人传》里面，知道一点。但《倭人传》是根据曾游岛国回来的人传述而写成的，即是中日两族已有往来以后的一种文献，所以我们对于日本太古的情形，仍难觅有具体的记载的书籍。虽然近世日本有不少的考古学者，如鸟居龙藏、长谷部言人、松元彦七郎、滨田耕作、中山平次郎诸氏，都各有他们的见解与发现，苦心地挖掘着，但诸说纷纭，没有定论。所以日本民族在混成以前，究竟是怎样一种民族，依然不能确知。现在所知道的，只是混合以后"重新制造"出来的日本民族罢了。

---

[1] 底本正文中的第一章题目为"文字"，与目录不合。今据正文内容改为"民族与文字"。

日本民族的文化，是与外国接触了之后才有的。我们翻开地图一看，西边是我们中国的一大块陆地，东北角上挂着朝鲜半岛，日本诸岛好像是从朝鲜半岛吐出去的几个泡沫凝结成的。所以日本要与外国接触，最直接的是朝鲜，很是方便，其次就是中国。那时的朝鲜北部，在传说上，已有周初箕子移过去的五千部族住在那里，不能说朝鲜全没有文化，在前汉以前日本是否已和朝鲜人往来，还不能确定。根据可靠的文献，知道中日两族最早的往来，一在后汉时光武中元二年（公元纪元后57年），《后汉书》有"正月，倭奴国奉贡朝贺，使人自称丈夫，光武赐以印绶"的记录。又《前汉书》也有"乐浪海中有倭人，分为百余国，以岁时来献……"，此亦可视为中日两族交通的证据之一。近世的考古学者从事于发掘事业，他们曾在九州北部发现了前汉式样的古铜镜与铜剑、铜锹、甲胄，以及王莽时的四神镜、泉货，还有模造而成的古镜等物，这是很好的证据。我们可以说，中日两族的交通始于前汉，至后汉时为盛，到了魏时为尤盛。《魏志·倭人传》里的所谓倭，是指住在朝鲜东南大海里的岛上的人种，这些倭人，与魏人通往来的有三十余国，其中有二十九国臣属于女王卑弥呼，一国则否。这位女王，魏帝曾以国王之礼待她，在那时，还说不上有什么政治的意味，无非彼此贸易罢了。因此可以知道倭人在那时已受了中国文化的影响，或是从朝鲜间接取了去，或是从中国本土得了去，自然也接触了我国的语言文字，倭人之中，一定有懂得中国的语言文字的人，不然，他们怎么能够贸易朝贡呢？他们所接触的文字的程度，只以能敷实用为度，即是用于通译或者交易，他们自有自己的语言,用不着借中国的文字来当作表现思想的手段,也并无这种需求,所以那时中国的文化在岛上没有巨大的影响。

日本古代民族的生活基础是农业,土地肥沃,气候温和,只须适度的劳动,便得适度的收获,人口不是顶多,所以生活很是容易,大家都安住岛上,不必向外去求生活的地方。在他方面,也没有受着异族的压迫,那时杀伐战斗的风气,并不厉害。他们以菜食为主,不养牛马羊等家畜,以种稻打鱼为业,人民的生活都倾向平和。在没有统一以前,由各处的豪族占领土地,其后一变而为许多小君主,其间虽不免战斗冲突,但并非借激烈的战斗以不断地纷争。所以人民都能安宁地过日子,没有什么野心,因此航海术不发达,贸易也不算进步。在外既无异民族的压迫,在内又能陶然地过活,所以民族不感政治的统一的需要,社会组织是很散漫的,据后来的状态推测,家族制度也不发达,贵族与平民行多妻制,每一个妻子同她的儿子住在一处,财产不是一家族共有,不是家长所有,乃是子弟各人分享,夫妻兄妹的称呼,不能判然区别。由这几点看来,家族的结合不是巩固的,加以公共生活的不发达,关于公众的游戏娱乐,以及公共建筑等的知识技术,也没有人注意,所以绘画雕刻与别的造形艺术都没有进步可言。他们在大自然的怀抱里,自乐其乐。民众感情的唯一表现,只有原始的歌舞而已。

自我国秦时以降,便有汉人移住岛上,《史记》所载的徐福往东海求仙之类,也当视为一种移民。在日人则称自外邦移住之民曰归化人。据《日本姓氏录》,河内一姓,全族有四分为归化族,其中三分之二为汉种,自称是秦、汉、魏等的名族后裔。汉种以外的归化姓,有三分之二为高丽的百济种。原始的日本人自称为天御中主命之后、神武皇子之后;归化人则称秦始皇帝之后、百济国都慕王之后。日本最古的书,无疑地,出自归化人之手。后世的爱国主义者,本着他们的偏狭的思想,主张古代早有文字,结果仍未能自圆其说。日本之有文字,是阿直岐、王仁这两个"归化人"从百济带了去的。(应神天皇在位之第十六年,当公元285年,我国晋武帝六年)秦汉时代的归化人到了日本以后,不能永远保持故土的语言,他们不能不讲日本语言以适应环境,可是要将汉语一变而为日本语也是很难的。归化人传了几代以后,汉语便渐渐失了势力,直到阿直岐、王仁到了日本,当了汉文的教师,归化人的子孙与日本人从他学习汉文的人才逐渐加多。他们感觉只有语言无文字有许多不便,于是便想出了借用的方法。第一种方法是假汉字的音,即是日本语的音译,例如日本语的音为——ya ma lu ki ha hi ni hi ni sa ki nu ,借汉字的音以表现则为——夜麻夫枳波比尔比尔佐岐奴。如《古事记》中有名的《八云》短歌,其音调为——

> Ya ku mo ta tu
>
> I du mo ya e ga ki
>
> Tu ma go mi ni
>
> Ya e ga ki tu ku ru
>
> So no ya e ga ki ō

现假汉音写出,则为——

夜 久 毛 多 都,
伊 豆 毛 夜 币 贺 岐,
都 麻 棋 微 尔,
夜 币 贺 歧 都 久 流,
曾 能 夜 币 贺 岐 哀。

(歌意)

造了宫殿,

夫妻同居,

八重的云起了;

笼罩二人所住的宫殿,

如八重的绫垣。

[注]歌见《古事记》第三十三段,为素盏鸣尊与栉名田姬婚时所作。歌共三十一字,五七五七七调,为日本短歌之最古者。

借汉字之意以表现的,如"今造班衣服",照日本语读,则为"Atarashiki madara no koromo"(意为新造的班衣)。

这两种方法,都是极笨而不适用的。到了汉字传入以后,他们便造出了四十七个片假名,排列成五十音图,这些片假名在什么时候造成,出于何人之手,现在还没有定论,大约在我国唐时。那时中日两国的往来频繁,遣隋使、遣唐使也来到中国,日本文字的改革,也是这时候，所以在奈良朝后期便有片假名的作成。片假名的来源是取自汉字的偏旁，如——

ア—阿	イ—伊	ウ—宇	エ—江	オ—于	カ—加
キ—几	ク—久	ケ—介	コ—己	サ—散	シ—之
ス—须	セ—世	ソ—会	タ—多	チ—千	ツ—川
テ—天	ト—止	ナ—奈	ニ—二	ヌ—奴	ネ—祢
(子—子)	ノ—乃	ハ—八	ヒ—比	フ—不	ヘ—部
ホ—保	マ—末	ミ—三	ム—牟	メ—女	モ—毛
ヤ—也	ユ—由	ヨ—与	ラ—良	リ—利	ル—流
レ—礼	ロ—吕	ワ—和	ヰ—井	ヱ—慧	ヲ—乎

[注]四十七个假名的蜕变，日本学者的意见各有不同，兹从安藤正次、桥本进吉、大矢透诸氏。

有了汉字而假名没有完全之时，他们用了"乎古止点"的方法以补训读的不足。其法，在汉字四角上下左右中心加点号为记，点在某处，表示某种助词的意义，如下图——

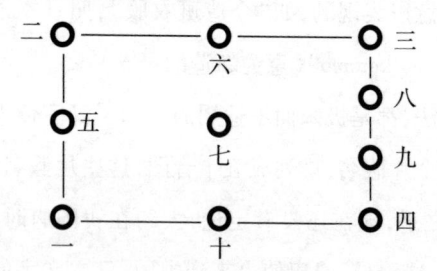

```
二〇─────〇─────〇 三
  │      六     │
  │            〇 八
  〇 五    〇     │
         七    〇 九
  │      │     │
  〇─────〇─────〇 四
  一      十
```

[注]一、テ,助词,"而"字意。二、ニ,示所的助词。三、ヲ,示目的格的助词。四、ハ,示主语的助词。五、カ,示问句。六、ム,示将然格。七、ノ,示属词。八、コト,示虚字实用法。九、ト,示转语气或及字之意。十、ス,示动作。

到了《古事记》的编纂时(和铜五年,公元713年,当我国唐睿宗时),秦汉人移住日本已达三世纪,与唐直接交通也有一世纪,汉文汉语在日本更为流行,做官吏的人是非学习不可的。《古事记》的作者,所用的文体为"假名杂汉字"(晋朝合用),至此日本的语言才显现一次进步。后来平假名在平安朝时代完成(由汉字的草书蜕化而成),动词活用在室町时代末叶逐渐转变,于是日本文字便日臻完善,进化的程序,大略如次——

1. 形成时代(古代,奈良朝时代)

第一期　国初迄崇神朝顷(黑暗时代)(公元纪元前660—[前]21)

第二期　崇神朝顷迄大化改革时(混成时代)(公元纪元前21—纪元后645)

第三期　大化改革至奈良朝末叶(成熟时代)(公元645—794)

2. 发达时代(平安朝时代)

第一期　天历以前(公元794—946)

第二期　天历以后(公元946—1186)

3. 混乱时代

镰仓,南北朝,室町时代(公元1186—1603)

4. 分化时代

第一期　亨保以前(公元1603—1735)

第二期　亨保以后(公元1735—1867)

5.统一时代

明治时代至现今(公元1868—)

明治维新后,日本语言进化的痕迹更显,一切的语法早已完成,又从和兰人获得了罗马字。到现在,日本语言的组成,一共有四种原质:1.汉字;2.片假名;3.平假名;4.罗马字。

日本语言完成后在应用上是极便利的,也富于柔性(Pliability),用以翻译他国文字时,不感什么困难,于教育的普及,功效也很大。在语言学上,应属附着语系(Agglutinative),与我国之属于孤立语(Isolating)不同,就地域上的区分,则属于乌拉尔阿耳泰系。

第二章　日本文学之分期

日本思想,始受我国儒家影响,次为印度佛教,再则为西洋思想。因富于创造力,故能以外来思想,化为日本人之物,融合东西文化,建立国基。文学有二千余年之历史,其固有者,韵文有长歌、短歌、连歌、俳谐、俳句、净瑠璃;散文有物语、战记文、小说等。至于发展的时期,可分列如次——

	太古
儒家	奈良朝
日本精神	平安朝 镰仓 室町
佛教	江户时代
西洋思想	明治 大正以后

一、上古时代(奈良朝时代以前,即纪元前700年起)

此期指神代至崇峻天皇,留传于后世者,韵文有歌谣,散文有祝词,为未受外国思想的文学。文质朴实,惟内容幼稚。

二、奈良朝时代(公元593—793)

此期指推古天皇至桓武天皇奠都平安时。汉学与佛教的影响,已见于文学。这时和歌最流行,有《宣命》等散文。

三、平安朝时代(公元794—1186)

此期指桓武天皇奠都平安,到后鸟羽天皇建幕府于镰仓时为止。此时文学的特长,乃是女流文学的兴起,以不朽的文字传于后世。和歌亦极盛。文学在贵族的手中。

四、镰仓、室町时代

镰仓时代指镰仓设幕至后醍醐天皇之建武中兴止(公元1186—1332)。室町时代指后醍醐天皇至德川家康任征夷大将军时(1332—1603)。此时文学,受佛教影响渐著,和歌与散文带有厌世倾向。战记文、随笔、谣曲、能等产生。社会上以武士、僧侣为有势力。

五、江户时代

指江户设置幕府至明治维新(1603—1867)。此时分京阪中心的上方文学与江户中心的江户文学。净瑠璃属前者,草纸类属后者。国学大兴,平民文学亦盛。

六、明治、大正时代(1867—1926)

此为西洋文明输入的时代,国民觉醒,文化极盛。文学的形式与内容,顿改旧观,具有世界的价值。

第三章　上古文学

上古的日本民族,没有公共生活,没有异民族的接触,所以民族精神并不紧张。没有使国民全体兴奋的战争,国民的英雄一类的人物便不会出现的。又没有使国民感动的传说的话题,因此伟大的史诗、英雄的传说也不会产生。民族精神既不紧张,公共集会就没有机会可以产出,要像希腊人一样,在公众之前,高吟朗诵,是绝对不能的,所以说话就不会用诗的形式表现出来。就地理与文学的关系说,日本有美丽的风景,山明水秀,像庭园一样,民族受了地理的影响,产生出来的文学,也非我们的长江大河、气魄雄厚的中国文学可比。即使是庄子的《逍遥篇》中的想象,在日本的上古文学,寻也无处可寻,这是日本人自己承认的。然则日本上古有些什么文学呢?

上古虽然没有伟大的叙事诗,可是感情生活却为人类所不能免,因此有了简短的抒情的歌谣。那时的歌谣,都是由一人的口里传到他人的口里,还是气体的文学,当然不能完全保留下来。直到有了破残不完的文字以后,才有人动笔记录,于是渐变为固体的文学。上古的歌谣,经后人记录在《古事记》《日本[书]纪》两种古籍里面,后来的人才能够去鉴赏,称为"《记》《纪》之歌",约一百八十余首。

见于《记》《纪》的歌,都是史迹有关系的,作者不是天子,就是贵人。歌的种类,有军歌、恋爱歌、饮酒的歌、讽刺的民谣、对答的歌。歌的音调多为七五音的交错,或为五七七音(名叫片歌),使反歌调反复,则为旋头歌。五七五七七(三十一字)音的歌最多,次则五七五七五七七音与五七五七五七五七七音的也多,是为长歌。

歌的形态如次:

军歌以神武天皇(公元前660年顷)所作的为多,兹译数例于下——

1. 神武天皇的军歌(原文略):

此其时矣!此其时矣!
哈!哈!嘎![注]
就是此时
孩儿们!

就是此时
孩儿们！

[注]欢呼之声。

2. 神武天皇东征凯旋时张宴作歌(原文略)：

在宇陀的高地上，
张了捕鹬的网，[注1]
等候它来捉住它。

不料鹬鸟捕不着，
巨鲸倒来投网罗。
你们的正妻向你讨鱼肉，
你只割一点儿给她；
你们的侧室向你讨鱼肉，
无论多少你总得给她，
哈！哈！[注2]

[注1]古人宴必用鹬鸟作肴。

[注2]有嘲笑之意。

3. 神武天皇至忍坂的大土窟，征伐"土蜘蛛"[注1]，下令闻歌声时，

拔刀杀贼,歌曰(原文略):

忍坂的土窟里,

有许多的贼人,

有许多的贼人,

我勇壮的久米儿郎呦!

用头椎的大刀,[注2]

用石椎的大刀,[注3]

——去击杀了吧!

我勇壮的久米儿郎呦!

乘此时机,

用头椎的大刀,

用石椎的大刀,

——去击杀了吧!

[注1]土蜘蛛为一种穴居的异族。《神武天皇纪》云:"高尾张邑有土蜘蛛,其为人也身短而手足长,与侏儒相类。"

[注2]柄如槌形的大刀。

[注3]柄头以石为饰的大刀。——此非指大刀有两种,乃同言一种,重言所以整语调也。

4. 神武天皇伐长髓彦(登美毗古)时,歌曰:

勇壮的久米儿郎

耕种的粟田里，
生着一根韭[注]，
你们斩它的根与茎，
灭它的根与芽。

[注]韭喻贼子。

又歌曰：

勇壮的久米儿郎
在垣脚种下了蜀椒[注]，
我们恨那贼子
如蜀椒辣我们的口，
——永不能忘，
努力杀贼！

[注]原文作姜（Haji kami）。

又歌曰：

我们包围敌人
如细螺围绕波涛汹涌的伊势海的大石
努力杀贼！

又伐兄师木弟师木[注]时,兵卒疲惫,因作歌曰:

在伊那佐山的林间,

往来侦伺敌人,

攻打敌人,

大众都饥饿了,

鹈养的儿郎们!

快些带粮食来救济呀!

[注]师木,地名,今之矶城郡,昔为弟兄二贼所据,故云。

祝词的起源,远在天照大神时。至舒明天皇朝,有出云国造贺神词,天智天皇(或作天武天皇)朝有大袚祝词,皆以散文作成,备祭祝时在神前朗诵,意在袚除不祥,歌颂神德,述神代旧事或远祖事迹,祝贺皇帝。其作用在使朝中群臣以至庶民,悉知建国的基本,宣扬祖德,了然于皇室的渊源。各代祝词,二十有七,[注]有文艺价值者,惟《大袚祝词》一种。

[注]祈年祭、春日祭、广濑大忌祭、龙田风神祭、平野祭、久度古开、六月月并祭、大殿祭、御门祭、御魂镇斋户祭、伊势大神宫、二月祈年、六月十二月月次祭、丰受宫、四月神衣祭、六月月次祭、九月神尝祭、奉入斋内亲王时词、迁奉大神宫祝词、迁却祟神祭词、遣唐使时奉币、出云国造神贺词等。

大祓祝词

集侍亲王、诸王、诸臣、百官人等诸闻食止宣。大皇朝廷尔侍奉留比礼挂伴男手襁挂伴女,韧负伴男,剑佩伴男能八十伴男乎始氏官官仕奉留人等乃过犯(家牟)杂杂罪乎今年六月晦之大祓给比清给事乎诸闻食止宣。高天原尔神留坐皇亲,神漏岐、神漏善乃命以氏八百万神等乎神集集赐比神议议赐比氏我皇御孙之命波丰苇原乃水穗之国乎安国止平久知所食止事依志奉伎。如此依志奉志国中尔荒振神等(乎波)神问(志尔)问志赐比神扫扫赐(比氏)语问志,磐树立,草之垣叶(乎毛)语止氏,天之盘座放,天之八重云乎伊头乃千别尔千别氏天降依志奉伎。如此久依(左志)奉志四方之国中登大倭日高见之国乎安国止定奉氏,下津盘根尔宫柱太敷立,高天原尔千木高知氏,皇御孙之命乃美头乃御舍仕奉氏,天之御荫,日之御荫止隐坐氏,安国止平(气久)所知食武,国中尔成出武天之益人等我过犯(象牟)杂杂之罪事波天津罪止畔放、沟埋、樋放、频莳、串刺、生剥、逆剥、屎户,许许太久乃罪乎天津罪止法别(气氏),国津罪(止八)生肤断,死肤断,白人,胡久美,己母犯罪,己子犯罪,母与子犯罪,子与母犯罪,畜犯罪,昆虫乃灾,高津神乃灾,高津鸟灾,畜仆志,蛊物为罪,许许太久乃罪出武。如此出波天津宫事以氏,大中臣,天津金木乎本打切末打断氏千座,置座尔置足(波氏志),天津菅曾乎本刈断,末刈切氏,八针尔取辟氏天津祝词乃太祝词事乎宣礼。如此久乃良波天津神波天盘门乎押披氏天之八重云乎伊头乃千别尔千别氏所闻食武。国津神波高山之末,短山之末尔上坐氏,高山之伊穗理,短山之伊穗理乎拨别氏,所闻食武。如此,所闻食(氏波)皇御孙之命乃朝波建乎始氏天下四方国(尔波)罪止。云布罪波不在止科户之风乃天之八重云乎吹放事之如久朝之朝雾,夕之御雾乎朝风夕风乃吹扫帚事之如久,大津之边尔居大船乎舳解放,舻解放氏大海原尔押放事之如久,彼方之繁木本乎烧镰以氏打扫事之如久。遗罪波不在止被给比清给事乎,高山之末,短山之末(与理)佐久那太理尔落多支,速川能濑坐须濑织津比咩止云神,大海原尔持出(奈武)如此持出往波,荒盐之盐乃八百道乃八盐盐道之盐乃八百会尔座须速开都比咩止云神持歌吞(氏牟)。如此久歌吞(氏波),气吹户坐须气吹户主云神,根国,底之国尔气吹放(氏牟)。如此气吹放(氏波),根国,底之国尔坐,速佐须良比咩,登云神持,佐须良比失(氏牟)。如此失(氏波),天皇我朝廷尔仕奉留官官人等始氏,天下四方(尔波),自今月始氏罪止云罪波不在止,高天原尔耳振立,闻物止马牵之氏,今年六月晦日夕日之降乃大祓尔祓给比清给事乎诸闻食止宣。四毛国卜部等大川道尔持退出氏祓却止宣。

译意：

聚集于此的亲王、诸王、百官人等，其洗耳倾听：因使臣僚伺从、男男女女、负弓者、佩剑者，洗清他们的罪过，故举行六月晦日的大祓。天孙降世之后，留于高天原的男女神祇祖先，曾召集八百万神祇聚义，议定以治理丰苇原水穗国（日本）任务托付于皇孙。故必先扫荡丰苇原的恶徒，将背逆皇命的凶恶神祇，一一审询而遣逐之。国内泰平，即一草一木均安静无扰，乃排云雾而使皇孙降临下界。皇祖所赐各地，以大和国为最丰饶，遂择定此处，营造庄严的官殿，坐镇其内，以宰治天下。国内人民，年年繁殖，因将人民所犯各罪，别为二种：凡毁稻田区划（畔放），堵塞水沟（沟埋），毁稻田水渠（樋放），下种重叠（频苫），以木签插田泥内（串刺），活剥皮（生剥），逆剥生物之皮（逆剥），遗秽（屎户）是曰天罪。凡断生物肢体（生肤断），断死者肢体（死肤断），白人（即皮肤毛发皆白之谓），胡久美（患赘瘤有肉下垂之谓），母子相通罪，淫其母次及其女之罪，淫其女次及其母之罪，畜淫罪，受蜂蝮等之害，受雷神之灾，受鸟之害，杀家畜（畜仆），诅咒他人，是为国罪。此二种罪过，发现于人民间最多。凡诸罪发现时，即依高天原仪式，由大中臣（官名）以各种丰厚的祭物供奉，朗诵祝词。

祝词既达上天，天神乃启"天之岩户"，排重叠云雾以纳之,国神亦在高低各山上,排烟霞以纳之。

祓除以后,皇孙朝内以及四海人民,得免罪过。洗清罪恶,有如疾风吹散云雾;如泊于港湾的巨舶,解缆以入于海;如以火中锻炼的利刃切断厚重之木,一切罪恶悉净。祓除的罪恶,有坐镇于高山流下的急流的濑织津女神驱之入大海。诸罪既入海中,有速开都女神悉吞灭之。

又有气吹户女神,吹诸罪入于幽冥,居幽冥界的速佐须良女神乃吹散毁灭诸恶。诸罪既灭,自王公以至四境人民,自此以后悉免罪愆。诵此祝词者,须朗声使四方悉闻,经此禊祓,六月晦日以后,诸罪皆得解脱。

第四章　奈良文学

自推古天皇至桓武天皇,传十八代,约二百年。此时汉学与佛教侵入,典章文物,莫不受其影响。美术发达,尊崇佛教。凡游奈良者,必能想起法隆寺、药师寺的佛院。正仓院中保存的各种美术品,都是研究奈良文化的资料。文学作品,可以分为两类:

1. 歌谣《万叶集》;
2. 散文《古事记》《风土记》《氏文》《宣命》。

一、《万叶集》(*Manyōshiu*)

《万叶集》产生的时代,未能确考,大约成于奈良朝的末叶,编者也不能确知,据僧契冲著《万叶集代匠记》称为大伴家持(785)所辑。家持自幼将见闻的歌笔记下来,成为此集,又混入自己所作的歌。原集共二十卷,从舒明天皇(公元629—641)到光仁天皇(公元770—782)的歌,都搜罗在内。歌数约四千五百。作者包罗皇帝、皇后、农夫、渔夫、大臣、将军、兵卒、衙役、艺妓,各阶级的人,足以代表当时民族的性情,是许多自然的、原始的、纯朴的歌。歌的形体可分长歌、短歌、旋头歌、杂歌、四季杂歌、四季相闻、相闻(即广义的恋歌,不仅咏男女的爱情,又咏父子、兄弟的离情等)、譬喻歌、挽歌、反歌(即反复歌咏之意,附在长歌的后面,将长歌之意再咏一遍,或因长歌之意有未尽,又歌咏之)。短歌在集中最多,与反歌合计约四千一百七十三首,短歌诗形为三十一字。集中的歌人有六百三十一人,中有女子七十一人。

集中的歌人,以柿本人麻吕、山部赤人为杰出。人麻吕的短歌,长歌甚多,歌咏山川的风物与离别、恋爱之情,雄浑优雅。尤以长歌最优,文辞端丽,格调整律,在《万叶集》中,无出其右者。所作哀悼诸诗,富于情感,最能动人。

山部赤人与人麻吕齐名,并称歌圣。赤人身世,亦不可考,惟知曾侍圣武天皇,官位甚低,侍驾游纪伊、大和、伊豫诸地。他的歌多咏自然之美,声调闲雅,亦富想像。

反 歌

山部赤人 作

和歌浦中潮水满时,
砂洲已不见了,
白鹭朝芦边鸣着飞去。

同

江心的波浪，

岸边的波浪，

都静寂了，

去打鱼吧，

藤江浦的鱼船嚷着呢！

同

到田儿浦去，

只见粉白的雪，

降落到富士山的顶上。

相 闻

山部赤人 作

相思着过了今朝，

有霞笼罩的明天的春日，

怎样过呢？（寄霞）

这样的深夜休要归去呀，

道旁的小竹上，

铺着霜的夜。（寄霜）

莫问立在那里的是谁呀,
是九月的露水濡湿了的
待着君的我。(秋)

杂　歌

前人

秋风生凉了,
不并骑到郊外去吗?
——看荻的花。(秋)

今宵破晓时郭公鸟的鸣声,
你听着了么?
或是在朝寝?

夜渐深了,
长着楸树[注1]的清净河原,
千鸟[注2]频啼。

[注1]楸树生在荒山溪流旁或野火烧过的土上,与杂树同,为自生的落叶乔木,干高五六尺,或达二丈。叶对生,形似桐叶。嫩叶与叶柄均带美丽的红色。

[注2]音 Chidori,水禽名。

三吉野的
象山间的林梢,
无数小鸟的啁啾。

到春日的野外,
去摘紫云英的我,
恋着郊外,
竟夜忘归了。

想送给友人看的梅花,
积了白雪,
花也难于分辨了。

从明日起去摘嫩叶,
预定的野外
昨天落了雪,今天也落雪。

在武津浦荡着的小舟呀,
背着粟岛驶去,
可羡的小舟呀!

同笼罩飞鸟山上的雾一样,

恋慕旧都之情，

没有一个时候忘记。

旋头歌

（十年戊寅，元兴寺僧自叹歌）

这里有珍珠，

不为他人知。

只要我知道它的真价，

他人不知正好，

他人不知也不妨。

柿本人麻吕　作

为君织衣，

手也酸了，

百花开放的春日来了，

我染上什么颜色好呢！

同人　作

在这样的春天，

终日在田里工作的人，

是怎样的可爱哟！

虽无妻子帮助他，

他独自那样的工作。

上人麻吕所作的两首,歌咏上代人的生活,与民谣类似。

同人 作

生在水边的苇草的叶梢,
是谁折了呢?
我要看乘舟远出的良人,
他惜别时拂袖的姿首,
是我折了的。

同人 作

冲上岸来的水藻花哟!
你切莫把我与妻藏在这里的事,
——去告诉人家。

同人 作

到丘上来割草的小孩,
你切莫把草统都割了去,
留等我的爱人骑着马来,
给他的马作草料。

同人　作

远远的安昙川畔的河柳,

割了又发芽,

我的心正和那柳一样。

挽　歌

柿本人麻吕妻死后作[注]

遥远的轻市,

是妻的乡里,

到轻去的路途,

时时都想看见。

若竟去了,要惹起人家的注意,

常常去呢,人家是会知道的。

我心中这般思忖:

横竖日后要相逢,

便坐在屋内恋想着度日,

不去又何妨呢?

水藻般附着我寝的妻呀!

你如落山的夕阳,

你如浮云蔽着的月儿,

——逝了,逝了,

使者来告时，
听着他的声音，
我无所措，忐忑不宁。
我深深恋着的情，
能有几分得着安慰？

我妻平日眺望的轻市，
我在那儿静立着听——
亩火山的鸟语犹昔，
何处能闻我妻的声音？
路上来往的行人，
更无一个似我妻，
吁嗟！万事皆休，
唤着妻的名儿，
拂袖而归。

[注]歌中人麻吕所称的妻，实际是他秘密恋着的爱人，所以歌里有"若竟去了，要惹起人家的注意……"诸句。

附：

短歌二首

秋山的红叶繁茂，

欲觅迷途的妻,
但不识山径。

去年看过的秋夜的月
依旧照着,
同眺的妻,
渐渐的远了。

附反歌:

柿本人麻吕别妻时作歌

石见国的津农岸没有港湾,
也没有砂洲,
没有海湾正好,没有砂洲何妨。
和多豆的荒矶上的碧绿的海藻——
朝被风吹,夕为浪打,随波飘动。
我别了海藻般倚着我同寝的妻,
来到道中的弯曲处,
我几次回顾,
乡里渐远,
山道一步高一步,
家中的妻,萎同秋草的想念我吧!
遮着我的山呀!为我俯首

我要看我妻的家。

反　歌

妻(立在门外)从石见国都农山的林间,看见我拂袖吗?

别妻后来到山道,山风吹竹叶沙沙作响,虽是骚然,怎能扰我思妻的心呢!

山上忆良在《万叶集》诗人中,为精深汉学者,信仰佛教,歌里所表现的,多为佛家的思想。曾有《类聚歌》之作,今已不传。《令反感情歌》一首,咏世人的羁绊,纠正遁世出家之念,与下列《贫穷问答歌》,共称杰作。

贫穷问答歌

山上忆良　作

北风飒飒,
雨雪霏霏的晚上,
酷寒到这样,
叫我如何能忍受。
取了一块硬盐[注1]嚼在口中,
再啜一口糟汤酒[注2],
咳咳喘喘止不住,
鼻子塞住气不通,

摸着疏落的胡须,

自忖谁似我豪气,

可是冷得要我的命,

赶忙盖上麻布被,

把所有的无袖的短褂都穿上身。

在这般寒冷的夜里,

还有比我更穷苦的,

他们的爷娘受饥寒,

他们的妻儿哭着叫唤。

"在这般时候,你如何度日?"[注3]

"天地虽宽阔,[注4]

在穷人只觉窄狭;

日光虽明亮,

照不到穷人头上。

难道世人都是如此么,

抑只我一人是这样。

上天不易生出一个人,

我也和他人一样的住在人间世,

而我肩上披着的是无棉无袖、水松似的褴褛。

矮而偏斜的小屋内,

土地上铺的是干稻草,

父母睡在我枕旁,

妻儿睡在我脚下

围绕着我抽声叹气。

灶上没有烟,

饭甑张蛛网;

忘却了三餐,

呜咽声似鸟。

谚云'寸木又削尖,痛疮再灌盐',

里长挟着板子走进来,

立在身旁厉声叫我付租钱,

这样的日子怎样过,

　　——我的天!"

[注1]硬盐即成块的盐,与沙盐细盐等别。

[注2]糟汤酒是用水去泡酒糟而成的。

[注3]题为贫穷问答,故诗人设问。

[注4]以下答辞。

附反歌:

这样的度日,

想起来又是辛酸,

又是悲苦，

既非生有翅膀的鸟，

不能飞去奈若何！

大伴家持为大伴旅人的儿子。他的歌可以分做三个时期。第一期为热情时代，那时他是一位贵公子，欲得才媛闺女的欢心，以杜鹃鸟、梦等作题目，作恋爱歌。第二期是模仿时代，他仿柿本人麻吕，作歌哀悼自己的兄弟；仿山部赤人，咏二上山；仿山上忆良，悲人世无常，欲入山修道。至于咏鹿、雪、梅、荻等物，则多受他的父亲的感化。第三期为成熟时代，这时的作品，使他在万叶歌坛成为名家。

女流歌人有阪上郎女（旅人的妹，家持的叔母）、额田女王、大伯皇女、石川郎女、誉谢女王。阪上郎女长于短歌，为《万叶集》中第一流的女诗人。

二、《古事记》

天武天皇在位十年时，有舍人名稗田阿礼，年少多才，得天皇宠幸。天皇以历代皇位继承及先代旧事口授于他。天武天皇崩，一时中止。元明天皇和铜五年（当我国唐睿宗时，公元712年），太安麿得阿礼的口传，奉旨编撰。其后八年，即养老四年，舍人亲王编《日本书纪》，他以《古事记》非纯用汉语编成，引为憾事，特用汉文作此。修史之体裁与记事的正确，当推《日本书纪》。若从文学方面看，则《古事记》的艺术的价值，极为重大。因《日本书纪》为历史的，而《古事记》为文学的古籍。

《古事记》,即日本的传说、神话集。大凡一种民族,其创国之初,必托于神话,亦即国史的最初一页。《古事记》中《神代卷》就是日本的开辟神话,也可以看作日本的开国史。《神代卷》中,谓国土流动,未成形,日月亦未照临斯土。混沌的世界中,有二神出现(乃天神所命,一名伊邪那岐,一名伊邪那美),从天上浮桥,窥探下界。以矛搅动海水,矛上滴下的海水,积累成为一岛,是为自凝岛。此地便是二神生殖的场所。写二神交媾曰:

> 二神下降岛上,建立天之御柱,造成八寻殿。于是伊邪那岐神问其妹伊邪那美神曰:"你的身子如何长成的?"妹答曰:"我的身子都已长成,但有一处未合。"伊邪那岐神曰:"我的身子都已长成,但有一处多余。今以我所余处刺塞你的未合处,产生国土,如何?"伊邪那美神答曰:"善。"于是伊邪那岐神曰:"我与你绕着天之御柱行去,相遇而行房事。"

这种的描写是很天真的。因为二神的交欢,不仅产生日本的国土,如海神风神及其他多数的神,都是这次交媾所生的。然有生必有死,女神因产火神,下身被火灼死,男神伏枕旁号啕大哭。女神至黄泉国,男神因欲带回他的爱妻,亦跟随到黄泉国,因为犯了"不可窥视"的禁令,后来二人以争斗了结。女神发誓咒每日死亡千人,男神誓每日产生一千五百人。

男神产天照大神、月读之命、须佐之男三神,因有高天原神话、出云神话、大国主的神话的产出。大国主的神话,以"稻羽的白兔"始,为后代流传最广的传说——

> 八十神欲求婚于八上比卖,以大穴牟迟神为从者,使负袋同赴稻羽。既抵气多,见有裸兔伏地。八十神曰:"汝何为者?曷浴海水,伏于高上尾上,临风晒干?"兔果如八十神所言,皮为盐水所浸,被烈风吹破肌肤,痛极而哭。大穴牟迟神方自从来,问故。兔曰:"我自隐岐来,欲渡海至此,但无渡者。因骗海中鳄鱼,佯言我族数多于鳄,若不信,可招同类至此并列海面。鳄鱼信以为真,满浮海面,遂从鳄背渡海。鳄被欺怒甚,将我衣剥去。因此流泣。八十神过此,令我浴海水中,因以至此。"大穴牟迟神闻言。命兔以淡水洗身,并用蒲花敷患处。兔的身体遂得复原。

描写恋爱的故事,也是极优美的部分。此外有写兔、鼠、鱼、鸟等和人的交涉的,又有神化为矢、玉化为女、女变为蛇等奇异的故事。总之,此书的内容,是神话的而且是童话的。初看好像幼稚,其实是古代人的直观的特征,也是丰富的想象力的结晶。无论是描写恋爱或争斗,都是透明而朗澈的。

复仇文学是日本文学里的特征。在《古事记》中,也有描写复仇的故事。

穴穗天皇弑目弱王的父亲,而夺后为妻,七岁的目弱王刺穴穗天皇为父复仇。

> 天皇坐神榻昼寝,与后闲话,后问曰:"汝何所思?"答曰:"以我之尊,当无所思。"时目弱王年方七岁,戏于殿下,皇不知也。皇语后曰:"朕时有虑,汝子目弱王长成时,若知朕杀其父,将起逆心矣。"目弱王闻之,俟天皇寝时,取大刀斩天皇之首出奔。
> 大长谷王子,时尚在童年。闻此事大怒。访其兄黑日子,问此事如何。然黑日子不以为异,有怠慢之意。大长谷王子詈其兄。谓在公为君臣,在私为手足,何故恝然。乃握其衿杀之。后又至兄白日子处,与所言相同,不意白日子亦有怠慢之意,大长谷王子遂握其衣衿,拉至小治田,掘一地穴,将白日子埋于土内,露腰部以上于外,抉其双目。大举伐目弱王。时目弱王匿于某臣家中,某臣闻大长谷王子至,解刃八拜,愿以美姬及五处屯宅献纳,且曰:"臣闻自古迄今,只有臣匿王所,未见王隐臣下家中者。"后知力不能敌大长谷王子,又不愿舍弃目弱王,遂以刀刺目弱,自刎死。

这种复仇的描写,使人同情于大长谷王子复仇的感情,而对于年幼的目弱王牺牲生命的某臣子,亦有同感。作者对于此类的弑杀,全然不加道德的批判,也没有对于某点有夸张的偏颇心。全是将材料沉淀之后,把它完全地表现出来。作者的天真的心,从这些材料里面,寻着了激烈的复仇与猛勇的义侠,他无心地同情于这类的感情,遂无心地将这类的感情表现出来。

《古事记》的恋歌以八千矛神和他爱人的唱和最好,原歌如次。

八千矛神赴高志国(即越后),求婚于沼河比卖,到了她的门口,歌曰:

> 八千矛寻遍了国内,
> 难觅合意的妻子;
> 在远远的越后国,
> 听说有贤淑的女郎,
> 听说有美貌的女郎,
> 便前去结婚,
> 走去结婚。
> 腰刀的绦还未解,
> 外套也还未脱,
> 立在门外,
> 去推她闭着的门,
> 拉她闭着的门,
> (一直到天亮)
> 青山里有枭鸟叫,
> 野有雉鸣,

庭有鸡啼,
薄情的,啼着的鸟呀![注]
叫烦恼打杀这鸟吧!
从远道来的我,
向女郎说的话,
女郎可听着了么?

[注]八千矛神在门外等了一夜,故云。

沼河比卖未开门,在内歌曰:

八千矛神!
我是柔弱的女儿。
现在我的心中,
正如飞翔在水渚上的
不宁静的水鸟;
到了今晚上,
便像那浮在静浪上的鸟一般了。
好好将护君的命,
切勿因爱丧了君的身!
我谨致此词,
传达我的腹心。

日光没后，

到了夜间，

我开门来迎君，

君的笑颜如晨曦，

君将粉白的手腕，

摸我的软如雪沫的酥胸。

拥抱我的酥胸，

白玉一般的，玉一般的手互相枕着，

伸长着股儿睡觉吧。

且忍耐这一宵，

切勿因爱而心焦，

八千矛神！

故其夜未交合，次日之夜始交合云。

八千矛神的正妻须势理毗卖甚嫉妒，他感着困难，将离出云赴倭国，束装上道时他双手置马鞍上一足踏入镫内，歌曰：

穿上了黑衣，

像海鸟回翔时自顾它的胸脯，

振袖看自己的服装，

将这不称身的黑衣裳，

脱弃在近浪的石矶旁。

换上了碧青的服装,
像海鸟回翔时自顾她的胸脯,
振袖看自己的姿首,
将这不称身的青衣裳,
脱弃在近浪的石矶旁。

春好了山中探来的茜草,
将红色的汁水染上了衣裳,
像海鸟回翔时自顾它的姿首,
只有这套是称身的衣裳。

可爱的妻啊!
我带着鸟群去了,[注]
我领着鸟群去了。
你表面说不哭,
你终如山隈的一根"薄"草,
倾颈而哭吧,
你流泪如朝雨,
你叹气如朝雾。
娇嫩的妻啊!

[注]鸟群喻从者。

他的妻举着大酒杯向他歌曰:

> 八千矛神,我的国主!
> 你是一个男儿,
> 你出外遍寻岛岬的各处,
> 你觅遍各处的矶石,
> 你将得着中意的妻子。
> 我啊!是一个女儿,
> 舍了你我没有男子,
> 舍了你我没有丈夫。
> (你不要去呀!)
> 在绫帐下的柔软的帷里,
> 在如绵的暖衾里,
> 在白净的被单里,
> 将你的雪白的手,
> 摸我的软如雪沫的酥胸,
> 拥抱我的酥胸,
> 白玉一般的手互相枕着,
> 伸长着股儿睡觉吧!
> 我谨献这杯美酒。

歌后,交盏而饮,互以手加颈上,睦甚,八千矛神终于没有他去。

三、《风土记》

元明天皇和铜六年（即献《古事记》的翌年），上命畿内及七道募集各地地志与来源。各地奉喻，遂将产物的品目、土地的沃瘠、山川原野命名的由来、古来相传的旧闻异事记出献纳，这便是各地的《风土记》。前面讲的《古事记》，是以中央政府为中心的中央史，《风土记》便是各地方的地方志。

《风土记》既为各地献纳，其数必多。惟现已散失，最古的是《播磨风土记》，现在保存的是常陆出云的《风土记》。此外如丹后、肥前、丰后（皆地名）的《风土记》，都是同时的著作，但均残缺不完，全的只有《出云风土记》一种。

《风土记》的文体各地所记不一，大多用汉文体。也有用日语写的。

四、《氏文》

记一家族的历史，叙祖宗的功业与家系的，名叫《氏文》，现存者只有《高桥氏文》一种，余均散亡。《氏文》之作在保持先人令誉，表彰祖德，为一种崇拜祖先的文字。

五、《宣命》

用日本文作的诏敕，称为《宣命》（对用汉文作的诏敕而言），《祝词》与《宣命》同为最古的散文。《祝词》文体同一，《宣命》文体因事件之变化，其形不一。《祝词》献纳神前，《宣命》告谕人民。至于文字之优雅简古,二者相同。《续日本记》中所记《宣命》之文,称中务省大内记所作。天武、孝谦、文武三个皇帝即位时的宣命,圣武天皇神龟六年(当我国周惠王二十二年,公元纪元前655年)册封皇后,光仁天皇宝龟二年(当我国唐太宗六年,公元771年)藤原永手死时所赐的诏书,这几种宣命,是很有名的。

当时的人,已能自由使用汉文。元正天皇养老四年,舍人亲王、太安麻、纪清人、三宅藤麻等奉敕撰《日本书纪》三十卷,仿《史记》《汉书》体,用华美的汉文作成。文字与内容,均模仿中国。那时日本当与我国唐朝交通,得见我国的典籍,有意仿效,以衒新奇。《神代篇》曰:

古天地末剖,阴阳不分。浑沌如鸡子,溟涬而含牙。及其清阳者薄靡而为天,重浊者淹滞而为地。精妙之合搏易,重浊之凝场难,故天先成而地后定,然后神圣生其中焉。

凉仁天皇天平胜宝三年仿唐人作诗,辑《怀风藻》诗集,集中共有诗百二十篇,集当代六十四人之作。集中以弘文天皇、大津皇子、葛野王等著名。

侍宴(五言)

弘文天皇　作

皇明光日月　帝德载天地

三才并泰昌　万国表臣仪

（照抄原文）

秋月闺情（五言）

石上乙麻吕　作

他乡频夜梦　谈与丽人同
寝里欢如实　惊前恨泣寒
空思向桂影　独坐听秋风
山川险易路　展转忆闺中

（照抄原文）

奈良朝末期的文学，受汉学的影响甚大，自推古天皇（隋文帝时）时起，即派使至隋至唐，采取文物制度，命僧人南内请安，高向玄理、僧旻等人渡唐留学。如吴服、绫服、及一切工艺美术，无一不模仿我国，汉文汉诗，在当时要算很时髦的了。

第五章　平安文学

　　桓武天皇延历十三年（公元794年，当我国唐德宗十年），京城迁至京都（Kioto），是为平安朝。这时国内宴安，讴歌太平。宫殿的宏壮、邸宅的华丽，为历代所无。商贾兴盛，人民乐业。一切文物，多仿我国唐代制度。惟习于逸乐，易流于淫惰。花荫月下，饮酒赋诗，公子情深，佳人薄命，此数语可以形容那时的人物。谈虎变色，闻盗心惊，面色苍白，肢体柔弱，举止迟钝，行为因循，则为贵族社会的写实。当时的宫廷，充满女官，有女御、更衣、内侍、典侍等。一旦得宠，便可册封皇后，家族借此显达，得为皇朝的外戚。大家都知道这条路是终南捷径，若自己生了女儿，便设法送入宫内。皇宫里面，俨如贵族女校，首习和歌，是今之国语；琴筝琵琶，今之音乐；棋、双六，今之游戏。此外尚有主要科目，则"恋爱学"是也。如互通殷勤，眉目传情，情书往来，伴残灯而相思，结果或悲或喜，则又为"恋爱学讲义"的节目也。无论男女，在当时均视为"必修科目"，以为人生真义尽在于此。描写当时恋爱的种种相者：韵文有《古今和歌集》，散文有《源氏物语》。

此时的文艺,总括一句说,乃是贵族的、女性的、恋爱的文学。

当时朝野均重文事,所以文学极其发达。在奈良朝末期,已有片假名的文字,到现在又创成平假名。工具已经完全,文字可用假名缀成,不必依赖难能的汉文了。"名作如林",这时的文学,可以当之无愧。

韵文:《古今和歌集》(亦称《古今集》)、《后撰集》、《拾遗集》、《后拾遗集》、《金叶和歌集》、《词花集》、《千载集》、《神乐歌》、《催马乐》、《朗咏集》、《今样》。散文:《竹取物语》《伊势物语》《源氏物语》《大和物语》《宇都保物语》《落洼物语》《狭衣物语》《后者物语》《堤中纳言物语》。日记:《土佐物语》①《蜻蛉日记》《和泉式部日记》《紫式部日记》《赞岐典侍日记》《更科日记》。随笔:《枕草纸》。历史文学:《荣华物语》《大镜》《水镜》《今镜》《今昔物语》《宇治拾遗物语》《国史》。

一、《古今和歌集》(《古今集》)

醍醐天皇延喜五年(公元905,唐哀帝天祐二年),帝命纪贯之、纪友则、凡河内躬恒、壬生忠岑撰《古今集》,搜集《万叶集》所未载的和歌,并加入时人的著作。延喜五年四月十八日纂竣,共二十卷。是为敕撰歌集的滥觞。此集之出,于其时代有密切的关系。1. 此集出世,以作诗集的先驱,供后人模范。2. 唐末离乱,文采荡然。国民自觉他人文物终不可恃,遂起此种反动。3. 假名全备,抒情述怀,极其

---

①根据下文可知,此处应为《土佐日记》。

自由。4.汉诗汉文,字句思想,过于艰深,不易了解,且乏兴趣。和歌简洁,随口成章,诗趣活泼易解。在稠人广座中,易于博人称赏。5.和歌在当世成为一种流行的文学,女子亦能制作,非一阶级所专有。6.醍醐帝风流儒雅,喜弄词章,"上有好者,下必有甚焉"。7.有应付这时代的要求的几位天才出现,如贯之、躬恒等。全集有歌千百余首,分四季、贺、离别、羁旅、物名、恋、哀、伤、离歌、杂体(长歌、旋头歌、俳谐歌、"大歌所"歌)。作歌者约百廿四人。二十卷中,有四分之一是写恋爱的,是当时宫廷生活的反映,也是表现上流阶级的国民心理的。歌里的思想,融合儒佛二教,见花而感聚散,窥月而叹无常,多因果宿命的观念。

月非昔日的月,春非昔日的春,惟有我身是昔日的我!

上歌为在原业平所作,他是平城天皇的皇子,阿呆亲王的第五子,母亲是桓武天皇的公主。他有兄名叫行平,赐姓在原。官近卫权中将,那时国内当权的是藤原氏,颇郁郁不得志,住洛北小野的山庄中,日耽吟咏。他的性情温静而闲雅,对于那时的浮华轻佻之习,异常愤恨。他的诗正合他的性情,富天真之趣,作时不费琢磨,将感触着的写出,很能动人。

纪贯之幼承家学,作歌亦精。官御书所头,后任土佐守,他的才气宏焕,每作一歌,必深思推敲。所作稳健闲雅,与在原业平之自由奔放不同,他作歌的态度很是谨严。

想起不知明日的我,趁未暮的今日,忧念我的人儿吧!

二、《后撰集》

村上天皇天历五年(公元960,我国后周广顺元年),命源顺、大中臣能宣、清原元辅、纪时文、坂上望城等,搜集《古今集》以后的歌咏,撰为此集。《后撰集》就是撰于《古今集》后的意思。

源顺称为村上时代的纪贯之,尝著《倭名类聚抄》,所作歌兼有优雅、雄劲、纤巧诸长。优美的句,如——

数那映在水上的月份,今宵呀,是中秋!纤巧的如——
前年,去年,今年;前天,昨天,今天;恋着君的我。

均颇有新颖的趣味。《后撰集》据后人的批评,有几点不及《古今集》:1.撰者自作的歌不多;2.偏于恋爱;3.词调不整齐;4.杂采赠答之歌,忘歌集原意,着力于消息之传递。都是此集的缺点。

三、《拾遗集》

撰者为藤原公任,成于一条天皇时。曾根好忠为集中的新派歌人。以俗语、新语入歌,别创一调,为当日的人不容,但不失为一改革的先驱者。他有一首歌是:茅,鼠曲草,接骨草,古蓬。格调为前人所无。

四、《后拾遗集》

载《源经信》,藤原范长、能因法师、良暹法师诸人的歌。

五、《金叶集》

为崇德天皇天治九年源后赖所撰。

六、《词花集》

近卫天皇天养二年,藤原显辅撰。上两种所收的歌都是卑俗浅近的,有嘲谑的味道。

七、《千载集》

为后岛羽天皇文治二年,藤原俊成撰。

八、《神乐歌》

供祭神之用,始于奈良朝末期,有谱,屡经改订。所咏多关神事,也咏风俗、恋爱、自然、父子之情,兼以讽刺。

九、《催马乐》

乃当时的俗谣,或谓系当时各地朝贺君主时赶驮马的马夫口中所唱的,故有此名。

十、《朗咏集》

是藤原公任的女儿出嫁时,在花晨月夕所集的和汉古今的名集,故又名《和汉朗咏集》。

十一、《今样歌》

为一种赞美歌,与基督教的赞美诗、佛教的梵赞类似。在当时极流行,可以合拍而舞,有如今之表情体操,为歌剧之滥觞。

平安朝重要的散文为物语类(Monogatari),物语中最古者为《竹取物语》,作者与年代不详。为神话以后的一种想象的著作,开小说之端。题材取自《广大宝楼阁经》《善住秘密陀尼经序品》《华阳国志》。藤冈博士谓脱胎自我国《汉武内传》西王母的故事。原著者融合读书所得、已往的经历、社会的见闻,作成此集。原书梗概如次——

> 从前有一个采竹老翁,在一棵光泽的竹里得了一个女儿,大约寸许,他放在掌上带回家中,不到三月便长成一个美貌的女郎了。艳名噪远近,来求婚的人很多,有自荐者五人。翁劝女儿速选定一人。五人都是贵胄,每日有的吹笛,有的唱歌,以博女郎的欢心,女郎不堪其扰,便提出了五个难堪的条件——
>
> 叫车持王子　取蓬莱山的玉枝,
> 叫石作王子　取天竺佛的石钵,

叫右大臣阿部　取支那火鼠做成的皮裘，
叫大纳言　取龙首的五色石，
叫石上中纳言　取燕子的子安贝。[注]

[注]相传妇人产儿时，手握子安贝，便能安产。

谁先取得来，便嫁给谁，五人知道是难题目，但只好应诺。石作王子外游三年，取大和国某寺的不动尊前的石钵回来，图欺骗她，被她查破了。取玉枝的车持王子，则命人围护他的秘密室，假造玉枝。果然瞒着了美女，看不出破绽。美女叫他叙经过的苦难，他便上天下地，胡言了一阵。恰好此时有人走进室内，向他讨秘密室的租钱，于是功败垂成。右大臣阿部家财富饶，命人到支那求火鼠的皮裘，据说此裘入火不燃。果然得了，不料当着美女的面前投入火内，仍然化为灰烬，这一位又失败了。大纳言想得龙首上的玉，集群臣会议，诸臣无不愿效劳奔驰。于是他斋戒沐浴，祈祷天地，早得美妇。他率众人出外寻觅，过了几年，尚未得着，众有怨言。正在此时，海中忽起波浪，水上有绿色的圆球两粒，他以为龙王来也，大喜过望。后来知道不是什么玉之类的东西，乃是李子两个。石上中纳言要得燕子所生的子安贝，每天叫匠人到每家的屋檐上屋顶上寻找燕窠，始终没有寻着子安贝。有教他说，燕子产子安贝的，它的尾必向下回转七次。寻来寻去，只得着燕子的陈粪，懊丧得几乎死去。

此事被皇帝知道，便叫老翁速将女儿送入宫内，媪以问女，女不允。并言三五之夜，将离去人世。翁媪闻之大惊且悲，言于帝。帝命甲士二千人，在月圆的晚上，严防美女升天。那夜月色有异，空中降下密雪，美女就与来使同去了。去时还拿不死的药赠给皇帝，帝将不死之药焚于山顶，名其山曰不死山云。

《源氏物语》出紫式部女史之手，她是硕学藤原为时的女儿，生而聪慧，读书很多。后嫁藤原宣孝，未几宣孝殁，授官中宫上东门院（即皇族家庭教师），博闻强记，著《源氏物语》五十四帖。结构共分两段，前部四十四帖，写篇中主人源氏的和平生活，后十帖写他的儿子。构思的巧妙与行文的富丽，在日本文学中允称独步。心理描写之纤细，为近代小说之先河。原文有八种特色：1.修辞巧妙；2.描写内心的活动；3.描写细密；4.优雅；5.照应巧妙；6.引用古歌、催马乐等，乃以歌心所作的散文；7.短歌与文相联络；8.写情写景融化为一。自此籍出后，一切小说，多模仿它的体裁，尊为典型。惟式部文笔虽优，亦不免微有缺点，如省略主格与固有名词，文字晦涩难解，后人不易阅读等是。

《源氏物语》共有五十四帖，前四十四帖的梗概如下。

一、桐壶

叙光源氏十二龄以前的经过。源氏的母亲是宫中的更衣（女官名），居桐壶殿，因名桐壶，最得皇帝的宠爱，别的嫔妃深嫉妒她。生源氏时，帝已先有一子，为右大臣的女儿弘徽殿所生，当立为太子，但帝则爱桐壶所生的源氏，源氏五岁时行着裙仪式，盛宴一如太子，因此愈招嫉视。由桐壶殿至皇帝的御所清凉殿，要经过几处女官所居的殿前，备受揶揄捉弄，又曾将过道的门关闭，使她困窘。夏日，桐壶因忧愤致病，还家休养，遂一病不起。宫室例，凡皇子丧母，必住外祖母家中服丧。翌年春，帝立弘徽殿所生子为东宫，虽为所不悦，但畏世人，不得不如此，源氏七岁时，从师受业。那年从高丽来了一个看相的人，相源氏的像，说他将乱国，不可执政。帝信相者的话，降他入臣子之列，赐姓源氏。在宫中时本名光，故又称光源氏。源氏十二岁时加元服，司仪者为左大臣，乃皇帝妹婿，见源氏品视端丽，遂以女葵之上（长源氏四岁）妻之。帝自桐壶死后，爱源氏不减昔日，常命他住在宫内。帝因念桐壶，得一貌似桐壶的女藤壶入侍，源氏暗中眷恋藤壶，不把葵之上放在心上。

二、帚木

梅雨时节，源氏和他的妻舅头中将、右马头、藤式部诸人，在宫中夜谈，以女子为话题，各抒自己的妇女观，对于妇女的品类价值，恣意评论，于贫家出身的女子、出身豪族的女子的得失、容貌才学等，均作抽象的辩论。

三、空蝉

那时有一种迷信,忌日须避方位,宿于他家,名曰"方违"。雨夜品评妇女的翌日,源氏因"方违",赴臣下纪伊守的父亲伊豫守的馆宅。伊豫守继娶妻名空蝉,年青貌美,源氏见了,暗暗羡慕。那一夜,他偷着进了空蝉的寝室,空蝉坚贞不允,事未谐。他想起了"射人先射马"的法术,商于空蝉,将她的弟弟小君(或谓是空蝉拖来的油瓶)带回,买他的欢心,托他传递情书,几次都无回音。他不能忍耐,又去宿在伊豫守的馆宅,入夜,他悄悄地偷进空蝉的寝室,空蝉早已溜出,室内寝着的是她的继女轩端荻,源氏虽知不是空蝉,但仍和她绸缪了一夜,后来他把空蝉脱在屋里的一袭罗衣带了走。

四、夕颜

《夕颜》叙源氏至六条的御息所时,在途中探访他的乳母,在车中见乳母的邻家夕颜花盛开,中有美女的声音,后借乳母的儿子惟光之力,与夕颜之女相契。

五、若紫

写式部卿官的女儿紫之上的幼年,她是藤壶(见前)的侄女,源氏养病于北山,见了这十岁的幼女,因慕藤壶,遂将紫之上养育于自己的馆内。

六、末摘花

源氏养病时,又遇着常陆宫的女儿,容貌甚陋。因善操琴,为源氏所慕,时于暗夜幽聚,初不知女貌之丑,一夜降雪,末摘花出外闲眺,源氏始认识了她的真面目。

七、红叶贺

叙帝五十岁时,秋十月,在朱雀宫开红叶宴,写宫廷的繁华。

八、花宴

二月末在紫宫殿开观樱宴,吟诗舞蹈。源氏醉后闻有女歌"胧月夜"之曲。途曳入室内,问女名,女不言,后知为后弘徽殿的妹。

九、葵

春祭时,源氏与六条御息所同车往游,路中与妻葵之上的车相撞,御息所的车被毁。葵之上恨夫君的轻浮,时葵之上已有孕,产后即亡。

十、神木或贤木

帝崩,藤壶不堪源氏的引诱,遂出家。源氏又恋式部官卿的女儿槿,未遂。

十一、花散里

源氏访丽景殿女官,她的妹三之官为源氏的旧欢。他与女官在橘香里叙谈亡父的过去。

十二、须磨

源氏以私通皇帝宠姬的罪名,被谪贬到须磨。辞别昔日的亲友相好,到须磨去领略乡居的风味。一夜梦见亡父命他到明石去,遂移至明石。

十三、明石

写源氏在明石的苦闷,遇良清入道,入道命他的女儿弹琴安慰源氏。其后帝都时生变故,召回源氏,复他的官爵。

十四、澪漂

源氏归京后进职内大臣,辅佐幼主。

十五、蓬生

源氏眷恋的女子自源氏谪居后,都悒郁寡欢,尤以末摘花为甚。其后源氏迎她入居二条院的东院。

十六、关屋

伊豫守带他的美妻空蝉赴京,空蝉为源氏的旧欢,二人相遇,以诗赠答。后伊豫守卒,空蝉为尼。

十七、绘合

叙弘徽殿女御(女官名)入官后与梅壶的竞争,帝喜绘事,爱梅壶的画,弘徽殿的父亲权中纳言闻之,恐他的女儿失欢于帝,便延画家作画,送进宫内给他的女儿。帝向弘徽索画,她故意将画藏起来。后源氏得知,便将自己在须磨、明石时所绘的画,备献于帝,展览诸人绘画时,以源氏的画最为动人,后源氏以此绘改赠藤壶。

十八、松风

源氏谪居明石时所识的女御,已诞生一子,源氏想迎她来住在二条院,花散里不允,遂移明石于大井。

十九、薄云

藤壶逝。紫之上请以明石所生之子为养子。

二十、槿(或作朝颜)

源氏恋慕式部卿的女儿朝颜,遗书数通,均未见答。女因父丧至加茂斋院,源氏往访,女不见,源氏垂丧而返。

二一、少女(或作乙女)

源氏的儿子夕雾,已到十三岁,加元服。头中将四的女儿,自幼与夕雾友善,将以女妻之,夕雾未允。

二二、玉鬘

玉鬘是头中将与夕颜所生的女儿,四岁时由乳母的丈夫少式负着到筑紫去寻他的母亲,一去三年,少式病死。玉鬘十岁时,乳母以她的丈夫的敌人在京城,不敢伴玉鬘回去,一直到了二十岁,玉鬘已经长成,较她的母亲更美,乳母向人言,玉鬘是她的孙女,且有残疾,故不使返京。时有肥后国大夫监(官名),欲得美色,听说玉鬘的美,不管有无残疾,都要娶她为妻。乳母的儿子也助大夫监,怂恿他们的母亲将玉鬘送去,玉鬘闻之,便与乳母的女儿潜逃至京。源氏以六条院居之。

二三、初音

美丽的春日,源氏按日访他的恋人。

二四、胡蝶

玉鬘在宫中,为王孙公子所注目,情书如雪片飞来,访问也无虚日,源氏对她也有了野心。

二五、萤

源氏以纸包盛萤虫戏玉鬘。

二六、常夏

夏夜源氏访玉鬘。

二七、篝火

已凉天气未寒时,源氏月夜访玉鬘,二人以琴作枕而假寐,醒后庭中篝火已灭,因命人新燃之,源氏抚弄玉鬘的黑发,在她的耳旁低语道:"篝火虽灭,我胸中恋爱的火焰不灭。"是夜源氏竟不思归去。

二八、野分

叙夕雾对紫之上的爱慕。

[注]自初音迄野分叙源氏三十五岁时的事。

二九、行幸

帝幸大原,写近江君的滑稽,令人捧腹。

三十、藤袴

夕雾恋玉鬘。

三一、真木柱

髭黑大将娶玉鬘,结发妻真木柱。

三二、梅枝

写宫廷内的馈赠。

三三、藤里叶

明石册封。

三四、若叶上

三五、若叶下

源氏四十岁受贺,玉鬘自此拜源氏为义父,保持纯洁的父女的爱,女以若叶羹献源氏。盛极必衰,源氏命运,已伏机于此时。

三六、柏木

叙内子臣之子柏木左卫门为恋而死。

三七、横笛

三八、铃虫

叙源氏与女三宫所生的儿子薰,及女三宫出家。

三九、夕雾

四十、御法

写夕雾大将,写紫之上逝去,源氏有出家之意。

四一、幻

源氏的悲哀。

四二、匈宫

源氏在嵯峨寺出家,未几亦逝。其子薰加元服,十九岁授中将。

四三、红梅

按察大纳言欲以其女进匈宫,使女赠红梅。

四四、竹河

夕雾子娶竹河左大臣的女儿。

以下为宇治十帖

四五、橘姬

四六、椎本

四七、总角

四八、早蕨

四九、宿木

五十、东屋

五一、浮舟

五二、蜻蛉

五三、手习

五四、梦之浮桥

上十帖以浮舟最佳,写薰与浮舟的爱。

物语文学除《源氏》外,尚有《大和物语》。此书著者不详,或谓花山院之作,有人说是在原滋春(业平之子)编的。是一部杂纂体的书,搜集从来的诗话,贞信公的名歌,有许多首收在里面。

《宇都保物语》叙《藤原俊荫》家故事。《落洼物语》叙幼子被虐待的故事。《狭衣物话》世称紫式部之子贤子所作,可视为《源氏物语》的续编，惟书中人物则注重狭衣大将。

日记亦为平安朝文学的特色，可以分三种：一为旅行日记，如《土佐日记》《更科日记》等；一为记录日常生活状况的，如《紫式部日记》；一为叙事的物语，如《蜻蛉日记》《和泉式部日记》《赞岐典侍日记》。

纪贯之为土佐守时，失爱儿爱子，后来返京，便将途程的经历记出，便是《土佐日记》。《更科日记》一卷，为管原孝标之女所作，叙随父赴上总介任，与橘俊通结婚，生子仲俊，丧夫，写四十年间的欢愁，感伤的色彩颇著。《紫式部日记》为《源氏物语》作者紫式部官上东门院时的记录。自中宫怀妊记起，至后一条天皇，后朱雀天皇诞生止，此籍足为考证《源氏物语》的帮助。《蜻蛉日记》，右大将道纲的母亲，记她二十一年的情绪生活，兼有自叙传、日记文、小说的构思，原本三卷，现流传者共八卷。《和泉式部日记》一名《和泉式部物语》，是一部客观描写的短篇恋爱日记，共上下二卷。《赞岐典侍日记》二卷，源三位赖政之女，二条院赞岐之作。赞岐侍堀河天皇，看护他的病，所记皆二年间琐事，冗漫乏趣。

清少纳言的《枕草纸》，为平安朝杰出的随笔文学，共三百二十一段。清少纳言为歌人清原元辅的女儿，元辅官少纳言，因以官名名他的女儿。她仕于一条天皇后定子，与紫式部同时，两位才媛时在宫里笔战。她以奇技的观察、敏锐的笔调，评王公名媛，或叙四季的景物，文体简洁，别具风格。因在枕上写的，故名《枕草纸》，她说："到了黄昏时，不能写字了，笔也秃了，想把我的随笔结束，其中所记的，是我

的眼中所见,心中所感,没有什么不可以示人的。为要安慰我家居的寂寞,所以写了出来集在一起。"(见第三百二十段)

《枕草纸》第一段

> 在春日,我爱看破晓时渐渐变成鱼肚色,山际微明,绯色的云笼罩山巅。
>
> 在夏日,我爱晚上,尤其是有月亮的夜;墨暗里萤虫飞来飞去,或是降雨。
>
> 在秋日,我爱黄昏,晚霞四照山际,乌鸦三三两两断续地飞着啼着回它们的巢。还有一行的鸿雁,看去小小的在天空里。日入后,只闻着风声虫声。
>
> 在冬日,我爱次日早上降雪,是不用说的,还有霜的白色。严寒里要烧火,持着炭到这屋里那屋里去。到了午后,满室生温,围炉、火钵里的火,不愿它变了白灰。

此时期的历史文学也很发达。《荣华物语》四十帖,记录宇多天皇天平年中叶(约当公元893年,我国唐光宗二年)至堀河帝宽治六年(当公元1092年,我国宋哲宗七年)的史事。著者不详。世称赤染右卫门之作,或谓藤原为业作。此书为皇朝的编年史,具有历史的、文学的两方面之价值。如冠婚丧祭、礼乐游宴、佛教仪式等,都有很详细的记载,批评六十余年间的政治,也颇中肯。书中每帖题名,均冠以风雅之名,略如《源氏物语》中的题名。揣想著者于古代诸典籍——如《万叶集》《古今集》《紫式部日记》诸书，以及佛教《法华经》《涅槃经》《唯识论》等篇，必有深知，且能运用，然后方能作成此书。

《大镜》八卷为传记体的历史，记文德天皇（公元850年，当我国唐宣宗四年）至后一条天皇万寿二年（公元1025年，当我国宋真宗三年）一百七十五年间的史事。著者及年代不详，中分帝王本纪与大臣列传，似仿我国的《史记》。《荣华物语》写王朝的表面，此则写其里面，如镜之映形，故名《大镜》。观察犀利，记事简洁，为此书的特长。

在《大镜》之后有《水镜》，是叙神武天皇（公元纪元前660年，我国周惠王十七年）至仁明天皇（公元纪元后850年，我国唐宣宗四年）各代变迁的史迹。《今镜》一名《续世继》（《世继》即历史的通称），又名《小镜》，记一条天皇至高仓天皇时的史迹，文体则仿《荣华物语》。上记诸书，为日本古代历史文学，足供研究日本史的资料。

《今昔物语》，一名《宇治大纳言物语》，共三十一卷。相传为源隆国之作，成于后冷泉天皇康平年间。以随笔的体裁，记载见闻。内容分天竺、震旦、本朝三部。《宇治拾遗物语》十五卷，体裁与文体均与《今昔物语》同。集《今昔物语》中所遗漏者，成为此书，可视为《今昔物语》的续篇。

以上为平安朝文学的概略，此时期的文学虽有光彩，但为纯粹的贵族文学。

第六章 镰仓文学·室町文学

镰仓时代指后鸟羽天皇文治二年(公元1186年,我国南宋孝宗十三年)至后醍醐天皇建武二年(公元1332)约一百四十余年。自源赖朝在镰仓开幕后,世变相寻,干戈扰攘。政治混乱,文学因以不振,是为日本文学之中落时代。

此时佛教盛行,崇信者颇多。禅宗新流入东土,有念佛宗、日莲宗起于国内。僧侣得势,运筹于武人的帷幄。厌世的观念,流布上下,故文学也不免带着佛教的、厌世的色彩。

散文有记述战争的军记物语。如《平家物语》《源平盛衰记》《保元物语》《平治物语》等是。(与《太平记》共称《五大战记物语》)

《平家物语》共十二卷八十余章,描写平安朝末期源平两氏的战乱,后来平家终于失败,是一篇的悲剧。此书的作者亦不明,要之出于佛学精深者的手,必无疑义。全书描叙当世的人心,文字平易,为记战文中的佳作。惟所载诸事,多非史事,有作者的想象,有传说的误会,交杂其中。因有想象与传说而文学上的价值,亦以增加。《源平盛衰记》的内容与《平家物语》类似,记叙则较《平家物语》详细。《保元物语》共三十七条,记后白河天皇保元元年(公元1156年,我国南宋高宗绍兴廿六年)的战乱。《平治物语》共三十六条记二条天皇平治元年(公元1159年,我国南宋高宗绍兴廿九年)的史事,相传为叶室时长所作。

西行法师为真情流露的歌僧,著有《山家集》,是一个漂泊的欢喜自然的人。本名佐藤义清,为藤原秀乡的九世孙,尝为武士,因其亲族宪康之死,忽思遁世,舍妻子不顾,毅然携杖出家。名山胜景,足迹殆遍。花月虫鸟,是他的伴侣。

源实朝亦为当时有名的歌人,他本是右大将源赖朝的次子。著有《金槐集》,他的歌别成一体,不为形式所束缚,自由地讴歌,年未及三十,为人暗杀。

后鸟羽天皇在宫中设和歌所,以提倡歌道。令藤原定家、藤原家隆、源道具等撰《新古今和歌集》,其体裁全仿《古今集》。诸人的歌,能融合写景,抒情为一,为此集的特色。此外尚有奉敕撰成的和歌集十三种,如《新敕撰集》《续后撰集》《续古今集》《后拾遗集》等,均出藤原定家等之手,歌调不外模仿古人,并无特色。

文学史上的室町时代,指后醍醐天皇自隐岐还幸时起至德川家康在江户开幕时止(公元1332—1603)约二百七十年。此时的时代精神,一为个人主义,二为党派的争轧,三为武士道的兴盛。当时文学,也受了时代精神的影响,作品颇少用国家、社会为题材的,如《曾我物语》《义经记》等,皆以个人的事迹为主。因受我国宋元文学的影响,谣曲、狂言因以产生。佛教的劝善惩恶的思想流行,遂产生《物臭太郎》等伽草纸,韵文则有连歌,此外如兼好法师的《徒然草》,小岛法师的《太平记》,都是有名的著作。

室町时代的散文,可用"谣曲"代表。"谣曲"是一种包含歌与舞的乐剧。取材于民间传说、《源氏物语》、中国史事等。"谣曲"用于"能"乐中,即"能"的曲谱。

演"能"者多为三人,有时至五六人,此外尚有乐人(即杂子方)与谣人(地谣)。"能"的演员,分为下列各种。

1. 仕手(Shite)即主角之意;

2. 连(Ture)即主角之副;

3. 胁(Waki)即助主角者,为主角之宾;

4. 胁连(Wakiture)即胁之副;

5. 子方(Kokata)演小儿者;

6. 间(Ahi)性质与丑角近。

奏乐的人曰杂子方,与演者并现于舞台。1. 笛方;2. 小鼓方;3. 大鼓方;4. 太鼓方。

谣人的职能在先把一剧的梗概歌出,并说明不现于舞台背景的景色,时吐露剀切同情的意见,又或与登场人物对话。

"谣曲""能""狂言"的舞台,自足利时代(15世纪前半)以来,就是用木造的。形为方式,三方开朗,以柱支持着,一方则为置背景之道。柱与柱的间隔约十八尺,屋顶取寺院形。舞台有桥(渡廊)、广九尺,与"乐屋"(奏乐处)相通,剧的一部分,即在桥上开始。舞台的后方，坐吹笛者、打鼓、打太鼓者各一人，右方（对面）为谣人所坐，人数无一定。置背景处为木板。板上绘有古式的松树，渡廊前植小松树三株，舞台的三方，为土地，没有屋顶。看客席上始有屋顶。扮女子或鬼妖时，多被假面。舞台的形式，略如下图。

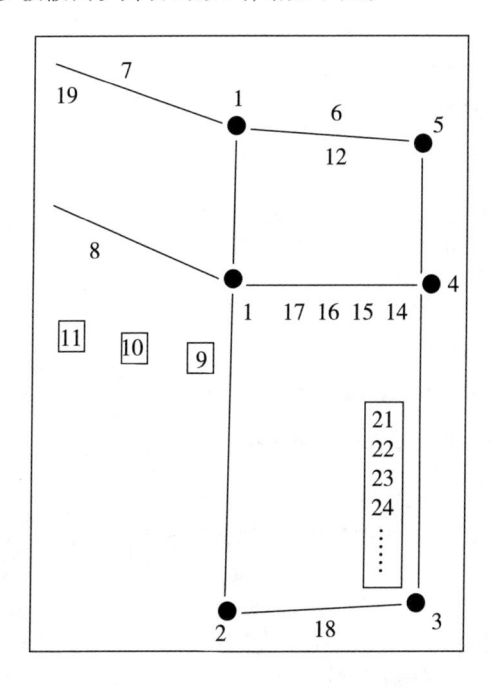

```
            7        1      6       5
     19                            
                           12      
                                   
            8                      
                    1   17 16 15 14   4
          11   10   9              
                                   21
                                   22
                                   23
                                   24
                                   ⋮
                    2     18     3
```

1. 为柱头，称"仕手"柱，主角动作的起点、休点、终止之处。

2. 也是柱头，曰目附柱（注目柱）。主角动作时，表现看月看云时，须注目于此。

3. 也是柱头，称"胁"柱或"大臣"柱，为"胁"所常立之处。

4. 称笛柱，吹笛者所居。

5. 为切户，地谣等之出入口。

6. 即舞台后方的木板,称镜板,上绘松树。

7. 为里板又名羽目,与乐房分界。

8. 挂桥前的栏干。

9. 称第一松,主角在桥上歌时,注目于此。

10. 称第二松。

11. 称第三松。

12. 称横板。

13. 为后见座。

14. 吹笛者。

15. 敲小鼓者。

16. 敲大鼓者。

17. 敲太鼓者。

18. 称横正面或胁正面。

19. 置镜处,仕手出场时自照其姿。

谣曲必有舞,夹于词句之间,其名如次。

1. 真之序;

2. 序之舞;

3. 中之舞;

4. 破之舞;

5. 早舞;

6. 急之舞;

7. 男舞;

8. 乐;

9. 神乐;

10. 翁舞。

谣曲共二百余种,分室生、观世、金刚、今春、喜多五派。有名者为《高砂》《羽衣》《道成寺》《弓八幡》《鞍马天狗》《船辨庆》等。

狂言为演于能乐间的一种滑稽短剧,使能乐的演者能得化装的闲暇。剧里的人物多为可笑的鬼神、僧侣、头陀、强盗、大名(武士)等。谣曲受我国元曲的影响甚巨,作者的态度谨严;狂言则滑稽可喜,绝少粗俗的恶趣,富于轻快洒脱的风味。

自 杀

(原名《镰腹》)[注]

人物:妻 夫 旁人

妻:"哙!死人!"

夫:"呃!可怜呀,饶我这一次罢!"

妻:"你逃到哪里去?打断你的腰骨罢。老娘气极了,气极了!"

旁人:"这是怎的,饶舍他罢!"

夫:"有人么?请来断公道呀!断公道呀!"

旁人:"喂!喂!请你住手罢,为甚么吵闹呢?住手罢,住了手罢!"

妻:"请你不用管闲,像这样的男人,他的根性是生成了的,要打断了腰骨才好。"

旁人:"呃,不用性急,请你先说缘由罢!"

妻:"既然如此,我说给你听。说起我们的事业,是每天到山里去,采薪过日子。叫他到山里采薪,他却尽是游荡,照着这样,怎样能够营生呢?像他这种男人,只好用这棒打断他的腰骨,就是这么一回事。"

旁人:"真是,你说出这样烦噪的事。让我来问太郎的意思,你且住手。"

妻:"不行不行,用不着问什么缘由,请你少管闲事。"

旁人:"呃,我也照样地问问太郎,叫他到山里去,总之,你住手一下。"

妻:"请你不必管闲。"

旁人:"呃,太郎!"

夫:"我没有脸见人了!"

旁人:"说没有脸见人么,想到你平时是一个忠厚老实人。老婆所说的,也是有理的。她叫你到山上采薪,你却游荡,所以生气,以后定要一心到山上做工,务必担了柴回来。"

夫:"你听我说,到山上做工,砍柴过日子,这是我所晓得的。这一向,每天都到山上去,因为特别的困倦,肩膀也得稍微休息一下,所以住在家里,竟打我到这个样子,真是,没有面目见人了。"

旁人:"你说的话也是有理的,可是老婆说的话总是要听的,现在就到山上去,专心做事去罢!"

夫:"被老婆使唤着到山上去,虽是可恼,你既然这么说,我就到山上去好了。"

旁人:"你很快地听了我的话,我们都很中意了。"

夫:"那末,请你代我说,将那镰刀和棒递过来。"

旁人:"我就照你的话说,呃,刚才的话你听着了么?"

妻:"听着的,他说到山上去是假的,请你不必多管。"

旁人:"不会的,不是说假的,他说现在就到山上去,请你把棒和镰刀交给他。"

妻:"虽说现在到山上去,其实不会去的,请你不要多管的好。"

旁人:"不会的,只要到山上去,便不会如你所说的,请你把棒和镰刀交给他罢!"

妻:"既然如此,就依你的话,饶舍他罢。我把棒和镰刀给他,你对他说,要把棒压断了似的担了柴回来。"

旁人:"我照你的话说去,请你进去歇息罢!"

妻:"那末,我去歇息了,谢谢你!"

二人:"再见,再见。"

旁人:"喂!你老婆说的,要把棒压断了似的担着柴回来!"

夫:"怎么?要把棒压断了似的担着柴回来么?"

旁人:"正是。"

夫："呃,知道了。你来的正好,感激之至。到晚上我一定来答谢的。"

旁人："用不着,用不着谢的,只要你拿出气力一心一意地做事就行了。"

夫："感激之至!"

旁人："再见,再见!"

夫："唉,唉!可气呀可气,今天本想不到山上去,好好休息一会,又被咆哮的老婆使唤着前去,好不可恼。呃,到山上去想法子罢!本来我是有理的,却弄得没有理,可恨可恨。说着话时,已经来到山下了。让我先在山脚想想法子罢!人家说起被老婆申斥着到山上去,已经没有脸了。这样说来,活着也好,死了也好。还是决然地投身到潭里或是河里死了。不好不好,死了以后,岂不被人家当作新闻,说这人是受了老婆的申斥所以投水死的么?怎么样呢,呀!有了法子了!我用这镰刀剖了肚腹罢……唉,唉!因为被老婆过于吵闹,所以太郎在山里用镰刀剖腹死了。……那末,就剖了腹罢。可是,用镰刀剖了,是要把衣服脱光,拿着镰刀,这样的朝左边刺入,再朝右边切过来,在里面搅来搅去的,这样的剖的罢!而且再回过镰刀,把脑袋咕噜地割了下来,大约就会死了罢!不错,不错,就剖了罢。呀,痛呀,痛呀!只消用镰刀的刀尖去触着一下,也觉得冷冰冰的,心里扑扑地跳,这是办不了的,怎么好呢?呀!有了法子了。

把镰刀去系在对面的那棵树子上,我走去吊在刀上死了罢。嘿!真是好法子!这好像死得爽快些。喂喂!婆娘呀!因为你过于责骂了。所以太郎用镰刀自杀了呀!呃,以后会想起我的罢!好!走去吊死在镰刀上!唉唉!只要一见镰刀发亮的地方,就怕得了不得,死也死不了。怎么办呢?想起了。眼睛这东西,是怯懦的,一见镰刀发亮,害怕得很,死不了的。这回我遮好眼睛,悠然地死了罢!唉唉!可怕得很,死不了,死不了!呀!有法子了。我把镰刀放在地上,飞跑地去死在刀上,不致于不会死的。就把镰刀放在地上,呀!婆娘呀!你好好的咕噜罢,因为已经没有面目见人,太郎在山里剖腹死了呀!她还要怀念我的。跑去死在刀上,不见得是什么愚蠢的。呀!真是,可恼得很,用这法子也死不了的,怎样办呢?呀!有了,还是决心用镰刀剖了肚腹罢!喂!我要剖腹自杀了,剖腹呀!剖腹呀!"

妻:"噫!说的什么?当家的要用镰刀自杀!唉!可怜呀可怜!在什么地方呢?好不残酷。喂,喂!当家的,这是怎么的?为的是什么事?什么事?"

夫:"太郎要剖肚自杀了,附近的人们,大家来参观这清白的样子!自杀呀!"

妻:"可怜呀可怜,我说,当家的,请你止住念头罢,止住念头罢!"

夫:"被老婆责骂了,一刻也活不住了,所以非用镰刀剖肚死了不行。快些走开,快些走开!"

妻:"可怜呀!你莫不是疯了吗?"

夫:"一点也没有疯,我是清醒白醒的,被老婆斥骂了,在人前口都不敢开,所以自杀呀,自杀呀!"

妻:"唉!可怜呀!以后未必再咕噜了,你是有理的,快止住念头罢!"

夫:"不行不行,现在虽是这样说,可是咆哮是她几年来的老毛病,怎么能够一下子消除呢,我剖腹死了罢!快些走开,快些走开!"

妻:"好薄情呀!我若让你剖腹死了,我活着做什么呢?请你止住念头罢!"

夫:"你虽是这样说,还是要吵闹的,自杀呀!自杀呀!"

妻:"喂,喂,既然你不相信,我就对天发誓,以后不会汹汹地吵闹了,请你止住念头罢!"

夫:"怎么说?你说对天发誓,不再吵闹么?"

妻:"正是。"

夫:"你既然这么说,未必是假的,我就止住念头罢!"

妻:"要这样才是我的丈夫,好欢喜,好欢喜!"

夫:"可是,我要剖腹,先前已经大声叫过了,难保没有人知道,如今止住了念头,万一后来有人说我是被老婆止住的,还有什么面目见人呢?这怎么办?"

妻:"真是,你怎的说出这样的笨话,这事只有我一个人听见,没有别人晓得,你放心好了。"

夫:"真的,照你所说,这山里的事,未必有人晓得,那末,我就止住了念头罢。"

妻:"那是,只有欢喜的。"

夫:"而且,夫唱妇随,延年益寿,百年繁昌的,哈哈地笑着回去罢!"

妻:"好!"

夫:"去了罢!"

妻:"是。"

夫:"笑罢!"

妻:"请笑罢!"

二人:"呀! 哈,哈,哈,哈!"

夫:"呃! 你与我偕老五百八十年。"

妻:"三千年!"

夫:"那更加可贺了! 走这边来!"

妻:"呃,呃,好欢喜呀! 好欢喜呀!"

夫:"走这边来!"

妻:"知道了!"

[注]镰腹(Kamabara)是用镰刀剖腹自杀之意。

鬼的义儿(Oni no mamako)

人物：妇人　鬼

妇人："我乃住在此地的人氏是也。长久没有回转娘家,现在想去问候,就此慢慢地前去罢。许久不去,路也分辨不清了。而且路程遥远,一路上耽着心事。我想打从这条路去,不见得会有强盗的。呀,说着话时已经走到这样特别宽阔的野外来了,却不知道是什么地方。唔,有了,是播磨的邱南野。可是,是怎样一个可怕的、使人提心吊胆的旷野哟,并且又这样冷静,真是令人胆寒。"

鬼："呜！呜！呜！唅！生人臭呀,吃了吧,吃了吧,呀！呀！"

妇人："救命呀！救命呀！请饶我的命罢！救命呀！"

鬼："唅！这家伙,你是什么东西,为何离了人世到这里来？"

妇人："我是住在这里的人氏,现在回转乡里去。"

鬼："不管你到哪里去,你来得正好,这一向好久没有吃新鲜货了,从头上一口吃了罢,吃了罢！唅！唅！唅！"

妇人："请你饶我这条命！"

鬼："唅！你手中抱着的是什么？"

妇人："是我的孩子。"

鬼:"吓!真是可爱的孩子。那么,你有男人么?"

妇人:"没有男人,孩子从哪里来呢?"

鬼:"这是我弄错了。"

妇人:"那么,你有爷娘么?"

鬼:"没有爷娘,我从哪里来呢?"

妇人:"你的爷娘想必是可怕的呀。"

鬼:"不是的,心肠是大慈大悲的。哙!我要带了你去,做我的妻子!"

妇人:"不行不行,我不愿同你做夫妇。"

鬼:"你说不愿同我在一起么,就吃了吧,吃了吧,哙!哙!哙!"

妇人:"救命呀!救命呀!那末,就成为夫妇吧。"

鬼:"怎的,成了吧。"

妇人:"你不必这样,为了这孩子的原故,就成了吧。可是,我去化妆了来。"

鬼:"你的面庞是很漂亮的,用不着化妆了。"

妇人:"不行不行,因为要拜堂,总得化妆一下子。"

鬼:"那么,你去了来。"

妇人:"我去了,你好好地看守孩子,不要让他哭。"

鬼:"唔!我来看守他,你交给我。(接过孩子)呀!呀!好看的孩子呀,你同你妈妈一样的好看,革肢!革肢!革肢!喂!"

妇人:"喂!不要那样骇他。"

鬼:"呀,不要哭,不要哭,呀!革肢,革肢,革肢!哈!哈!做细眼!做细眼!不高兴了。呀!革肢,革肢,革肢!哈!哈!笑起来了。呀,我有话向你说:从现在起是我的孩子了。要像我一样,强悍地养大来,到了成人,好治服别人,我想说的话就是这样。哙!化妆还没有好么?"

妇人:"呃,已经好了。"

鬼:"唔!在这可贺的时候,我想欢呼着到蓬莱岛去,你以为怎样?"

妇人:"那是很好的,可是,呼噪些什么好呢?"

鬼:"没有别的,照我这样欢呼就行了。"

妇人:"怎样的?"

鬼:"'鬼的干儿子背在肩上到蓬莱岛去。'就是这样欢呼。"

妇人:"懂得了,快些欢呼吧。"

二人:"鬼的干儿子,背在背上,到蓬莱岛去吧,回蓬莱岛去吧。"

鬼:"我疲倦了,你来背吧。"

妇人:"让我来抱他。(接过孩子)喂!喂!快些欢呼呀!"

鬼:"知道了。"

二人:"鬼的干儿子,叫妈妈抱着他,爸爸爱他,回蓬莱岛去,回蓬莱岛去。"

妇人:"呀,呀!鬼老爷!你去你的,我要到我的乡里去了。喂!可怕呀!可怕呀!"(逃走)

鬼:"怎么的,怎么的,这刁钻货向哪里走,有人么!捉住她!吃了她!吃了她!"

(完)

当时的散文小说,多为含有教训的意味的儿童故事,有《松帆浦物语》《幻梦物语》《鸟部山物语》《嵯峨物语》诸作。另有《御伽草纸》一种,为绘有图画的儿童读物,为数二十三篇,各篇均国民传说与信仰崇佛融合而成的。

连歌为当时的新兴文学之一,它的产生,由于下列的几个原因:1.对向来有拘束的短歌的反动;2.喜机智滑稽的性格之表现;3.受我国联句的影响;4.当时宗教迷信的结果;5.视为与赌博相同的游戏,极为流行。当时的人见三十一字短歌单调乏味,遂生出所谓连歌,即是二人合作一首和歌的意思,一人作成上句或下句,由他人补成。后来渐渐增至二十句、五十句、二百句、五百句。有名的作者为顿阿与他的弟子二条良基,良基增作有《菟玖波连歌集》。作者在神社佛阁祈愿时,便作连歌以奉献,甚至有百韵千韵的长篇。其后分为二派:一为典雅的,仍不失短歌之趣;一为滑稽的,则以游戏为旨。至于连锁的方法,颇与论理学上的浑体推理相似,诗情是复合的。其有机的联络,可借下图以表示之。

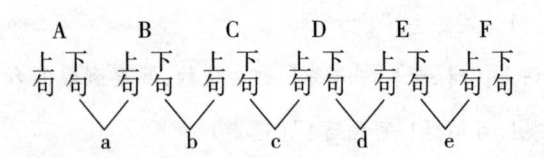

```
A     B     C     D     E     F
上 下  上 下  上 下  上 下  上 下  上 下
句 句  句 句  句 句  句 句  句 句  句 句
   ∨     ∨     ∨     ∨     ∨
   a     b     c     d     e
```

兼好法师(1282—1350)系出名门,本姓卜部。于公元1324年出家,隐于木曾。又曾居吉田,故又称吉田兼好。为一有两重性格的人:一面嗜风雅,喜讥骂;一面又为信仰坚固的道者。著随笔《徒然草》二百四十三段,记作者的主张感想、传说异闻、修养趣味、世态人情、风景自然等。他虽是一个出家人,他的趣味并不因此而受拘束,他说的话同现代人所说的一样,兼好可算一个异人。

《徒然草》的写成,看第一段便可知道他的命意。

> 任他无聊的,终日执着笔,把浮上心来的无谓的事,随意地写去,我的感兴不觉涌了出来。

《太平记》四十卷,本名《安危由来记》《国家治乱记》《国家太平记》《天下太平记》,后单称曰《太平记》。作者为小岛法师,他的传记不明。内容记公元1181年源赖朝以来幕府的沿革,1319年后醍醐帝即位时以至1339年后醍醐帝崩五十年间的事件。后人曾加入神武东征、神功征韩、元人征日数章。此书以记内乱为主,所叙多为权谋术数、战争死亡等事迹,说佛的处所也多。文体对于后世文学的影响很大。

第七章　江户文学

江户时代的范围，指庆长五年（1603）至庆应三年（1867）。此二百六十余年间，日本的政权，操于武人之手，文化指导的责任，也在武人的肩上。

德川家康于庆长五年入江户城（即现在日本的首都东京），建立幕府，权威集于一身。他虽是一个武人，颇有治世的才干。他用儒家的道德主义，做他的施政方针，故"汉学"在这个时代，呈现空前的盛况。他命儒臣讲学，提倡风雅。于是攻究儒学的、讲治国的、讲道德的、研训诂的、做汉诗汉文的各色人物，都应时而生。尤以讲"国学"的人风头十足，如研究日本的古歌古文、神道、国史、制度、考证、语言等，都是"国学大家"的职责。他们的目的，不外是发扬国体，拥护皇室，推崇幕府。而德川家康的政权，就因此稳定，不患有人来争夺了。

讲到这时候的文学，则因时代（背景）的关系，产生两种现象：

1. 由儒家的道德主义出发的劝善惩恶的作品；
2. 由"町人"阶级（商人阶级）产生出来的民众小说与戏曲。

为叙述的便宜计,现把这时代的文学,划分为三类。

1. 韵文:俳句;

2. 剧:净瑠璃;

3. 小说:草纸类。

一、俳句

由"连歌"转变"俳谐",再转而为"俳句"(又名发句)。俳句共十七字,为五七五调。俳句作家在当时分为数派,各派均各有缺点。到了松尾芭蕉(一字桃青)出,开俳句作风的新纪元,世人尊为"俳圣"。芭蕉所见的世界,能超越当时豪华的世相,创造一种"闲寂"的境界。他的俳句,富于静雅、幽寂的风味。下列诸句,可窥一斑。

>静寂的古池呀,
>青蛙跃进,
>水的音。

>在枯枝上,
>有乌鸦栖息,
>秋日的黄昏呀。

>载着斗笠,
>穿着草鞋,

不知年岁之暮。

俳句的辞句很简短,但能蕴蓄着悠远的情感。日本的俳句,曾经影响法国及我国的诗坛。

芭蕉的门人很多,著名者有十人,称为蕉门十哲。最露头角者,为榎本其角、服部岚雪诸氏。

二、净瑠璃

净瑠璃为这时代的民众剧,原有古净瑠璃与新净瑠璃的区别。古净瑠璃在织田信长时代已有,新净瑠璃则创自近松门左卫门(1653—1724)。

近松一号巢林子,本姓杉森,名信盛。他的生地无定说,一说在京都,或说在越前、三河。他的作品共有百余种,可分为四类,兹举著名的作品于次。

(一)时代物(史剧)

《倾城佛之原》《蝉丸》《一心二河道》《国姓爷合战》《用明天皇职人鉴》《雪女五枚羽子板》《大职冠》《曾我会稽山》《出世景清》《松风村雨束带鉴》《兼好法师物见车》《棋盘太平记》

(二)世话物(社会剧)

《长町女腹切》《女杀油地狱》《淀鲤出世泷德》《夕雾阿波鸣门》《山崎与次岳卫门寿门松》

(三)心中物(情死剧)

《曾根崎心中》(阿房德兵卫)、《心中重井筒》(阿戾德兵卫)、

《心中二枚绘草纸》、《阿梅久米之助高野万年草》、《阿龟与兵卫卯月之红叶》、《心中宵之庚申》(阿千代半兵卫)、《阿散茂兵卫大经师昔历》、《阿夏清十郎五十年忌歌念佛》、《次郎兵卫阿荃沙今宫心中》、《心中升冰之朔日》、《梅川忠兵》、《卫冥途之飞脚》、《嘉平次阿沙加生玉心中》、《心中天纲岛》

（四）折衷物（时代物与世话物兼有者）

《博多小女郎浪沉》《萨摩歌》《倾城反魂香》《朵常盘》《源氏冷泉节》《堀川波之鼓》《枪之权三重帷衣》《倾城酒吞童子》《三世相》《丹波与作》

三、小说

这个时代的特征，就是平民文学的勃兴。代表平民文学的，是当时流行民间的类似小说的读物，可以分下列各种：

1. 假名草纸；

2. 浮世草纸；

3. 草双纸（赤木、黑本、黄表纸）；

4. 读本；

5. 洒落本；

6. 人情本；

7. 滑稽本。

假名草纸，与后来所出的夹有汉字的草纸相异，全用假名缀成。当时著名的作家，有如儡子（作随笔《可笑记》五册、《百八町记》五册)、铃木正三(作《二人比丘尼》《因果物语》)、浅井了意(作《御伽婢子》十三册)、山冈兀邻(作随笔《身之上》六册、《小匮》六册)。

浮世草纸,意即今之写实小说,浮世为佛家言,为"人生"之意。始创者井原西鹤(1642—1693),西鹤生于元禄朝,大阪人氏,从西山宗因习俳谐,独具只眼,观察现世,知人心之秘密、市井之罪恶,为日本小说界之鼻祖,初期的著作,描写恋爱,中期描写武士,后期描写町人社会。他的处女作为《好色一代男》,初意只为游戏,并借以换升斗,不意受世人的欢迎。其后又作《二代男》、《三代男》(五卷)、《好色一代女》、《男色大鉴》八卷,曾被官厅禁止发行。因改其作风,著《武道传来记》《小夜岚》《彼岸樱》《日本永代藏》《世间胸算用》《本朝樱阴比事》等。他的思想的特色有五:1.平民的;2.物质的;3.讥刺的;4.细微;5.本能满足(酒、色、财)。

西鹤以后,草纸的内容与外形,逐渐变化。当时有一种草双纸流行,封面(表纸)赤者称赤本,黑者称黑本,至安永年又改为黄封面,称黄表纸。初本为一种绘图的"伽噺",赤本夹以妖怪谈,黑本杂以实录物,黄表纸则纯为讽刺、滑稽、机智、轻笑的文字。恋川春町为黄表纸的有名作者,所著有三十余种。中以《荣华梦》《高慢斋行脚日记》《鹦鹉返文武二道》《楠无益委记》《悦飏负虾夷押领》等作为杰出。

《读本》作者有泷泽马琴,以劝善惩恶为主旨。所作小说、传记、随笔、漫录等合计二百六十余篇。下列诸篇,为他的代表作。

《椿记弓张月》三〇册、《三七全传南柯梦》六册、《俊宽岛物语》一〇册、《梦想兵卫蝴蝶物语》五册、《皿皿乡谈》六册、《南总里见八犬传》一〇六册(最有名)、《隐夷奈巡岛记》三一册、《近世说美少年录》二五册。

洒落本一名蒟蒻本,以半纸截为二三十页订为一本,而以土器色之唐本表纸为封面,形如蒟蒻,故名。作者为山东京传,以花街柳巷见闻为题材,最初之作为《客众冰面镜》《息子部屋》。其后有《吉原杨枝》《白川夜船》《通义粹语》等二十余篇,后以紊乱风俗被禁。

人情本较洒落本更进一步,为有头尾系统的描写。作者为永川春水,所写仍为妓寮的见闻。

滑稽本借滑稽的文笔,描写世态人情。作者为十返舍一九,杰作有《道中膝栗毛》《江之岛土产》①《金比罗道中》。式亭三马著《浮世风吕》《浮世床》,描写武士、町人、农夫、学者、隐士、青年、妇女各阶级,与一九齐名。

---

①此处应为《江之岛土彦》。

第八章　明治文学

江户末期,因为"外舰渡来"的影响,幕府的势力逐渐崩坏,人民都愿望国内有一番的改革。幕府鉴于内外的情势,遂将"大政"奉还皇室,封建制度的运命因以告终。明治元年三月天皇下诏改革,诏中有曰:"破历来的旧习,基天地的公道"(原文),是为"明治维新"的开始。

明治维新时,国民的思想转变,迎接欧美的新思潮,破坏传统的旧习。在文学史上,这时实为一大变动的时代。

这时期的文学,极为复杂。现就文学思潮的变迁,分为四个时期。

1. 明治初年至明治十八年(1868—1885);
2. 明治十九年至明治二十八年(1886—1895);
3. 明治二十九年至明治三十八年(1896—1905);
4. 明治三十九年至明治四十五年(1906—1912)。

一、第一期文学

明治初年,社会起了激烈的变化,有智识的人,都去参加政治、财政、司法、教育、产业等改革运动,没有余力从事文学。在这时活动的,还是江户时代遗留下来的作家。如作剧的河竹默阿弥,作小说的假名垣文鲁等是。

默阿弥有"白浪作者"的称号,因他长于描写"罪恶世界"。作品中的人物,都是从罪恶世界中出来的。他的代表作有《三人吉三》《鼠小僧》《村井长庵》等。

垣文鲁以滑稽见长,作品中充溢着谐谑的趣味。他的作品以《西洋道中膝栗毛》(膝栗毛即徒步旅行之意)、《安愚乐锡》[①]为杰出。内容在讥刺当时一味崇拜新奇的人物。

自明治十一年(1878)以后,国内的动乱渐平,社会渐趋安定,文学渐有复苏的气象。最初是政治小说最流行,因为一般论客,都借小说的形式来作政论的工具或鼓吹民权思想。当时著名的政治小说,有矢野龙溪的《经国美谈》,末广铁觞的《雪中梅》《花间莺》,须藤南翠的《新装佳人》,东海散士的《佳人奇遇》等篇。

这时日本国内的物质建设,全以西洋为法,所以西洋文明如潮水似的流入三岛。于是文学的翻译介绍,也随着兴盛起来。这时的翻译文学,可以分为三类:1. 政治的;2. 文艺的;3. 科学的。

政治的翻译文学,有中江兆民译法国卢骚的《民约论》。文艺的

---

①应为《安愚乐锅》。

翻译作品,有井上勤译的《天方夜谭》《狐的裁判》,片山平三郎译的《格利勿游记》,坪内逍遥译莎士比亚的《凯撒》,织田纯一郎译英国尼敦的《花柳春梦》,渡边泾译《伊索寓言》。至于科学小说的翻译,几乎全译法国科学小说家魏尔尼(Jules Verne,1828—1905)一人的作品。川岛忠之助译他的《八十日间世界一周》,井上勤译他的《六万英里海底旅行》等。

这第一期的文学,还在黑暗混沌的时代,可以称述的,不过如此。到了明治十九年以后,才有新文学的发生。

二、第二期文学

这时期的文学,在近代文学史上有重大的意义,可以视为日本的"文艺复兴期"(Renaissance)。文艺复兴期的伟人,就是坪内逍遥。

逍遥于明治十九年出版《小说神髓》,原书分上下两卷,共有十章,为日本新文学理论的第一本书。逍遥见时人不懂什么是小说,只知模仿江户时代的"戏作",或用文学作工具,所以他著了这部书。目的在打破小说的旧观念,而树立新观念;推翻以前的"戏作",高唱写实主义、性格描写、心理描写等。他在《小说的主眼》一章内,痛论大家对于小说观念的谬误。在总论中,力主小说为一种美术(即今日的艺术是),他说美术决非实用主义、目的主义,它自身即是独立体,所以小说不是供劝善惩恶的用具,也不是教育道德的奴隶。在《小说之主眼》中,说明新小说为何物,最主要的话便是:"小说之主脑为人情,世态风俗次之。"人情是什么呢?不用说即是人间的情欲。人为情欲的动物，无论善人贤者，皆有情欲，不过他们不曾表出而已，却不能说他们的心里没有这东西，所以人间表现于外的行为，与藏于内部的微妙的感情情趣，成为两条现象。如历史传说，只能叙述表现于外的行为，而不能细描深藏于内部的感情与情绪。小说的职务，只在穿透人情的微妙的奥底，要描出所谓贤人君子、老幼男女、善恶正邪的心的黑幕无余，使周到精密的人情，显然可见，因此小说家又不可不为心理学者。凡创作人物，须适宜地根据心理学的原理，倘若任自己的意匠而悖于人情，或创作一与心理学原理相反的人物，则任其脚色如何巧妙，或叙事如何奇特，都不能称为好的小说。故所谓小说，必深描人心的内面，而使他如现于目前一般，能如此，才能写出各时代的人情世态，才能说，小说是人生的批评。

以上为原书《小说的主眼》一节内所主张的大概，由此可见坪内氏主张的乃是心理描写说、客观态度说、排主观说，非狭义的为人生的艺术，等等。他已将近世的写实主义的特色，完全包含于他的大作内了。自有此书出世，遂将日本文学上的旧观念，如以文学为道德、教育的奴隶，以文学为滑稽、诙谐、消闲等，都打破了。

逍遥既把他对于小说的新见，披沥无遗，他更将他的主张具体化，继续发表处女作《当世书生气质》。日本的社会在早常看一般小说家为一种"戏作者"而轻蔑之，受过新教育的人士来执笔做小说，却少多见。逍遥欲打破这种社会的恶习，便自进而为小说家，著《书生气质》，想给当时的社会，以一种强烈的感动。原书用现代的眼光看去，虽有多少的不满，但在当时，其作法实是新颖，意在描写与当时的生活相反的新的学生生活。内容以描写某英语学塾里的几个学生的气质为主眼,写出他们受各人的境遇与运命的操纵,而各赴转变的路途,且把他们所有的新思想和当时社会的旧思想之冲突,标明出来。全书的主旨在将客观所得的,如实写出。排斥劝善惩恶主义,一任读者的判断,这部小说在明治小说史上,也占极重要的位置。

《小说神髓》与《当世书生气质》二书出后,受影响最深的,为长谷川二叶亭。氏著《浮云》,为将逍遥的小说理论更具体化的杰作。原书第一编借坪内逍遥的名字,于明治二十年六月出版,翌年二月第二编出版,第三编于二十二年秋用自己的名字发表于《花之都》(杂志名)。内容以由静冈至东京,寄寓叔父家中的小官吏内海文三与其叔父的女儿阿势为中心,插入叔父的妻子阿政、内海的友人本田等人物,描写恋爱的故事及新旧思想的冲突。结构极单纯,与目前的小说,全然异趣。在这部书里,二叶亭于表现他所见的日本明治时代的里面,以及描写人物的性情心理,算是成功的。

二叶亭的《浮云》既出,便与逍遥的二大名著鼎足而三,为当时小说界的曙光。同时有德富苏峰等人出来组织民友社,以《国民新闻》为机关,称雄于评论界。苏峰为民友社的中心人物,他使用的文字,独创一格,能将从汉文得来的丰富的文字,巧妙应用,且以西体为骨,成为一种民友社的新文学。至于他们的思想,则发挥以基督为背景的平民主义,使许多青年受烈强的影响。当时这一派有山路爱山、竹越三叉、德富芦花、宫崎湖处子、冢越停春、人见一太郎、矢崎嵯峨、角田浩浩歌客、松原二十三阶堂诸人,国木田独步也于[明治]二十七年加入。此外尚有森鸥外、山田美妙、二叶亭、内田鲁庵、森田思轩、依田学海、石桥忍月、中西梅花等。他们又发刊杂志《国民之友》,内容和现在日本的《中央公论》《改造》《太阳》《解放》等一样,对于政治、文学、宗教、社会各方面加以新评论,并设文学栏,春夏二期增添文学附录,给当时的文人不少的便益,使新进者在文坛上得名。文学附录中所登的作品,足以点缀明治初期的文坛。其中如鸥外的《舞姬》、逍遥的《细君》、露伴的《一口剑》、一叶的《别路》、透谷的《宿魂镜》、镜花的《琵琶传》等,均有名于世。

这时有尾崎红叶出来组织砚友社。这一派对明治文学的贡献,也是最显著的。砚友社之创立,在明治十八年三月,最初的同人只有尾崎红叶、山田美妙、石桥思案,后有川上眉山、江见水荫、岩谷小波等加入,[明治]二十一年五月,遂出机关杂志《我乐多文库》。

砚友社的成立,也是因为受了《小说神髓》《书生气质》的刺激,感觉新时代需要新小说,所以不能不出来活动。他们的立足点是以江户文学的系统为中心,而加入西欧文学的风趣,与由俄国文学出身的二叶亭、由英国文学出身的坪内逍遥,以及欧化的倾向极旺的民友社一派,色彩自然不同。尾崎红叶与山田美妙,是这一派的中心人物,红叶的名作为《二人比丘尼色忏悔》(略称《色忏悔》),山田美妙有《柿山伏》《花之茨》等作。

与尾崎红叶同时的,有理想派作家幸田露伴,他的文学生涯,以明治二十二年二月,在《都之花》发表《露团团》为始,其知名之作,为同年九月发表于《新著百种》第五期中的《风流佛》。《露团团》以兴味为主,未尽露伴之长。《风流佛》写珠运与卖花女阿底的恋爱,女为子爵私生子,其后恋爱割裂,珠运不忘她的美,因刻女像为风流佛。此外有《一口剑》、《缘外缘》(又名《对髑髅》)、《五重塔》、《血红星》等篇,《五重塔》为成熟之作,于明治二十五年,连载于《国民新闻》,后刊单行本,书中写十兵卫的艺术的性格,极为显活,惟多空想与夸张,为砚友社一派所病。

当时的作家,既有红叶、露伴对峙,评论家也有坪内逍遥与森鸥外二人并立。逍遥以《小说神髓》《书生气质》二作投身文坛,较鸥外为早。鸥外由德国归来,于明治二十二年,在《国民之友》附录里发表译诗《面影》,同年十月,刊行文学杂志《栅草纸》,对于评论、翻译、创作各方面,均甚努力。《舞姬》是他的处女作,发表于[明治]三十三年的《国民之友》春季附录。鸥外在青春时代的作品,所写多为恋爱故事,文体有醇雅清新之趣。同时逍遥也有《细君》《一圆纸币》发表。他们二人曾对"没理想"的问题,争辩很久。

这时的作家,缺乏丰富的题材,单调乏趣。于是读书界起而要求新奇的作品。传奇小说、侦探小说、历史小说便应时产生。

传奇小说的佳作,有村上浪六的《三日月》《女之助》。侦探小说多为西洋作品的改作,如黑岩泪香的《铁假面》《死美人》等,都是有名的。历史小说则以高山樗牛的《泷口入道》为最著。

这时期的一个值得注目的现象,就是翻译文学的勃兴。对于翻译介绍最有贡献的,首推长谷川二叶亭,他立严正精确的翻译方法论,译了许多俄国作家的作品。同时有森鸥外介绍德国文学,坪内逍遥译莎士比亚的戏曲,内田鲁庵译陀思妥也夫斯基的《罪与罚》,对于后来的日本文学,有巨大的影响。

当翻译文学勃兴的前后,新体诗歌也萌芽。新体诗运动的先驱,为井上巽轩、矢田部上今二人。后来森鸥外、落合直文等有新声社(S.S.S.)的团结,对于新体诗的贡献也不少。

三、第三期文学

中日战后,日本国民生计较有余裕,文学也起了变化。定期刊物的发达,更促进作家的生产力量。这一期的文学,派别分歧,作家甚多。现将重要作家,分述如次。

泉镜花是浪漫派的诗人,也是在神秘思想里开拓新境地的北国诗人。他的出世作为发表《文艺俱乐部》的《外科室》与《夜行巡查》二篇。《外科室》描写医生夫人与医生的痛悲的爱,《夜行巡查》写一警察对于他自己的职务责任的忏悔而救其情敌。他的文体不是向来的流丽潇洒一派,而是生硬的翻译调式。描写的内容,多为悲痛的异常的恋爱,这一点和向来作家的作风两样。镜花因这两篇作品,遂被认为新进作家之有力者,后又续出《钟声夜半录》《海城发电》等作。其后作风转变,遂作《琵琶传》《化银杏》等奇怪神秘的作品,显然由观念小说移至神怪的空想小说。后来又作长篇《照叶狂言》《风流蝶花影》《化鸟》《清心庵》《龙潭》等篇。

与镜花同时的,有广津柳浪著深刻小说。他描写情死的作品最多,如《今户心中》《中川心中》《女夫心中》等可以为例。《变目传》

《龟君》《黑蜥蜴》《蓄生腹》《青天大将》等,时人称为悲惨小说。

他的作品有四种特长:一是常写人生黑暗面;二是富于戏剧的情调;三是能尽力于心理描写;四是现实味比别的作家多。田山花袋论他的缺点说,他只能以"实感"动低级的读者,未能深味人生。

这时有一位新进的女文作家出,她名叫樋口一叶(夏子)。她在文学上的活动,不过四五年,二十五岁便死了。作品约有二十篇,诸作都有一种打击读者的力量。她的优秀的作品,都是人生姿态的再现。悲哀之味,脉脉不尽。一叶文学成功的原因,据说有下列几点:一是比较普通女子能够了解实世中的事情;二是艺术的心锐利;三是能描写自己所亲历的环境;四是有比较的深刻的社会观及人生观;五是在表现上,能努力向自己的世界前进不息;六是能体味西鹤作品的骨髓,但不取虚构的游戏的结构。她的人生观与社会观,不是从书桌上学得来的,是她从阅历经验得来的。因此她偏向一面,以为人生是不如意的,被苦的命运诅咒,只有悲痛、哀泣、愁苦,而没有欢喜与悦乐,生活于这种样人生里的女子,是不幸的。不合理的社会与黑暗的人生,虐待女性,使她们烦恼痛苦,人生是悲哀之谷,社会如冷石一般。她的作品里,描写着被虐待的女性。

她的杰作,是一篇《身长比较》。内容以吉原妓寮为中心,暗示人生的一面,将人生的愁暗,如实地写出。文字富于诗的魅力,极能感动阅者。此外如《阉樱》《玉禅》《埋木》《五月雨》等作,都是发泄厌世的苦闷与反抗心情的。

这时可数的作家,尚有后藤宙外、小衫天外、小栗风叶诸人。宙外以心理描写见称,《兴涌》与《暗之现》是他的代表作。天外长于讽刺,以轻松甘美的笔调,嘲弄议员华族。《奇病》《改良公子》《卒塔婆记》等作,都有特殊的风味。风叶大胆地描写肉欲,倾向写实。《寐白粉》写兄妹的爱,《恋慕流》写音乐少年的爱,为当时的读者所欢迎。

这时([明治]三十一年)忽然起了争论,就是文艺与道德、教育的问题。教育家对于当时的文艺下攻击,说作家的作品有害青年。正在议论纷纭的时候,遂有"家庭小说"的产生。

家庭小说的目的,在于描写上中流社会,写友情或恋爱,使青年男女读了,不致有恶影响。这类小说的作家,有著《不如归》《黑潮》的德富芦花,著《己之罪》《乳姊妹》《亡妻》的菊池幽芳,著《人的罪》《伯爵夫人》的田口菊汀,著《无花果》的中村春雨等人。这些作品的倾向都是同一的,他们向光明、幸福、善美前进,反抗黑暗、悲惨、丑恶的作品。

四、第四期文学

日俄战争以后,日本文学又进了革新时代。这时自然主义的文学代兴,正和法国文学由苏俄的浪漫主义到龚枯尔兄弟、弗劳贝的自然主义一样。日俄一役,增加了国民的自尊心,他方面则将悲惨的现实姿态显示国人,即是德富芦花所说的"胜利的悲哀"的思考,起于知识阶级间。他们的眼睛凝视着现实,一切不满与不平都涌现出来了。要想除去不满与不平,入于充实的新生活,遂排斥向来的风习,转向赤裸裸的真实。当时的社会、生活、思想上有这样的感触,印在文学上，也有同样之感，因此自然主义勃兴了。

自然主义的发生有各种原因。高须梅溪氏说："在思想方面：一、因为扩充科学的精神；二、因为受了实验主义的影响；三、因为不满意向来的诗的宗教思想，唯心的哲学，与形式道德，遂直入个人的自觉的彻底境，以把握人生的真实。在文学方面：一、因为受了欧洲大陆文学的影响；二、因为要破除向来囿于游戏的空想的弊病，偏于小主观，作伪的迹显著的文学。毫不虚饰的，真切的，表现赤裸裸的人生与现实。"将他的话加注解，就是，思想方面：19世纪到20世纪时，因为尊重科学的结果，机械的唯物的人生观占势力，研究人生现象，也用科学方法。就文学方面说，因为欧洲文学输入日本，日本文学受了新刺激。在日俄战争前后，从法国左拉、巴沙克、弗劳贝、莫泊三、龚枯尔兄弟起，至德国苏德曼、哈勃特曼诸家的作品，都被狂热地介绍，刺激了日本少壮文学家的一部分，使他们感染了自然主义的思潮，所以到了日俄战争以后，自然主义的作品便崛起了。

自然主义的先声，当推［明治］三十八年国木田独步著的《独步集》《运命》等作。其次则为岛崎藤村的《破戒》。岛村抱月评说："《破戒》确为我国文坛近来的新发现。我对于此作，不禁有小说坛开始达于更新的回转期之感，欧洲的自然派的问题作品所传的生命。因为有此作，我国创作里始有和他们对等的发现。"据此，足见《破戒》在当时是有异彩的。［明治］四十年田山花袋作《蒲团》（《棉被》），一跃而为新兴文学的巨匠。那时因为注重写实，作家也利用"模特儿"，花袋此作，因为"模特儿"的关系，曾发生风波。

后来正宗白鸟的《红尘》、真山青果的《青果集》续出，文坛上便起了自然主义的争执。岛村抱月、长谷川天溪、岩野泡鸣等党自然派，后藤宙外主非自然主义，加以论难。但因时代精神的归趋，自然派始终得了胜利。于是二十年来把持着文阀的砚友社派，被推出文坛之外，新进作品始得渐露头角。如小栗风叶的《青春》、《恋饺》(禁止发行)，生田葵山的《都会》(禁止发行)，德田秋声的《出产》诸作发表后，自然派的运动便加增了实力。

在评论方面有岛村抱月的《被困的文艺》，长谷川天溪的《幻灭时代的艺术》，岩野泡鸣的《神秘的半兽主义》等文章，鼓吹自然主义。

新体诗人这时也在自然主义的旗帜下兴起，如相马御风、三木露风都用口语作的长诗。如吟都会情调的北原白秋、上田敏的民谣，都与自然主义共鸣。

到后来，岛崎藤村的《春》与《家》；田山花袋的《乡下教师》与《生》《妻》《缘》三部作；国木田独步的《涛声》《第二独步集》；德田秋声的《徽》《足痕》；岩野泡鸣的《耽溺》等作公世，自然主义已经到了"结实"的时期了。

当自然主义兴盛时，后藤宙外等新小说一派便扬反抗之声。宙外更与泉镜花、樋口龙峡等发起文艺革新会排斥自然主义。

自夏目漱石的《我是猫》一作出世，反自然主义的势焰更张。漱石倡低徊趣味，主张不迫切的余裕文学，以洒脱、滑稽、轻快的笔锋震惊当世。

森鸥外向来努力于翻译,现更不断地创作,有短篇集《涓滴》《走马灯》《分身》,长篇《青年》等作公世。他的倾向与漱石的"余裕小说"相近,但在他自己则称为"游戏"的文艺。

继漱石、鸥外对自然主义扬声反抗的,以永井荷风、谷崎润一郎为最著。荷风的《冷笑》一作,讴歌享乐主义。润一郎为日本唯一的唯美主义作家,有"日本王尔德"之称。他善写病的官能、变态性欲、变态心理、被虐狂。当自然主义兴盛时,他的代表作《刺青》《恶魔》《阿艳杀戮》《阿才与己之介》出世,世人悉受震动。到了大正时代以后,他更精进,陆续发表不朽的作品。

当时非自然主义的作家,还有小川未明、铃木三重吉、森田草平等人。到了大正时代,更有白桦派、新思潮派等崛起。于是自然主义便日渐零落了。

附　录

1928年的日本文学界

出版界的近况—出版界与著作家—大众文学的兴盛—无产阶级文学的胜利—批评界的活动—著作家发表作品的地盘—本年度新作家的代表作品—本年度旧作家的代表作品—本年度的戏剧文学—本年度在各大剧场表演的代表作—筑地小剧场的过去与现在—名优左圑次游俄—名优羽左卫门回国—坪内逍遥博士演剧博物馆的完成—莎士比亚全集译文的完成—本年文学界的损失

1928年,在最近日本文学的历史上,是可以注目的一年。

第一要举出的,是从去年(1927)开始的大规模的出版物,完全征服了出版界。这事好像直接与文学无关,但在今年的文坛上所起的各种现象,全是从这个事实产生的,或是和这事实有关系。这种事实所及的第一影响,就是杂志的经营困难。杂志在出版物里,向来是大量的生产的,而定价的便宜,就是其特征。可是"一圆本"的预约出版物发行以后,近一千页的书,只要一元就可以买得。因此之故,杂志仅仅靠定价便宜,就不能够把读者维系住了。在"一圆本"的高压之前,有几种在明治、大正文学史上有光辉的历史的杂志——如《太阳》《新小说》《早稻田文学》等,都先后废刊或者休刊了。还有向来当作发表文学作品的机关,有相当势力的杂志,如《女性》《苦乐》等,也不幸夭折了。这些事实的直接的结果,自然就是文艺作品的发表机关的减少。

因为这种现象,在著作家之间,就起了迅急的淘汰。淘汰的结果,最奇怪的,是旧作家遽然地没落,在文坛上消声匿迹。这虽是旧作家的创造力的涸竭,也是读者对于旧作家无所需求,但是直接的原因,是在于旧作家因为受了大量出版的恩惠,抽了多额的版税,一时得了生活的安定,目前已没有为经济而无理地创作的必要了。

其次,大量出版的决定的胜利,就是出版者完全宰治了作家或一般的著述家。试举一例,就是最近有两家书店都刊行《经济学全集》,执笔的学者,为了各人所属的书店而起了广告战。这两种出版物的作者都是日本第一流的经济学者,他们的学识与人格,全是日本人士所信赖的。试看这样的人物，会受了出版资本的轻易的操纵，就可以想见出版资本的势力是怎样的强大了。

由这相同的事实，使得出版者与著述家的关系，较之以前，更为紧张，这是应该注意的。在最近文艺家协会的聚会席上，对于某大杂志社要求第一流的某作家把小说的原稿改作，在协会里起了问题。由这事实，可以知道因出版资本的集中而生的支配力，在著作家之间，渐次尖锐地对立起来了。

1928年的第二样显著的事实，就是大众文学（广义的）的决定的胜利。除了从前年起继续刊行的《现代大众文学全集》之外，到了今年，又有《世界大众文学全集》《长篇小说全集》《讲谈全集》等，此三种预约出版物，都收了相当的成功。最近平凡社又刊行《平凡》杂志，博文馆刊行《朝日》杂志，把纯文学杂志的没落和它比较起来，在数量上，已显示增加的倾向。只是在发行的部数上，不免受"一圆本"的打击。因此大众文学作家与纯文艺作品的作家之没落，正成一个反比例。不特大众作家发迹起来，又因为生产者之缺乏，从前作纯文艺作品的大小作家，都如被磁石所吸的铁屑一样，做起大众文学的作品来了。现在作家为衣食起见，都有作大众文学作品的必要了。

大众文学昌盛的原因，就是因为它有普遍性，向来的文学是闭锢在狭小的壳里的，取材的范围甚窄狭，大众文学之受读者欢迎，乃是必然的。

1928年的第三样显著的事实，就是无产阶文学在文坛上完全获得了市民权。对于无产阶级文学，一向反复说着的不了解的批评，已经绝迹了。在旧作家之中,不仅陆续出了对于无产阶级文学同情的作家与批评家,有志于文学的青年的大部分都显然具有"普罗列塔利亚"的倾向。这事的原因颇复杂。消极的原因之一,就是因为旧作家的没落萎缩,文坛上有了空席。其次因为文坛人士对于社会的认识已高,听着"普罗列塔利亚"就头痛的倾向已经没有了。还有无产阶级文学运动到了今年已前进一步向着建设的方向进行。又如时代之能支持"普罗列塔利亚"运动,也是主因。

1928年的第四样显著的事实,就是批评的活泼生动。在批评方面,旧的批评家几于完全没落了。新的批评家,是从无产阶级文学的阵营或其邻近地带出来的。这批评界并非文坛一般的问题,只是在无产阶级的文学的内部活泼地议论着的。关于"文学的大众化"这问题,曾有中野重治与藏原惟人两氏的论战,在最近的批评界,是可以注意的。同时马克斯主义者的艺术或文学的理论也兴盛地被翻译介绍,如鲁那卡尔斯基、柯干、普勒哈洛夫、路麦尔登的著作,都有了译文。

自从《太阳》与《女性》二志停刊后,作家发表作品的地盘,只有下列的四种商业性质的杂志,即《中央公论》《改造》《新潮》《文艺春秋》。此外《战旗》与《文艺战线》,则为"普罗列塔利亚"文学运动的杂志。如《三田文学》《不同调》《大调和》三种,则为站在Cuild的传统上的修业杂志;如《文章俱乐部》《创作月刊》《创作时代》,则为一般的修业杂志;如《周刊朝日》《Sunday》《每日》则为半娱乐性质的刊物,时时出特别号,刊载创作。这一年的各作家的作品,都发表在这些刊物上。现将小说作家分为新旧两个集团,列举他们的代表作,借窥这一年的创作状况。

新作家和他们发表的作品可以归纳如次——

中条百合子 《红的货车》（《改造》）

横光利一 《浴室与银行》（《改造》）

叶山嘉树 《船大"该隐"》（《改造》）

平林太依子 《殴打》（《改造》）

片冈铁兵 《活的玩偶》（《东京朝日新闻》）

黑岛传治 《泛滥》（《改造》）

龙胆寺雄 《Apart 的女子们与我》（《改造》）

犬养健 《南京六月祭》（《文艺春秋》）

十一谷义三郎 《唐人"阿吉"》（《中央公论》）

桥本英吉 《发端》（《文艺春秋》）

嘉村矶多 《业苦》（《不同调》）

立野信之 《豪雨》（《战旗》）

细田民树 《某炮手之死》（《文艺战线》）

中野重治 《初春的风》（《战旗》）

木村庄三郎 《Building 上的 Don Quixote》（《三田文学》）

久野丰彦 《用肥皂涂男子的女子的故事》（《新潮》）

村山知义 《父与母》（《战旗》）

林房雄 《密探》（《战旗》）

今东光 《柩船》（《新潮》）

中河与一　《昔时的绘》（《新潮》）

川端康成　《死者的书》（《文艺春秋》）

佐佐木茂索　《鱼之心》（《改造》）

小岛政二郎　《乌夜巷》（《太阳》）

宇野千代　《晚唱》（《中央公论》）

尾崎士郎　《荏原郡马迁村》（《新潮》）

浅原六郎　《某自杀阶级者》（《新潮》）

下村千秋　《浮浪儿》（《中央公论》）

关口次郎　《妻的指环》（《文艺春秋》）

小松太郎　《洛特》（《三田文学》）

冈田三郎　《文子》（《不同调》）

间宫茂辅　《坂上》（《不同调》）

旧作家中有许多暂时停了笔，入了休息时代。如岛崎藤村、永井荷风、田山花袋、中村星湖、森田草平、小川未明（专作童话）、久米正雄、上司小剑、仓田百三、有岛生马、谷崎精二、宇野浩二、江口涣、南部修太郎、石滨金作、池谷信三郎、铃木彦次郎等人，有的是创作力衰微，有的是正在计划大著作。

下列各家的作品，可以视为旧作家方面的收获。

谷崎润一郎　《万字》（长篇）（《改造》）

山本有三　《波》（长篇）（《朝日新闻》）

德田秋声　《芭蕉与齿朵》（《中央公论》）

久保田万太郎《春泥》（《大阪朝日新闻》）

佐藤春夫　《老青年》　（《改造》）

里见弴　《海上》　（《改造》）

正宗白鸟　《人情》　（《中央公论》）

藤森成吉　《贫穷的兵士》　（《文艺春秋》）

江马修　《黑人的兄弟》　（《战旗》）

就1928年的小说界看来,那些旧浪漫主义、自然主义,视为自然主义末派的人情主义、个人主义的现实主义,视为新浪漫派的新感觉主义等等的作品,已经走到了极限。代替这些兴起的,就是"普罗列塔利亚"的Realism,视为新的Realism的新感觉派、新自然主义等,总之,就是较为彻底的Realistic的倾向,已渐呈现出生气。

现在再讲1928年的戏剧文学的状况。

这一年的剧界的一大现象,是改作剧本(即脚色物)的横行。就是把著名的小说改作,或将"讲谈"改作,将剧本表演或将西洋的作品翻案。

(a)将小说改作剧本的,有——

永井荷风作:《偶田川》的改作(本乡座演)

夏目漱石作:《我是猫》的改作(同上)

里见弴作:《今年竹》的改作(松竹新剧团)

中里介山作:《大菩萨卡》的改作(帝国剧场)

杉村楚人冠作:《可厌的人们》的改作(泽田正二郎一座)

(b)将"讲谈"改作剧本的,有——

《鼠小僧次郎吉》

《累渊》

《祐天吉松》

《水户黄门》

《三兄弟讨敌》

《江岛尾复仇故事》

(c)将西洋东西翻案的,有——

《马丹X》

《我的爸爸》(以上电影)

《恋爱的百面相》(德国格俄尔克·该撒原作)

《两个俄尼费尔》(前人)

在杂志上发表的戏曲,较之三四年前,减少了不少。这一年在大剧场上演的新作,有下列各种。

《从鬼岛来的人》(中村吉藏作,泽田正二郎一座演)

《金玉均》(小山内薰作,本乡座演)

《邻家的花》(岸田国士作,帝国剧场演)

《莫索里尼》(小山内薰作,明治座演)

《原敬首相》(大关格郎作,伊井蓉峰一座演)

《坂本龙马》(真山雨果作,泽田正二郎一座演)

《洛比勒少将》(北村喜八作,歌舞伎座演)

《维新前后时》(吉田弦二郎作,歌舞伎座演)

《信州义民录》(永田衡吉作,歌舞伎座演)

《什么东西使她这样呢》(藤森成吉作,本乡座演)

《西乡与大久保》(山本有三作,本乡座演)

上列各种剧曲中有《信州义民录》与《什么东西使她这样呢》二篇,前者是社会主义的戏曲,后者是站立在马克斯主义的观点而写成的社会剧,这样的作品,也能在纯粹商业性质的大剧场表演,是很可注目的一件事实。

其次,本年度剧界的争论,也是很可注意的。这争论就是关于剧曲以"卓趣人物"为材料的争辩。如小山内薰、前田河广一郎、坪内士行都用意大利的魔王莫索里尼做题材;中村吉藏曾以大隈重信、原敬等人做题材。于是有批评家新居格氏在《读卖新闻》的文艺栏上发表文章,他对于这些用"卓趣人物"做主人公的戏曲力加摒斥。(但上列诸作,并不一定是赞美英雄的)他提倡以民众的主题,提倡描写民众的戏剧。先后有中村吉藏、坪内士行加入争论,颇为热闹。

在演剧运动方面,仍以小山内薰氏主持的筑地小剧场,最能发挥光彩,可说是日本新剧运动的重镇。筑地小剧场这一已于年改筑。他们的事业,可以分做两个段落,一是在改筑以前的,一是在改建以后的。在改筑以前,他们的工作,只是继续四年以来的工作,借表演翻译剧本以获得西洋剧的剧场里的机械作用与技术。所以在以前是从事于东西文化的媒介的工作。是年初所演的翻译剧本中有《玩偶之家庭》,是为易卜生百年纪念的纪念表演,又演新俄的短剧《委任状》、德国该撒的《两个俄尼费尔》。又在帝国剧场表演过易卜生的《皮尔肯特》、莎士比亚的《中夏夜之梦》,前者是纪念易卜生,后者是为纪念坪内逍遥博士的莎氏剧全译完成而演的。创作剧的表演,有藤森成吉的《相恋记》，前田河广一郎的《被造成的男子》等作。改筑后的工作，一变从来的方针，他们以过去所得的技术与专门的知识为基础，努力于新国剧的建设。改筑后的第一表演，就是小山内薰自己改作的《国性爷合战》（原为近松门左卫门的净瑠璃，小山内薰改作后曾在《文艺春秋》上发表）。十一月演久保田万太郎氏的《大寺学校》，与里见弴氏的《拜托》(Tanomu)，十二月表演北村寿夫的《驸马哲学》与上田文子的《晚春骚夜》。筑地小剧场的前途如何，未可逆料，惟因他们的刺激，出了不少的优秀的戏曲作家，为日本新剧运动计，它的存在，有莫大的意义。

此外在1928年的戏剧界还有三件要事，就是——1.左团次游俄；2.羽左卫门回国；3.坪内逍遥博士的演剧博物馆的完成。

左团次与羽左卫门都是日本歌舞伎的名角。左团次到新俄去表演日本的歌舞伎，得与新俄的新兴剧界接触，必受了不少的影响。他回国后的转变如何，颇为一般人所注目。羽左卫门于回国后，将改革日本固有的剧场组织，如缩短表演时间等（日本的歌舞伎的表演，在八时间以上）都已计划妥善，决定在是年十一月在歌舞伎座实行。

坪内博士的演剧博物馆的完成，在是年的十月下旬。坪内氏是年正值七十岁诞辰，他是日本文学界的元勋，培植的人材不少。他历年来翻译英国莎士比亚的戏曲，认为毕生的事业。今年已将莎氏著作全部译完，向由早稻田大学出版部刊行。日本人士纪念他的功勋，特集各界酿资，助坪内氏在早稻田大学内建设演剧博物馆，各国人士及本大学毕业生都有寄赠（多为关于演剧的资料）。馆内搜藏古今中外各时代关于演剧材料的全部(书籍、衣服、道具等搜罗极富)。此外对于演剧有关系的风俗、建筑、调度等的材料、绘画、文献等应有尽有,实为东方演剧界的一大宝库。

1928年的日本文学界的轮廓,略具于此。外如葛西善藏(小说家)、片上伸(评论家)、若山牧水(诗人)三氏的逝世,实为本年日本文学界的大损失。

后　记

　　本书原打算讲到大正时代以后的日本文学,因为人事的忙迫与再版付印的仓猝,只说到明治末年。将来若有重版的机会再将大正昭和两章补入。1928年的日本文学界一文,虽是片段的记载,但也足以推测昭和时代文学的倾向,因此把它附在篇末。作者关于日本文学的著书,有下列两种,阅者不妨参看。

1.《日本文学史》　北新书局出版社
2.《日本文学纲要》　商务印书馆出版

1929年7月10日

日本文学（商务版）

序

本书的编纂,有两种意义。

1. 文学的力量,可以使得国民互相了解。哪怕国家是在敌对的情况之下,文学是决没有什么国界的。我们研究某国的文学,即是研究世界文学的一部分。尤其是日本与中国都是位于东方的国家,日本人常常借"同文同种"这一句话来作为中日亲善的根据,若想要知道中日何以会"同文",这就是非研究日本文学不可的。我们先知道了日本文学的径路,再进一步便可以知道中日两国自古以来文学的交涉。这对于国故的贡献也很大。其次日本文学自明治时代起,已有长足的进步。他们的新文艺已经结了很丰茂的果实,若将我国的"文坛"现势和他们比较,至少要相差二十年。日本文学的研究,不啻给我们一个学样的机会。日本古代的作品,德国英国已有人翻译介绍。汉堡大学早有日本文学讲座之设(弗洛冷兹博士主讲),巴黎大学也有日本文学一科(耶尼塞也夫教授主讲),俄国列宁格勒与伦敦的某大学,都有日本文学一科。以西人研究日本文字语言之困难,他们还能这样的努力探讨,这岂是浪费精力么?一则日本文学在现代已在世界文学里占有位置,次则日本民族自有他们的特异的精神,这必须从文艺上下研究的功夫,然后才可以了解。但反观我们中国,对于日本文学肯去注意的,实在是少数。就国内研究学术的机关来说,以我所知道的,只有从前的北京大学,有《日本文学史》一科,及近来上海复旦大学有《日本文学史》的讲座,此外便不可知了。以中日两国同为东方民族,语言文字的关系又如此的密切,加以中国人研究日本文学较之西人不知便利多少,竟放弃了这种机会,实在可惜。我以为日本文学的研究,是中国人的权利之一。

2. 中国与日本在地理、历史、政治、经济上的关系是怎样的密切,这是不必烦言的。在唐朝以前,日本模仿中国的制度及文化。但自唐朝以后,日本知道中国的文化已不可恃,便不再模仿了。到日本明治维新以后更不用说,他们一心一意承接西洋的文化,加工炮制,过了一二十年的工夫,中国反而事事以日本为法了。就国际的情形说,侵略中国最厉害的自然是日本,日本最舍不得放弃的,也自然是中国,过去的一切的关系与交涉,已经成为历史上的铁案,未来的关系更不可知。在偏狭的民族主义的立足点上，研究日本的工作是值得去干的。向来中国人只知道轻视日本。以为日本的一切都是中国的，还在梦想日本借去的一顶破伞至今尚有大用，事事摆起"大国民"的架子，于是随时碰壁，事事吃亏。从前学法政速成科的先生们，口里常说，"学日本文三月小成，六月大成。"真是痴人说梦，自欺欺人。因为这一般似懂非懂的"留日大员"，自己对于日本的语言文字不肯下苦功研究，遂想出了一种走捷径的方法，一面又教人家预存轻视的成见。加以中国近年来的 Yankee 崇拜，好像日本的研究是大可不必(文学更不用说了，他们说日本假名就是中国字)，这真是大误。这样下去，数十年数百年也没有胜过日本的希望。反过来看日本如何，日本的出版物中，研究中国的部分，若编起目录来，直有一巨册。日本参谋本部庋藏的中国各要地各省县的地图，怕要比我们自己的还要详细。至于学术界对于中国学问的研究，更是缜密周到。中国人要参考起来，简直是坐享现成。虽然他们研究的正确与否，是另一问题；但那一种精神实在可佩。就一般社会说，日本的学生对于我国辽东半岛、山东省等的地理经济状况怕要比我国的学生还要注意，这实在是一种可怕的现象。学术的研究，本来应该分工合作：有的去研究军事、政治；有的去研究经济、地理；有的研究语言、文字与文学，无论如何，没有一样研究是没有用的。这《日本文学》的作成,只是尽我个人的职责;虽然我很明白我不是适任者;但我有这种嗜好与趣味,所以也公然拿来出版。但我一想到日本书肆里发卖的整套的《支那文学史》《支那经济调查》《支那劳动界调查》,巨而且厚的《支那年鉴》,则区区的这部六万多字的小册真未免渺小了。渺小诚然渺小,但总聊胜于无,我敢说。

以上说的话已经逾出"文学无国界"的范围了,似乎气量狭小得很;又好像研究他人就是不存好心似的。那么,我可以老老实实地说一句,要研究日本文学还是在于赏玩日本古今的作品,这一部《日本文学》就是一部旅行指南。看了指南以后,再去赏玩,想来总不至于上当吧。一方面我仍不曾忘记我是一个中国人;而况本书的写成,又在这多难的五月。我仍希望一般政治家、军事家去多多地研究日本,或为"国"为"民"或为个人的兴味好尚都使得。

其次关于本书的编例,还得有所声明。

1. 日本的文化虽然不及我国之久远,但他们立国也有二千余年。就纯文学讲,可以分作两部分。一部分是模仿中国的(如汉诗、汉文),一部分是他们自己固有的。本书只叙述足以代表日本民族的固有文学,至于模仿中国的一部分,对于国人并非必要,所以不提。阅者不要误会一国的文学,怎么可以用这一点篇幅就能说完。

2. 本书侧重日本的中古文学与现代文学,所以这两期的文学,所费的篇幅较其他部分为多。

3. 著者有一部与这书同名的书,由上海开明书店出版。两书编撰的体裁各不相同,译引作例的作品也避免雷同,阅者不妨参看。

中华民国十七年(1928)五月谢六逸识于上海

第一章　日本民族性

第一节　外国人对于日本民族性的批评

一国文学的产生,与其民族性有密切的关系。现在先述日本的民族性,然后再讲日本各时代的文学。我们要了然于日本的民族性,最好是搜集外人对于他的批评;或是日本人自家的批评。这些批评,自然有褒贬两方面,但无论是褒是贬,都足以帮助我们了解日本民族。今将五十岚力博士《新国文学史》所引的外国人的批评。录在下面。

(一)如日本人那样具有善良性质的人种,世界上是很少的。从没有听着他们说过诳语,他们是很亲切的。而且重名誉,其弊遂使他们成为名誉的奴隶。(沙比尔氏)

(二)日本人不以贫为耻,有时甚至以为名誉。(沙比

尔氏)

(三)世界的非基督教人民中,如日本人之天然的善良者,是没有的。他们对于善事及正当之事,求知的欲念异常的强;且有热烈的学习之热心。(沙比尔氏)

(四)日本人多强壮,不羁,而能战斗。他们有能忍耐的可怕的美质,不为饥渴寒暑屈挠,不怠职务;他们活泼颖敏,有勤于广见闻,勇于理义之风。(克拉塞氏)

(五)日本人的性质温良淳厚而好善,他们诚心敬重他人,不饰外貌;他们恶贪欲,极恨盗贼。最敬父母,相信如缺孝养之义务,必受神明之罚。又君主的行为,也有可赞赏的,他们选拔家臣中之笃行廉直者,使他们争谏日夜言行的过失。(克拉塞氏)

(六)日本人的食馔,常清洁而尽美。(克拉塞氏)

(七)日本人极锐于理解力,不独服从理性之命,且从信仰。(克拉塞氏)

(八)日本人温和而守礼;公正而从顺。

(九)日本人重士风,勇敢而有热烈的爱国心。

(十)日本人不像猛鸷的人类,和顺温雅;日本全国的人民是很安全的。大道无贼,窃盗也少。他们正直勇敢,而且自信力强固。(曾伯尔克氏)

(十一)日本人的显著的特性,就是尚武,此种气质看去虽似消失,但一遇到什么危机,就如睡着的猫,忽然变成了

狮子一样。(曾伯尔克氏)

(十二)日本人性格中最显著的特征,就是虽是最下等的社会,也极富于爱花木之情,以栽培花木为无上的娱乐之一。(福俄儿吞氏)

(十三)日本人对于公事是最正直的国民。

(十四)日本人是具有世界第一的审美眼的国民,从贵族到劳动者,都喜欢美术。日本人胸襟宽大的人种是无论什么都能容纳的。他们容纳儒教,容纳佛教,又容纳基督教。(比利氏)

(十五)日本人的性质不是理性的,而是感情的。(朴兰特氏)

(十六)日本人姿性纯粹而头脑明晰。

(十七)日本人的从顺之道很发达。(台利氏)

(十八)日本人的最大长处乃是爱国心,最大的短处乃是自负心。(克德勒氏)

(十九)日本人的性质中最显著的,乃是感情的平静。又日本人最惹外人之目的两大特质,即厚礼让、重清洁是。(布林克里氏)

(二十)日本人恰如一个巧妙的有机体,一切取之外国,全然模仿之。(鲁朋氏)

(二十一)日本人用柔术之手,利用敌人之力,吸收外国的文明。但妨害自己的特色及发展者则不取,如不取基督

教的缘故,即在于此。(韩氏)

(二十二)日本的人贫穷,乃是国力。恐怕日本在将来要抛弃旧来的素朴,刚健正直,与自然的生活之风。(韩氏)

(二十三)日本人的第一恶德,就是不正直与虚伪。日本商人中有此恶德的,乃是东方国民中最不正直,最诈伪的人。(俄耳可克氏)

(二十四)日本人是隐蔽说诳的国民。

(二十五)日本人说诳全不介意。(台利氏)

(二十六)日本人是喜复仇的残酷的国民。

(二十七)日本的妇人,缺乏爱自己子女之情,在诞生前或诞生后杀害者颇多。

(二十八)举止不端乃是日本人的特性。

(二十九)日本人过于好礼仪,近于虚伪的形式。

(三十)日本人对于个人人格的观念极不发达。

(三十一)日本人对于官权虽绝对地服从,对于私事则道德低下。

(三十二)日本人仅善于模仿,全无创造力。

(三十三)日本人薄弱而乏厚实。他们虽立有远大的目的,却缺乏实行的重要的能力。他们有许多在一生之内几次变更职业。

(三十四)日本人对于自然美的主要的、对于人类容貌的一切的善、对于人类情绪的一切力量(Charm),都是无感

觉的。(吉丁斯氏)

上列的批评里面,一至二十二是褒,二十三以下是贬,他们的持论都是有所根据的,不过还不能说是的确不移的评语吧。

第二节　芳贺矢一对于日本民族性的批评

日本的芳贺矢一博士,在所著《国民性十论》里,举出了十种主要的日本国民性:1.忠君爱国;2.崇拜祖先,尊重家名;3.现世的,实际的;4.爱草木喜自然;5.乐天风流;6.淡泊潇洒;7.靡丽纤巧;8.清净洁白;9.有礼节;10.温和宽恕等。芳贺氏之说,自是很恰当的。此外有人说日本人淡泊,但缺乏思虑;秉性快活,而缺乏忍耐力;对于事业,虽是伶俐,惜意志薄弱,不耐远大的经营。如自杀者之多,便是意志薄弱的证明。可是又有人反驳这种论断,以为意志之强,乃是日本国民性的精髓。试看德川家康、伊能敬忠诸人,便可证明此说是不错的。这两种说法,都各有理由。

第三节　五十岚力对于日本民族性的批评

五十岚力博士,以明、净、直三者,为日本国民性的中心,这是一个很有价值的论断。他所说的明、净、直三者,是根据文武天皇即位时所下诏书的词句。(见《续日本纪》卷一)文武天皇以明、净、直诚勉励百官,后人遂认此三德为大和民族的特性,举凡现实、光明、活动、向上、中庸、快活、忠孝、清廉、勇武、义侠、风雅诸德,都以这三大德做基本。日本的三大神器,就是这三德的象征。

第一种神器是镜,镜之性为明,镜之德为玲珑透澈能映物。日本人应如镜一般,以明澈的心正观事物。故能公正无私,不以黑白混淆;见善行则叹美,见恶行必排斥。相传天照大神曾供奉此镜,现全国各神社都以镜为神体而供奉。历代皇帝的诏敕、祝词、君臣应对之词,多用"明心"一语,由此可以证明这是日本民族的根本性质。

第二种是玉,玉有清净之德。"清净"与"明"虽相似,然实不相同。镜是朗澈的,能够照物,玉则不朗澈,也不必能照物。玉的可贵处在有温润的光,圆融的相。喜欢清净是日本民族的特性,例如一个劳动者他也能够赏玩盆景等物;一般人都知道自然界的风物的可贵,培植不遗余力。外人常评日本人说:"日本人是具有世界第一的审美眼的国民,上自贵族下至劳动者都爱玩美术。"这便是日本民族的清净的表现。

第三种神器是丛云剑,是"正直"的象征,又含武勇、决断、直前的意味。所忌的是踌躇、缓慢、首尾两端等恶德,这一个直字,就是日本武士道的主要的精神,是大和民族的特性。

上举三德,为日本民族性的基本,其他的性质,都是从这基本上产生的。这三种德性,与三种神器相同,无所轻重,且相互为用。总括一句,凡"明心"所见的,即"直前"实行;其观察与进行,又"清净"美洁,这样的精神倾向,就是大和民族的特性。

由"明""净""直"三德,表现于外的,就是活动的、现实的、光明的、向上的诸德,更从此产生快活性、洒脱性、淡泊性、中庸性、调和性、清廉性、勇武性、果敢性、风雅性、义侠性、忠孝性、武士魂等等性质。

未受外来影响的日本文学,天真朴素,没有一点虚饰或夸张之风,这乃是民族性使然的。在日本的古代文学里面,没有如希腊的长篇叙事诗,没有如中国的庄子、列子的寓言。所有的只是许多淳朴可爱的珠玉而已。

第二章　上古文学

第一节　总论

日本民族发生的经过,在目前尚成为学者探究的题目。据日本《古事记神代篇》所载,自称为神的后裔,后来的学者也多附和此说。或谓日人祖先亦穴居野处,渐进为部落,戴酋长,部落相并,卒为神武天皇统一,遂繁衍至今。先民的思想及生活,极单纯朴质,勇武而富于情爱。崇拜多神,以神为支配运命者,凡天地、山川、草木,与四肢、百骸,都受神的支配。信神至八百万,以高天原为诸神所住的宫殿。

日本古代有无文字,为现今争辩的问题。如《古今拾遗》《假名字源》等书,主张古代并无文字;如《神代口诀》《古史征》《解题记》《神字日文辨》则说古代早有文字。此二说以前者近于情理,因日本古代只有语言而无文字,虽有神代文字传世,恐为后人假造。到了王仁从百济东渡,献《论语》《千字文》(时为日本应神天皇八十五年,当我国晋武帝太康六年,即公元285年)。汉字传入日本,始从汉字蜕变为四十七个字母(假名),是为日本文字的起源。

凡是一种民族的文学,必远在其有文字之前,即所谓口传文学是。所以研究日本文学,不能仅从有文学以后着手,必远溯上古。研究的资料,则根据已有文字时(不完全的文字),他们记载出来的著作。

本章所讲的上古文学,是总括奈良朝以前(公元前700年)及奈良朝时代(公元710至794年)而言。奈良朝以前的,固有的日本文学,有歌谣与祝词;奈良朝时代则有《古事记》《日本书纪》《风土记》《宣命》《万叶集》等,分别论述于后。

第二节 歌谣与祝词

一、歌谣

上古的歌谣称为"记""纪"之歌,原为古人的口传文学,后来记在《古事记》与《日本书纪》(简称《日本纪》)二作里,故名"记""纪"之歌。此种歌谣共有百八十余首,搜集神代(传说上的国主)至人皇时代(历史上的国主)的歌谣。作者有须佐男命诸神以及天皇、皇后、皇子、臣僚等人,其中以恋爱歌居多数,次则为军歌与酒歌。其特色为流露真情,素朴而天真,随处显示日本民族之乐天的、重情的性格。为未受外来影响的、纯粹的特产。歌谣的形式,也极自由,一首常为三音、四音、六音、八音、九音、十一音。就中每首五音、七音、五音、七音、七音共计三十一音的歌,约有六十首,是为日本"短歌"的滥觞。

恋爱事件在上古社会里占重要的位置,所以《记》《纪》中的恋爱歌谣比较占多数。因恋爱关系,成了政治事件的原因,遂起争端,至于杀戮,如仁德天皇与皇弟隼别王便是一例。

天皇命隼别王做媒,向女鸟王求婚。女鸟王怕仁德的后嫉妒,不肯答应。隼别王因以女鸟王为自己的妻,不报。这时仁德走到女鸟王织纺的地方,向她歌道:

"我的女鸟王,你手织的是给谁的衣料?"

女鸟王答道:

"这是那高飞的隼别王的衣料。"

仁德知情,便还宫去了。女鸟王当隼别王归来时,向他歌曰:

"云雀能高翔于天,你高飞的隼别王呀,何不扑杀那鹪鹩。"

她劝他谋反,此事被仁德知道了,就派兵去杀他们。二人逃走,登仓梯山,在这生死关头,隼别王歌曰:

"竖梯般的仓梯山好险峻呀,娇嫩的妻不能攀援岩石,只是挽着我的手。"又歌曰:

"竖梯般的仓梯山虽是险峻,因与我妻同登,便不觉险峻了。"

这是二人还陶醉于恋爱的欢乐,后来终于在宇陀的苏迩被杀了。(见《古事记》下卷一七一段)

日本武尊东征时,在途中思念他的宠姬美夜受,作歌曰:

> 你的柔弱的手腕,好似香山上的被镰刀割了的嫩枝;我想枕着你的手腕睡觉。来到你穿着的外衣的裾下,还要经过许多的日月呀。(译文据守部释,见《古事记》中卷一二九段)

以上二例,都是极著名的恋爱歌谣。

二、祝词

"祝词"是一种祈神之词,又为称颂之词。上古的祝词,载于《延喜式》第八卷。(《延喜式》共五十卷,记录百官的年中政务,为藤原忠平、藤原清贯、大中臣安则、伴久永、阿刀忠行等五人所撰,于醍醐天皇延长五年十二月二十六日献进)其数为二十五,其中最有文学的价值者,为《祈年祭》与《大祓词》二种。思想虽极单纯,然文字有一种韵律的美。《祈年祭》是因为要祈祷五谷丰收而举行的祭祀,延喜时全国祀有官币国币诸神,《祈年祭》内,历数诸神之德,以求丰年。下列译文为《祈年祭》中主要的部分,可以看出日本民族的雄大宏远的抱负与进取向上的精神。

聚集于此的庙祝祭司等,其洗耳倾听:因奉住于高天原诸神旨意,今日称颂天社[注1]国社[注2]及诸神之德,以祈丰年。

(中略)谨白于司掌五谷的诸神之前;托付皇孙[注3]的五谷,人民不辞劳苦,以手足混合水土种植,蒙诸神之恩,已长出了累累的长穗。初刈时,以穗数百数千,供献我神;又酿酒盛满高大的瓶内,罗列供奉。此外更有供物,出于田圃者为甜菜辛菜;出于海者为大小鱼类及各色海藻;衣服有光艳的、粗的、细的各样布帛,谨奉各物,以颂神德。

(中略)兹特告于天照大神之前,曰:愿神所凭临的四方,即天所覆着,地所载着的各地;上有白云掩盖,下有青烟笼罩,及海中橹舵不能再进之处,陆上负朝贡物的马蹄所至之处,其间负贡物的驼马,连接不断。愿国内领土日益增阔,狭地变成广阔;险峻夷为平地;使未归顺之远国皆来就范。愿蒙神惠,俾各地农产物的初收,供于神前,有如小山。天皇安心食其剩余。愿天皇代代勿替,国家兴隆。(下略)

[注1]祭高天原诸神的神社曰天社。
[注2]祭日本国内产生之神的神社曰国社。
[注3]大祓词云:留于高天原的男女神祇祖先,曾召集八百万神祇聚议,议定以治理丰苇原水穗国(即日本)的任务,托付于皇孙。

第三节 《古事记》与《日本书纪》

一、《古事记》

《古事记》是日本古代最重要的典籍,在世界文学里也占极高的位置。此书是元明天皇和铜五年(公元712年)太安麻吕奉命编撰的,记天地开辟迄推古天皇(公元628年)间的史事,是日本最古的历史,也是传记、神话、歌谣、民俗的集成。书中所记的故事,极天真朴质,兼有勇敢、优雅、轻笑、美丽、庄严的事迹。全部分上中下三卷,文学的价值最高者为上卷,即神代卷。太安麻吕编撰时,由稗田阿礼口授,那时日本只有语言,尚无文字,所以编撰时极感困难。他所想出来的方法,不外二种。一法是借用我国的文字(汉字),根据汉字的字义与文法,将日本语译成纯粹的汉文;其他一法,虽用汉字,并不采用汉字的字义与文法;只是借用汉字的音去缀成日本语。如仅用前法,则诗歌、固有名词以及同汉语不等的辞句语言,无法可以照日本语记载出来。如仅用后法,用一个汉字的音代一个日本语的音,实在是冗长不堪。因此之故,所以杂用二法,遂成为一种奇特的文体。试引一例如下,以作参证。

故所避追而。降出云国之肥上河上在鸟发地。此时箸从河流下。于是须佐之男命。以为人有其河上而。寻觅上往者。老夫与老女二人在而。童女置中而泣。尔问赐之汝等者谁。故其老夫答言。仆者国神。大山上津见神之子焉。仆名谓足上名椎。妻名谓手上名椎。女名谓栉名田比卖。亦问汝哭由者何。答白言。我之女者自本在八椎女。是高志之八俣远吕智。每年来吃。今其可来时故泣。尔问其形如何。答白。彼目如赤加贺智而。身一有八头八尾。亦其身生萝及桧楹。其长度溪八谷峡八尾而。见其腹者。悉常血烂也。（原文第三十一段）

尔速须佐之男命。诏其老夫。是汝之女者。奉于吾哉。答白恐亦不觉御名。尔答诏。吾者天照大御神之伊吕势者也。故今自天降坐也。尔足名椎手名椎神。白然坐者恐。立奉。尔速须佐之男命。乃于汤津爪栉取成其童女而。刺御美豆良。告其足名椎手足椎神。汝等。酿八盐折之酒。且作回垣。于其垣作八门。每门结八佐受岐。每其佐受岐。置酒船而。每船盛其八盐折酒而待。故随告而。如此设备待之时。其八俣远吕智。信如言来。乃每船垂入己头。饮其酒。于是饮醉。留伏寝。尔速须佐之男命。拔其所御佩之十拳剑。切散其蛇者。肥河变血而流，故切其中尾时。御刀之刃毁。尔思怪。以御刀之前。刺割而见者。在都牟刈之大刀。故取此大刀。思异物而。白上于天照大御神也。是者草那艺之大刀也。（原文第三十二段）

故是以其速须佐之男命。宫可造作之地。求出云国。

尔到佐须贺地而诏之。吾来此地。我御心须贺须贺斯而。其地作宫坐。故其地者。于今云须贺也。兹大神初作须贺宫之时。自其地云立腾。尔作御歌。其歌曰。夜久毛多都。伊豆毛夜币贺岐。都麻基微尔。夜币贺岐都久流。曾能夜币贺岐袁。于是唤其足名椎神。告言汝者任我宫之首。且负名号稻田宫主须贺之八耳神。(原文第三十三段)

这一节是记载天神速须佐男命(即素盏鸣尊)因获被逐出高天原,流浪至出云国,斩八岐大蛇,获栉名田姬为妻的故事。不失为一段优美的神话。英人阿斯吞(Aston)著《日本文学史》,说这和希腊神话里的百尔修(Perseus)与安德洛麦达(Andromeda)的故事相类。若将上列三段原文的意义译出,略加修饰,遂成下面的一段故事。

素盏鸣尊想和天照大神会面,他到高天原去,因为有了凶暴的行为,遂被驱逐到下界来了。他到了下界,在途上遇着天雨,没有斗笠,他用草叶编好,戴在头上,起了大风,斗笠被吹落,他窘急了,想投宿于别的神的地方,可是别的神说他是一个凶暴的神,不肯借宿。他被雨濡了身体,在路上彷徨着,走到出云国的岛上,他已疲乏不堪了,一个人自语道:"我不愿走了,就在这附近休息一会罢。"他举目四顾,见近处都是菁林,没有人家,他走到林外,从林隙里看见一条河,那就是出云国有名的肥河。他看了一会,穿过树林,走到河边，立在那里发瞪，忽见河上流来了一根小木，捞起一看，是一根吃饭的筷子。他见了就高兴起来，因为河里有这种东西漂流，那么上流一定有人家住在那里。他便沿着河岸走去，走到一处平坦的地方，有一片广大的田畴，田中有一家人家。他急忙向那人家走去，到了屋外，忽然听着屋里有哭声，他止步向屋里窥探，见那屋里有一个老翁和一个老妇，一个美貌的女郎坐着，哭的人是老翁和老妇，女郎是满脸的愁容。他想这是什么原故呢，他就进了那家的门，问他们是什么人？那老翁道："我是这里的大山津见神的儿子，叫作足名椎；她是我的妻子，叫作手名椎；这女子名叫栉名田姬，是我们的女儿。"素盏呜尊问他们为什么哭？尽可说出原故来，他可以帮忙的。老翁说道："我们本有八个女儿，对面的高志山有一条八岐大蛇，他每年吃了我们的一个女儿。"他听了便说："我来斩除它。"老翁又道："我们也这样想过了，因为是过于巨大的蛇，也无从下手，它渐次吃了我的女儿，只剩下这一个，不久又将变为它的饵了，所以我们哭泣。"素盏呜尊问道："那大蛇是什么样子呢？"老翁道："它的样子是很可怕的，高志山上常有烟云笼罩着，它从山中出来时，两只眼睛是红的，有八头八尾，它的身上生满了绿苔，长满松桧，腹部流着血，它的长蜿蜒八个谷八个峰。"素盏呜尊听了这话，他呆看着栉名田姬，冒失地说道："你肯把女儿做我的妻子吗？"老翁道："我还不知道你的名字呢?"他道:"我乃高天原的天照大神的兄弟素盏鸣尊,因为别的事,从高天原来到这里。"老夫妇听说是素盏鸣尊都吃了一惊。说道:"原来是有名的素盏鸣尊神到了,失敬得很,愿意将女儿奉送。"但是他是一个性急的人,他向栉名田姬吹了一口气,姬就变成了一把小梳子,他将梳子插在头上。他向老妇说:"现在你的女儿已经藏好了,你们赶快做些香酒,酒酿好了,把墙砌好,墙上开了八个门,每道门口放好一个酒槽,酒槽里装满了酒。"老翁照他的话准备好了,他叫众人藏躲起来。一会儿,听着对面的高志山,有飒飒的声音,声音渐渐走近,素盏鸣尊便去藏在树子的背后,屏息着等待。果然八岐大蛇走近墙边来了,它四顾没有看见女子的踪影,只闻着酒的香气,便将它的八个头没在八个酒槽里去喝酒,酒喝得醉了,睡在槽里不能动弹。素盏鸣尊拔出他的"十拳剑",切大蛇成为几段,肥河的水也为之变为红色了。他用剑切蛇尾时,觉得尾上有物阻着,刀锋被毁,他用剑剖开蛇尾,有一口剑现出。他想,足名椎说大蛇住的山上,常有云雾笼罩,料必是这口剑作祟了,因此他名此剑曰"天丛云剑"。大蛇死后,他从头上将梳子取下来,吹一口气,梳子就变为栉名田姬了。足名椎和手名椎走了出来,他们见了大蛇的尸首,都极害怕。素盏鸣尊又叫他们看那"天丛云剑",后来他拿这口剑送给高天原的天照大神,改名为"草薙剑",为日本的三种神器之一。素盏鸣尊杀了大蛇后,就和栉名田姬住在出云国,他们寻想一个造宫殿的处所,寻了许多地方,然后才寻着了。造宫殿时,有庆云冉冉上升,素盏鸣尊见了,作歌曰:"造了宫殿,夫妻同居,庆云起了,笼罩二人所住的宫殿,如重重的绫垣。"

宫殿造成,素盏鸣尊便与栉名田姬住在一起了。

《古事记》用这样奇怪的文字,实在是一个大缺点。后来到了江户时代,著名的文学批评家本居宣长(公元1730年至1801年)出,著书六十余种,凡二百余卷。其中最重要一部解释《古事记》的《古事记传》,原书本编共四十四卷,连首卷、附卷、目录五卷,共四十九卷,费时三十五年。他三十五岁时(公元1764年)动笔,六十九岁时(公元1798年)才完成。自有此书行世,不完全的《古事记》的文体,遂成为一本日本文学所述的宝典。

二、《日本书纪》

和铜七年(公元714年)二月,元明皇帝(女皇)下诏,诏里说:"诏从六位上《纪》朝臣清人、三宅臣藤麻吕,令撰国史。"这便是撰述《日本书纪》的敕令。后来清人与藤麻吕二人,是否始终从事于此书的撰著,因没有明了的记载,所以不知道,只是根据后来的《续日本纪》元正天皇养老四年五月一条下,载有"先是一品舍人视王,奉敕修《日本纪》,至是功成奏上,《纪》三十卷,《系图》一卷"。又《弘仁私记》的《序》里说:"夫《日本书纪》者,一品舍人亲王,从四位下勋五等太朝臣安麻吕等,奉敕所撰者也。"此外如延喜六年与天庆六年的《日本纪竟宴歌·序》等,也有同样的记载。据以上的考证,我们知道《日本书纪》是在撰述《古事记》之后,由纪清人、三宅藤麻吕、舍人亲王、太安麻吕等人合撰而成的。

《日本书纪》编纂的动机,同《古事记》一样,目的在修撰国史。又因当时与我国唐室往来,见中国典章文物颇盛,而日本则无一部完全的史书,因用纯粹的汉文编成此籍。文字是竭力模仿中国的《史记》《汉书》的。史事与《古事记》所记载不同,所收歌谣也有《古事记》中所无者。首卷记有日本的开辟神话:

> 古天地未剖,阴阳不分。浑沌如鸡子,溟涬而含牙。及其清阳者薄靡而为天,重浊者淹滞而为地。精妙之合搏易,重浊之凝竭难,故天先成而后地定,然后神圣生其中焉。故曰,开辟之初,洲壤浮漂,譬犹游鱼之浮水上也。于时天地之中生一物,状如苇牙,便号为神,号国常立尊,次国狭槌尊,次丰斟渟尊,凡三神也。(原文)

这一段开辟神话,和《古事记》神代卷所载的,显然不同,受我国淮南子的《天文训》、徐整的《三五历纪》的影响不少。只是在编纂时,已将日本民族固有的神话调和,所以不失其独立性与永久性。我们读《日本书纪》也和读《古事记》一样,可以了然于日本民族的神话、古代生活、历代的变迁等。关于日本岛之历史,《日本书纪》里面有一段记载。

> 于是阴阳始遘合为夫妇,及至产时,先以淡路洲为胞,乃生大日本丰秋津洲,次生伊豫二名洲,次生筑紫洲,次生亿岐洲与佐渡州,世人或有双生者如此也。次生越洲,次生大洲,次生吉备子洲,由是始超八大洲国之号焉。即对马壹岐岛,及处处小岛,皆是潮沫凝成者矣,亦曰,水沫凝而成者也。(原文)

又据《日本书纪》所载,日本古名"丰苇原之瑞穗国"。这国名的来源,是因为日本古时海滨一带,生长着一望无际的苇草,成为一片苇原;其地也有稻穗丰稔的肥田,就是"农业国"之意。但在上古时非指稻穗,只是指苇;瑞穗也不是指稻穗,是指苇草的穗。上古人看见沿海都生着茂盛的苇草,遂起了这个国名。将《日本书纪》中所载的上古人的生活与祝词(如《祈年祭》等)对照一看,可知日本民族是怎样地注重农事耕种了。

以上既说明《古事记》与《日本书纪》二书的由来,现更比较二书的性质。《记》与《纪》都是由于天武天皇的修史计划延长下来的工作。天武的计划本已定下了两条方针,作编纂的基础。一是使国民知道建国的由来与皇室的尊严;二是供为政者的参考,显示外国,以存国家的体面。前者就是《古事记》的编纂方针,所以用日本语记述;后者是《日本书纪》的编纂方针,所以用汉文记述。又就二书的体裁上说,《古事记》是用天武所整理过的皇室及诸氏系谱及先代旧辞做根本史料,命编纂的人编成一部故事体裁的国史。《日本书纪》的体裁则不同,原是模仿我国的《史记》《汉书》那样的堂堂的国史,所以编纂的人数较多,对于史料的安排取舍,都经过商议,材料不仅取诸国内;关于对外的事项,如对于朝鲜,则参酌三韩的历史(如《百济记》《百济新撰》《百济本纪》等),是当作大规模的正史编纂而成的。因此《古事记》是历史故事的体裁,《日本书纪》则保持正史的面目。《古事记》的特色,在忠实地搜集神话传说;至于离开神话传说时代以至于历史时代,记载史事之丰富,则又为《日本书纪》的特长了。

材料的取舍选择,二书亦不相同。《古事记》由三卷而成,上卷全部为神代的故事,中卷记神武天皇至应神天皇,下卷记仁德天皇至推古天皇。《日本书纪》的第一、第二两卷为神代史;第三卷起(即神武天皇卷起)到最终的第三十卷(即持统天皇卷)止,大多数以一卷叙一代天皇,此外叙二代入一卷者有五卷,叙三代入一卷者有一卷,将一代分做两卷叙述者有一卷。此外更有一个例外,因为可叙的事无多,遂把绥靖天皇到开化天皇(共八代)时收入一卷。这种比较的结果,可知《古事记》把三分之二的篇幅用于神代,而《日本书纪》对于神代的记叙,则三十卷中只占两卷,就这一点看起来,《古事记》之注重神话传说,《日本书纪》之注重史事,是不待烦言的了。

第四节 《万叶集》

奈良朝时,和歌盛行。自皇帝以至庶民,莫不重视吟咏,遂有《万叶集》的编撰，与《古事记》同称奈良朝的两大古典。《万叶集》的编撰者据契冲说，系中纳言（官名）大伴家持。家持把自幼年时代所见闻的古今名歌分类整理，又加入自己的著作，遂成此集。全集共二十卷，歌的种类大别为短歌、长歌、旋头歌三种。短歌每首计三十一音，音调为五七五七七；长歌每首计五十五音，音调为五七五七五七五七七，但亦有延长者；旋头歌每首计三十八音，音调为五七七五七七。全集中长歌二百六十二首，短歌四千一百七十三首，旋头歌六十一首，合计四千四百九十六首。作歌的年代始自舒明天皇至淳仁天皇三年（公元629年至759年），一说又作舒明天皇至光仁天皇时止（公元629年至782年），集中作者男子五百六十一人，女子七十人。

集中分歌词为六部，即杂歌、相闻（广义的咏爱之叶）、挽歌、譬喻歌、四季杂歌（即春、夏、秋、冬四季）、四季相闻。最著名的作者为柿本人麻吕与山部赤人，并称"歌圣"，如我国的"李杜"。人麻吕善作长歌，精抒情之作；赤人长于短歌，以写自然杰出。此外如作教训诗歌的山上忆良、大伴旅人、大伴家持也享盛名。帝王中有舒明、孝德、天智、天武、持统、元明、元正等，女歌人有额田女王、誉谢女王、石川郎女、大伴坂上郎女等，均有名。

自然、朴质、雄健、天真是《万叶集》中歌句的特色。更以抒写情爱的歌极委婉可爱，不下于我国《诗经》里面的佳句。有许多朴野无华的民间歌谣（如《东歌》，见第十四卷），都借此集以流传，实是一部最可宝贵的典籍，也是古代社会的一部有生命的写真帖。我们试赏玩译引在下面的几首歌词。

> 我的夫呀,你走到何处了呢? 今天谅必越过那座险峻的尾张山吧!(柿本人麻吕作,见第一卷)
>
> 信浓路是新辟的道,你不要赤脚踏着斩伐过的树根,请穿上鞋子,我的夫呀!(东国的民谣,见第十四卷)

这两首是写上古人的旅羁的苦况和妻子思念她的远行的丈夫。

> 我思念着的父母,能像花一样就好了;如果是花,我在征途,也捧在手里。(黑当作,见第二十卷)
>
> 奉了君命,将我思念着的父母,留在家里;我脚撞矶石,渡过茫茫的海。(造人麻吕作,见第二十卷)

这两首写上古的兵役与夫役的苦恼与公私感情的冲突。

> 春稻到了如今,手上起皱了,今夜公子来了,难道叫他握我的这样的手吗?(东国民谣,见第十四卷)
>
> 飞鸟川的河水涨了,今夜你也疲倦的,睡到天亮再去呀!(见第十二卷)

第五首写一个田舍的少女,等候她所恋爱的一个地方官的儿子来幽会,那口吻是怎样的真情呀!第六首写一个男子渡河去和他的恋人相会,后来河水涨了,不能渡回,那女子便劝他宿一宵。这两首都是写性爱的佳作。

第五节　宣命、《风土记》、氏文

一、宣命

上奏于神的敕语叫作祝词(见前)，布告庶民的敕语叫宣命。古代的诏敕有两种文体：一种用纯粹的汉文写成；一种则用日本语言写成，后一种就是宣命。汉文的诏敕用于普通平凡的布告；宣命则用于有特别意义的事情或大事件，例如即位、让位、册封皇后、立太子、任免大臣、说谕叛臣，等等。祝词以祭神为主，故出于敬虔尊仰之情；宣命是由皇帝告谕臣民，所以表现出慈悲、爱抚、嘱托的情感。古代的宣命，收入《续日本书纪》里面，其中以天武、孝谦、文武三帝的即位诏，圣武天皇神龟六年册封皇后的诏敕，及光仁天皇宝龟二年藤原永手死时，皇帝下赐的诏书等为有名，但均缺乏纯文学的价值，不过为古代散文之一种，为后人所尊重而已。

二、《风土记》

《风土记》是古代的一种极幼稚的地理志，当元明天皇和铜六年(公元713年)五月时，皇帝下诏各省，令各郡乡选用佳名，并令奏明各地出产物的名目、土地的肥瘠、山川原野的名称的由来、地质、传说等。这种作成的，就叫作《风土记》。传到现在的，只有《常陆风土记》一种。后来在圣武天皇时所献纳的,有《出云》《播磨》《肥前》《丰后》(原为地名)等《风土记》。文体都是用不全的汉文写成,用日本语写的很少,除了《出云风土记》而外,极少文学的价值。

三、氏文

氏文也是当时散文的一种,是记载一家族的历史的,即是叙明祖先的功业与历代的系谱。其来源是因延历十一年,有高桥与安昙两氏,于祭神事争执座位,因把各人的祖先的经历记出上达朝廷。现存者只有高桥氏的一种,即所谓《高桥氏文》是。祖先崇拜是日本的古俗,对于表彰名誉,看得极其重要,喜将历代祖先的事迹传之后代子孙,这也是氏文的一个来源。氏文的文体也很奇特,用汉文和日本语写成,略与《古事记》文体同,这一种散文也乏文学的价值。

第三章　中古文学

第一节　总论

　　日本自建国以来，历代帝王改元，辄迁宫城。上古建都奈良，传七代，历七十余载。到了延历十三年（公元794年，中国唐德宗贞元十年），桓武帝下诏迁都于今之西京，称新都曰平安京。平安较奈良广袤，奠都后一切的设备，悉以我唐朝的长安制为法。全市南北长千七百五十三丈，东西广千五百八十丈。附近风景极美，山水明净幽婉，游过西京的人当能想象。

　　这时代的日本社会，完全浸在奢侈逸乐里面，贵族的生活以风流吟咏为主，宴饮歌舞，是他们日常的行事。当这粉饰太平的时候，人民在表面似乎能各安其业，国无内忧外患，但实际的情形则不然，一般平民受了权门的虐待压迫，虽欲呼吁苦于无门，贫穷的人民实居多数。此时的文学完全当作贵族的娱乐品，中级以下的社会和文学无缘,为贵族们所独占,不特文学,即社会与文化,都被公卿贵族霸占,中流以下无享受的权利。所以中古时代的文学,可称之为贵族文学时代。

中古文学又可以称为平安朝文学,这时期起自桓武天皇延历十三年,终于后鸟羽天皇文治二年(公元 1186 年,中国南宋孝宗淳熙十三年)。中古期的文学,就是指这约四百年间的文学,此四百年左右的作品。在韵文中可以《古今集》为代表,散文以《源氏物语》为代表。

第二节 《古今集》及其他歌集

中古的初期文学,本为模仿中国汉诗汉文最盛之时,对于我唐室的典章文物,视为圭臬,时派遣使者来唐留学,到醍醐天皇时废"遣唐使",当时人对于唐室文物的醉心才渐次减退,于是本国的国民文学渐能独立发展。日本在此时代完成了"平假名",一切作品,除了汉文汉诗之外,都用纯粹的日本文写作,这实是纯粹日本文学产生的第一声,是很可注意的。

作品的产生悉以社会为背景,这似已成为文学史上的定律。前面已说过此时是贵族的文学,视文学为娱乐,或借吟咏以博风雅的美名,或借歌词以作投赠的礼物,所以诗歌的发达,是当然的。

一、《古今集》

《古今集》是此时编成的一部古今"和歌"的总集,又称《古今和歌集》。醍醐天皇延喜五年（公元905年，中国唐昭宗天祐二年），帝命纪贯之、纪友则、凡河内躬恒、壬生忠岑等人编撰歌集，把奈良朝的《万叶集》中所未选入的古歌与其后的名歌、编者自己的著作，都编入这个总集内，共有二十卷，分为四季、贺离别、羁旅、物名、恋、哀伤、长歌、旅头歌、俳谐歌等九类，歌数有千百余首。编者四人之中，以纪贯之的歌最有名，他又是一个散文作家。试看《古今集》首他所作的序文，就可以知道他对于"和歌"的抱负。全集中的作者共有一百二十四人，如在原业平、深养父、小野小町（女子）、藤原兼辅等人，都很有名。兹译引几个代表作家的歌于下。

（一）不知明日的我的生命，趁今天未暮时，思念我的爱人罢！（纪贯之）

（二）晦暗的春夜，梅花的颜色，虽不可得见，可是能隐住他的香么？（凡河内躬恒）

（三）年年的相思不曾散，我的泪湿了的衣袖冻凝了，到如今还没有融解呢！（纪友则）

（四）我们仅在睡着时的相见，难道可说那是梦吗？这空虚世界的我却不能当他是现实。（壬生忠岑）

《古今集》在世界文学里已占有地位。阅者可参看 Aston: *A History of Japanese Literature*, p. 58-67; Chamberlain: *Japanese Poetry*, p. 87-105; Florenz: *Gedichte der Japanischen Literature*, p. 136-148; Florenz:

Japanischen Dichtungen 等译文。

二、其他歌集

《古今集》以后,模仿它的体裁编成的歌集,有《后撰集》(公元951年,源顺等五人编撰)、《拾遗集》(相传为一条天皇时,藤原公任所撰)、《后拾遗集》(与《古今》《拾遗》二集共称《和歌三代集》,为习歌必读的书,白河院应德三年,藤源通俊撰)、《金叶集》(源俊赖撰)、《词华集》(藤原显辅撰)、《千载集》(藤原俊成撰)。自《古今集》至《千载集》都是奉敕编撰的,称敕撰集。除敕撰集之外,别有个人的专集,或为作者生前所编,或为死后世人所编。如纪贯之的《新撰和歌集》,藤原显辅的《续词华集》,藤原公任的《金玉集》,在原业平的《业平集》,凡河内躬恒的《躬恒集》,纪友则的《友则集》,均为学歌者宗仰。

上述的几种歌集都是以短歌(每首三十一音)为主的,同时又产生异体的歌,即《今样》《神乐歌》《催马乐》三种(另有《朗咏》,仍为模仿汉诗之作)。《今样》为五七音调的联句四节而成,"今样"二字的意义,是破除旧样,尝试新样。此种歌调,盛行于民间。《神乐歌》为祝神时所歌,可视为祭神后的余兴,也有借以歌咏风俗、恋爱、自然、讽刺的。《催马乐》是一种俗谣,可算极平民的,其起源本由于赶负载贡物的驮马的马夫,故名《催马乐》,盛行于市井男女的口中,歌当时的风俗或恋爱。这三种歌谣,均富有平民的色彩。

第三节 《源氏物语》

《源氏物语》[注]为紫式部之作,她是藤原为时的女儿,后嫁藤原宣孝,生一女,名叫贤子。宣孝死后,仕一条天皇的中宫上东门院。《源氏物语》五十四卷,就是她在宫内时的见闻,写藤原氏专权时代的宫廷生活与公卿生活,及平安朝时代的社会,实是一部有文艺价值的著作。不特是东方最古的小说,也许是世界最古的小说。西洋的写实小说,以英国理查孙(Richardson)氏的《帕米拉》(Pamela)开其端,而《帕米拉》之作成,为1740年。又世界最早的小说,世人均推意大利薄伽邱(Boccaccio)的《十日故事》(Decameron),此书于1353年出世;然而《源氏物语》的作成,则为1004年左右。(按《源氏物语》著作的年代,诸说纷纭。或有主张在1004年以前的。就原书的篇幅及著作的生活两点看来,此书的作成,所费时间,至少为二十年云)此时世界的文学里,还没有写人情社会的小说,如《源氏物语》的著作,所以说它是世界最早的一部人情小说,也没有什么不可以的。

[注]源氏即书中主人光源氏。"物语"有小说、故事,或传奇的意思。

此书著作的动机,世人也有许多的推测,但多数总把儒家道德的眼光去看它,说是什么劝善惩恶,这实在不是作者的本怀。紫式部因在青春时代丧夫,胸中抑郁不乐,对于丈夫的爱,犹有未尽,著作的动机,实出于她的寂寞的心情。所以她写桐壶帝对于所宠的更衣(女官名)死后的哀愁,就是作者紫式部对于她的亡夫宣孝的哀愁。我们可以说使《源氏物语》产生于世的,乃是作者的不幸生涯。试看原作里有许多为爱烦恼的男女,充溢着哀别离苦的情感,便可以知道著者动机的所在了。

就《源氏物语》的内容,观察它的特征,可以分作四项。

1. 历史的色彩很显著,著者的材料本是取自当时的宫廷,记叙左右大臣的势力的消长;写贵族生活的荣华与衰颓,所以她须得用当时的史事为背景。

2. 原作是灵肉争斗的艺术,是一部对于灵肉二者的争斗无法解决的苦闷史,这苦闷是女性的苦闷,苦闷于从灵呢还是从肉的纠葛。书中又有欲爱而不得爱的女性很多,有的想爱书中主人光源氏及薰大将(光源氏之子)而不成功的,便因此烦恼;或者已从顺对手的男子几次,事后懊悔,苦闷于性与爱的女性,书中也不少,都是在灵肉之间烦闷而无法解决的。这样的描写当然是著者的生活之反映,著者在二十几岁就丧了她的爱人,所以写性爱的烦恼与灵肉的争斗。不过她的描写,不是堕于性欲描写的,不是如后来德川时代的作家所描写的肉欲的享乐。其所以能如此,是因著者的修养高尚,有生存于信仰的精神,著者的悲哀是深深地潜伏着的,她的同情心是很丰富的。所以《源氏物语》的恋爱描写,既不是十分的精神化,也不是十分的肉欲化;除了人情小说而外,又是一部杰出的恋爱小说。

3. 《源氏物语》的内容,是以历史为经,而以许多"串刺式"的女性为纬,全书亘着性爱的苦闷与别离的哀愁等情调,已前见述。此外作者更以她的女性观,理想中的男女渲染全书。所以藤冈作太郎博士在《国文学史》平安朝编,简直说:"《源氏物语》的本意,实在于妇人的评论。"其实作者的女性观,是自然而然的,从她所描写的许多女性中表现出来的。然而就这一点就可以知道作者确怀抱着理想而执笔,即是在抱着描写为灵肉而苦闷的女性。著者在原作中所理想的男子是光源氏,为一多情貌美的贵公子;理想的女子是紫之上,为一绝色美人。此外还有许多重要的主人,女子多过男子,各有他们(或她们)的性格。这作者的理想观与理想的男女是原书的第三特征。

4.《源氏物语》具有不朽的生命之故,并不在徒夸篇幅的宏大;也不是足以当得上平安朝的风俗史的名称,其原因实在于超特的恋爱之心理描写。著者写复杂的恋爱关系,是极可贵的。最初她写许多女性对于光源氏一人的各人的各种心理,后来又反过来写两个以上的男子对于一个女性的爱慕,就他们对于女子的位置关系,描写心理。如把《源氏物语》中的恋爱形式归纳起来,可以分为下列的各种:写爱者死别的(如桐壶、夕颜等),写生别的(如空蝉、六条御息所等),写男子对于年幼的女子的恋爱(如若紫),写男子对于年长的女子的恋爱(如藤壶、六条御息所等),写男子对于反对派的女儿的恋爱(如胧月夜),写因不得爱而苦恼(如葵之上),写多情女子的爱(如源内侍、轩端之荻等),写永不披靡的爱(如槿),写闭关主义的女子(如末摘花),写开放主义的女子(如近江之君),写争一个女子的恋爱(如玉鬘、浮舟),写近亲的恋爱(如柏木之对于玉鬘),写亲所见的子之恋爱(如夕雾之思念云井雁),写子所见的亲之恋爱(如夕雾所见于源氏者),写淫人妻者(如藤壶等),写他人犯自己的妻(如女三宫),还有写不知身份的男女的爱的(如大夫之监)。有了这许多形式,可以说是集恋爱描写的大成,堪称恋爱心理描写的宝库。

《源氏物语》的篇幅浩繁,计有五十四帖。全书结构分前后两部,前部四十四帖以源氏与紫之上为骨,配上许多的人物与事件;后部十帖,以源氏的儿子薰大将与白宫为骨,借大姬君、中君、浮舟三女作衬,前部写尽太平宴安的世态,后十帖则写出书中主人的运命,有悲剧的倾向。至于文字之美丽,在日本文学里可算是空前的,写景写情,都穷极巧妙。可惜文字艰深,原文非普通人士所可了解。近时的日本女诗人与谢野晶子已将原文译为近代口语文,计有二巨册。注释评论的书数百种。英人瓦勒氏曾译了一部分,流传西欧。现将五十四帖每帖的内容,节述于下,俾阅者得知道它的梗概。

第一帖 桐壶 不知是哪一朝代的事,宫中有许多女御、更衣(女官),其中一人,虽出身微贱,但是容颜美丽,最得皇帝宠爱,因此遂遭别的女官嫉妒。帝不听他人的逸言,爱她更甚,后来生了一个皇子,这女官名叫桐壶更衣(桐壶是宫殿名,更衣是职位;日本古代以职位或所居殿名,代替姓名),因所居为桐壶院,故有此名。惜好事多磨,当皇子三岁时,那年的夏天,桐壶生病归里,渐渐病重,帝遣使去慰问,不料使者未归时,桐壶病故的报已来了,帝闻之自然悲悼,每值良辰,辄思念桐壶,甚至不思饮食。此时皇子即养育于帝的身旁,到了六岁,才知道自己的母亲的不幸,也会恋母垂泪。七岁攻书,聪慧绝伦,功课是不用说的,即琴笛之类,也很擅长。这时从高丽来了一个有名的相士,帝想叫他来替皇子看相,但是召异国人到宫里的事,向无先例,遂以某臣之子的名义,叫皇子到鸿胪馆去,叫相士看相。相士见了大惊,便说将来有帝王之份,但如实现,国必大乱。帝听了相士的话,就变了主意,本来是要封儿子做一个亲王的,因相士的话,贬为臣下,赐姓源氏。帝年年思恋桐壶,无以自慰,遂命一个容貌酷似桐壶的女官来服侍,她名叫藤壶,因她出身高贵,遂没有人敢欺负她。源氏长成后,容光焕发,美丽若处子,大家都"光君""光君"地叫他。到了十二岁时,行着"元服"之礼,仪式之盛,不亚于东宫太子。当时为他行"加冠"式的为左大臣。左大臣有一个女儿,名叫葵之上。东宫本欲得葵之上,左大臣终未允许。原来左大臣的心理,早已看中了源氏,想把女儿嫁给他。后来此事果然如愿,葵之上遂做了源氏的聘妇,惟年龄则较源氏大四岁,源氏对她没有什么爱情,不知怎的,心却深深地恋着父亲身旁的女官藤壶。

第二帖　帚木　阴雨连绵,宫中举行法事。某晚上,源氏和他的妻舅头中将在寝室内品评妇女,源氏从橱内取出情书给头中将视览。不多时左马头与藤式部丞也来了,各人以自己的经验为本,说出了许多忏悔与恋爱论,终宵不倦。(此即"雨夜评定",为原书中有名处。)次日源氏访葵之上时,曾宿于纪伊守家中。见了纪伊守的父亲伊豫介的后妻空蝉,被她的美所诱,不能入睡,他便决然到正屋里去访空蝉,诉说他的衷肠。空蝉颤声道:"你错认了人吧。"源氏道:"今夜相会,乃是天缘,决不是错认了人。"空蝉终不肯允许。后来源氏思念不已,时托空蝉的小弟弟小君传递情书,得了回信,说:"我也不是看这样的信的人啊!"

  第三帖　空蝉　源氏因相思空蝉,烦闷焦躁,他三思而后,便向小君道:"如今我始知世间有忧郁了,我虽力自镇静;但心中实是痛苦,劳你想个法子,好叫我和你的姊姊相会一次吧!"后来有一次纪伊守离家,他的家中没有一个男子。小君在某日的晚上,用自己的车子,去接了源氏来到家中,秘密地引导源氏到空蝉所居之处。这时空蝉正和她的继女轩端之荻二人对弈。过了一会,二人都去睡觉了。小君引导源氏去空蝉的寝室,时空蝉不知何故,忽然有觉,她便悄悄地逃出屋外。源氏不知情由,走进屋内,不见空蝉,只见轩端之荻,那夜源氏就和她结了因缘,但仍不能忘空蝉,他偷了空蝉的一件小褂,紧紧地束在身上。后来空蝉责骂小君,源氏也骂他引错了路。这时源氏正是十七岁。

  第四帖　夕颜　源氏访六条御息所时,在中途听人说他的乳母大贰重病,他顺便去看她。车到门外,他命使者去叫乳母的儿子惟光出来,源氏在车中等候,车停在路旁。他见乳母的邻家,屋外用桧树作垣,屋内有几个女子,从帘内窥探他。因他所带的随从甚少,坐的车也是粗糙的,别人不知他是什么人,他也从车里看那屋子里的女子。这时他忽然看见这人家的垣上有攀藤的花缠绕,正开着白色的花,便问从者那是什么花,从者告诉他说是叫夕颜花。他叫从者去采撷,从者走近了那家的短垣,便有一个美貌的女子走出来,把夕颜花托在扇子上,这时恰好惟光走出来了,惟光便接过了花和扇子,转递给源氏,这才一同走进乳母的家中。源氏与乳母相见后便令惟光调查那个女子是什么人,又在扇子上题了一首歌,送去赠那个女子。其后经惟光的媒介,时时与女子相会,即名女子曰夕颜。这时空蝉的丈夫伊豫介回京,携空蝉归任,源氏听了,心中很烦闷。八月十五日,源氏想得一清静之地,好与夕颜二人同乐,他便带了夕颜出外,宿于河原院,饱享静寂之乐。那时源氏做了噩梦,梦见他先前所爱的女子六条御息所来责备他负心,恋新忘旧。源氏惊醒时,幽灵已不见,只见夕颜睡在身旁,他抱起夕颜,哪知夕颜已经断气了。后来惟光来了,将夕颜尸身,移至东山,源氏尚希望她复苏,不即下葬,到了次日才葬,源氏自然悲哀,不在话下。只是夕颜究竟是什么人,据惟光去调查,也无头绪,那家人移住那里并不久,夕颜自己也守着秘密,源氏也没有向她说明身世,两人在黑暗中恋爱。后来才打听出来,这夕颜本是源氏的妻舅头中将的恋人。夕颜曾经生了一个女儿,有了三岁,恐怕就是头中将的血脉吧。源氏自夕颜死后,更郁郁寡欢,为她做了七七四十九日的法事,但是在暗中做的,没有人晓得。

第五帖　若紫　源氏思念不已,忽患疟疾,曾经僧人祈祷,都无效验,有人劝他到北山的某寺去祈祷。源氏到了北山,祈祷之后,眺望山景,他见一家柴垣围着的房屋,中有一个年约十岁的女孩子,相貌极肖他所思念的藤壶,他便去访问,知道这小女子就是藤壶的侄女。藤壶此时因病离开官廷,正养病家中。源氏寻着了服侍藤壶的命妇,命妇安排妙计,源氏便与藤壶亲近,二人感情热烈。源氏知她已怀孕三月,始觉犯罪之深。然源氏一面依然不忘记北山的少女,后来少女的祖母(本是尼姑)死了,她的父亲兵部卿要带她去,这事为源氏所知,他便把少女夺去,带归二条院,养育起来,少女读书极聪颖,又善体人意,源氏很爱她,她就是后来的紫之上。

第六帖　末摘花　源氏此时只有十八岁,他对于夕颜的恋慕仍旧没有消失,无论怎样,想要得一个如夕颜那样优雅的女子,以解他的忧闷。他听了乳母的女儿大辅命妇的话,常陆官的女儿末摘花是如何的好,他得了大辅的帮助,某日悄悄地听了末摘花弹琴,甚至于和头中将竞争起来,源氏终于胜利,得与末摘花相会。相会之下,源氏见末摘花的容颜丑陋,鼻是红鼻,背是驼背,大大的失望,只有一点可取的,就是头发黑得好。源氏不觉扫兴。源氏因她的母亲常陆官死了,觉得可怜,便帮助她的用度。此时紫之上(即源氏从北山带来的女孩子)渐渐长成,相貌娇艳,有一天源氏和她画画作戏,源氏画了一个长发的女子,在女子的鼻子上涂了红色,想起了末摘花,二人相与大笑。

第七帖　红叶贺　十月红叶盛时,官中在朱雀院,为桐壶帝开五十岁的祝贺会,源氏在红叶下,为青海波之舞,以头中将为舞伴,愈显得源氏的美,帝大喜。藤壶到翌年二月十日产生一子,生后其貌酷肖源氏,帝不知情节,十分珍爱此子,且对源氏说此子极似源氏幼时。源氏不免受良心的苛责,藤壶也惊惧,二人相戒勿常相会。不久间,藤壶被册封中宫,任源氏为参议。

第八帖　花宴　二月二十日既过,官中在紫宸殿开赏樱的宴会,亲王贵族,依御题作诗,皆无比源氏佳者。向晚,春宫请源氏舞,头中将亦舞。是夜月明如画,源氏微醉,走到藤壶所居的殿外窥探,见户已下键,他不愿空回,就推开小户。见一个女子口里吟着歌句走出来,源氏捉住她的衣袖,女大惊想要逃走,源氏不舍,遂结欢喜缘,天将明,两人互以扇子交换。三月二十九日,源氏赴右大臣招宴,打听出那夜的女子,是弘徽殿的妹。夜深,源氏走到女官的宿殿里去,再和那女子相会,咏歌赠答。

第九帖　葵　源氏二十二岁时,让位于东官太子,以藤壶所生之子，立为春宫，以源氏为监护。四月为贺茂祭，葵之上因不得源氏欢，常忧闷不乐，是日左右劝她去看祭式，街中车马杂还，游人拥挤，许多车子都让开了道路，好叫葵之上的车子经过，惟有一部稍旧的网车，无论怎样不避。两车的从者便争吵起来，后来葵之上的从人把那部车子推开，用力过猛，车榻折断。那车乃是六条御息所所乘的，御息所在人群里受此侮辱，便怀恨在心。从那一天起，葵之上更忧闷，似为御息所的怨气所凭。祈祷也无效验，到了八月，葵之上产生一子，起名夕雾，她便死了。源氏因元配已亡，自是悲悼，过了七七日，走访二条院，见紫之上已成人，容貌极美。时右大臣原拟以胧月夜（即前帖中与源氏交换扇子的女子）作源氏的正室，但源氏在暗中已和紫之上结欢了。

第十帖　贤木　十一月，桐壶帝崩驾，藤壶所依赖的只有源氏了，惟藤壶畏人言，不敢常与源氏相会，然情之所钟，很难抑压。后藤壶不得已，遂于十二月削发出家，源氏殊觉失望。翌年，源氏二十五岁。胧月夜因病疟居乡里，他听了心里不安，便暗中去会胧月夜，被胧月夜的父亲右大臣看见了，此事为与源氏不和的弘徽殿所知，源氏的身上将有祸作。

第十一帖　花散里　这年的夏天，源氏颇觉寂寞，去访他的继母丽景殿及妹三宫。这一帖写诸人的岑寂。

第十二帖　须磨　源氏因烦闷，又恐陷弘徽殿的诡计，思移住须磨浦,他所最难舍的是紫之上,最后到藤壶处辞行,二人挥泪,又向桐壶帝的墓陵告别,是夜便出发了。他闲居须磨后,思念他的爱人,无时或止。只有他接着紫之上给他的信时,稍稍得着安慰。

第十三帖　明石　三月一日为上巳节,相传如在这一日祈祷,所愿的事情能够遂心,源氏在是日行了祈祷。从这天起,暴风大雨不止。从紫之上来的信,也说都城相同。那夜源氏得了一梦,见桐壶帝来告诉他,叫他随住吉神的指导,离开此地。次日,明石地方有一个叫作明直入道的人,有广大的邸宅,他也做了同样的梦,便来迎接源氏。源氏觉得奇异,就移居入道的邸宅。入道有一个女儿,名叫明石之上,他想把她嫁给源氏。女儿的性情耿直,她说身份不同,有不愿之意。后来到了秋天,在冈边地方源氏与她初逢,二人便成了眷属了。正当此时,皇帝害了眼病,弘徽殿也患病,遂以敕使召回源氏,这时是源氏二十七岁的七月。源氏能回都,大喜。但他不能不与明石之上分别,此时明石又怀了孕,二人十分悲痛,将别之夜,流泪弹琴。源氏回京,被任为权大纳言(官名)。

第十四帖　澪漂　十月,源氏为桐壶帝行法事。翌年春天,皇帝让位给十一岁的东宫,任源氏为内大臣,以左大臣摄政,正是源氏一门荣华之时。三月十六日,明石之上生了一个女儿,源氏甚喜,选一乳母遣至明石。源氏已将明石的事和紫之上说过,并叫明石来京,明石恐上京后源氏变心,故仍留明石。

第十五帖　蓬生　源氏谪居须磨时所遇的女子末摘花,此时受了她叔母的虐待,使役如女仆。源氏知道了此事,便带了末摘花到二条院居住,由他照顾她。

第十六帖　关屋　源氏二十九岁时秋九月晦日,因许愿到石山进香,经过关山。正值常陆守任期满了,同他的妻子空蝉,从常陆回来,过关山时,与源氏的车相遇。源氏思念她的心仍旧没有消失,便叫了小君来将他相思空蝉的话传给她。空蝉作歌,叫他绝念。后来常陆守死了,空蝉出家为尼。

第十七帖　绘合　这时皇帝只有十二岁,喜绘事。有女御名梅壶,较帝长十岁。帝因她年长,殊不悦。后因梅壶善绘,帝始与她相亲。时弘徽殿与梅壶争宠,弘徽殿的父亲头中将欲使他的女儿得中宫之位,便想出一条计策,请了画家来,画了许多故事图画,源氏知道此计,恐梅壶要失败,便送了许多画给梅壶。在宫中梅壶与弘徽殿两党时作赛画的竞争,一时不分高下,后帝以源氏在须磨所绘的《绘日记》为第一,于是胜利归于梅壶。从此时起,源氏渐感人世无常,有出家之念(时为三十一岁)。

第十八帖　松风　那年秋天,源氏修筑东院,以花散里居之,并迎明石之上居西院。明石以自己出身不如他人,且是乡间女儿,一旦杂侍美之中,恐见笑于人,故不肯来。明石的父亲,欲安慰他的女儿修筑大堰别邸,迎母及明石居之。其地风景绝佳,时闻松风。源氏闻之,想去访他,但畏紫之上,不能自由出外。到了秋天,因到嵯峨堂进香,暗中与明石相会,才见着了他与明石所生的女儿。

第十九帖　薄云　源氏想把他与明石所生之女,作为紫之上的养女,紫之上先是嫉妒不允,后来答应了。源氏又去和明石相商,明石虽不忍与爱女别,但亦只好依从。翌年,人事变迁,葵之上的父亲(即源氏的岳父)死了,藤壶也死了,源氏已经是三十七岁[1]。源氏感人生如幻,一天比一天悲观起来。有一夜,皇帝听一个和尚告诉他,说源氏是帝的亲生父,帝大惊,烦闷之余,欲以位让于源氏,但源氏不肯受。

第二十帖　槿　源氏一生,凡他所爱的女子,是从不忘记的。这时他又想起了槿斋院,又去访她,以情书投赠,槿斋院拒绝他的爱。紫之上知源氏的轻薄,时时不乐,因此源氏不能不讨她的好。

第二十一帖　乙女　源氏三十三岁,藤壶的一周忌日已过。初夏,源氏与葵之上所生的夕雾行"元服式",源氏要

---

[1]《日本文学》(开明书店版,本书第64页)有一注:"自初音迄野分叙源氏三十五岁时的事",那么可以推断"薄云"一节应为源氏三十五岁前之事,又第二十一帖"乙女"中提及"源氏三十三岁,藤壶的一周忌日已过",故此处应为"三十三岁"。

他多读书。这年源氏被任为大政大臣,头中将被任为内大臣。内大臣有一个女儿名叫云井雁,她与夕雾极相好,但内大臣不悦,竭力使二人分离。冬十一月,夕雾见惟光的女儿,貌似云井雁,夕雾爱她,依然不能遂愿,夕雾遂失恋。但学问则有进步,次年春,进士及第,被任为侍从。是年秋,源氏造六条院,以紫之上居春景殿,花散里居夏景殿,秋好中宫居秋景殿,明石之上居冬景殿,春夏秋冬四景全备,奢华至极。

第二十二帖　玉鬘　源氏仍不忘夕颜,现造好六条院,更思念不已。头中将与夕颜所生之玉鬘,已嫁太宰少贰为妻。少贰殁后,转她的念头的人很多,后源氏令玉鬘居六条院,托花散里看照她。

第二十三帖　初音　源氏三十六岁,他与六条院所居的女性尽性的享乐。

第二十四帖　胡蝶　写紫之上的春景殿,日夜笙箫之声不绝,极其奢侈淫靡。及萤兵部卿,髯黑中将等送情书给玉鬘,因源氏做了玉鬘的监护人,诸人志不得遂。

第二十五帖　萤　玉鬘觉得源氏恋爱她,她的心中为此事忧闷,她的心则属于源氏的弟萤兵部卿。

第二十六帖　常夏　写花散里的夏景殿的繁华,诸女的游乐。源氏因爱玉鬘,烦闷不乐。头中将亦不知玉鬘为他与夕颜所生之女,他也爱上了玉鬘。

第二十七帖　篝火　写源氏对于玉鬘的爱情日深,玉鬘渐为所动,秋夜月明,源氏常至玉鬘处弹琴,又以琴为枕,眠于玉鬘之旁。

第二十八帖　野分　是年都中起大风,秋好中宫所住的地方,花草甚多,均被风吹折,紫之上所住之处亦然。夕雾因慰问风灾,至六条院,他从窗缝内偷视院中的女子们,看见紫之上容颜无双,他始恍然于源氏不许他接近紫之上的缘故。

第二十九帖　行幸　是年十二月,帝幸大原野神社。翌年二月十六日,玉鬘行"着裳"仪式。

第三十帖　藤袴　写夕雾恋玉鬘。

第三十一帖　真木柱　髯黑娶玉鬘为妻。

第三十二帖　梅枝　源氏三十九岁。东宫行"元服式",左大臣的女儿三之君为丽景殿的女御。

第三十三帖　藤里叶　写柏木为夕雾与云井雁合好。

第三十四帖　若菜上　源氏四十岁,举行祝贺。源氏以女三宫居六条院,为紫之上所不悦。

第三十五帖　若菜下　写柏木右卫门恋女三宫。

第三十六帖　柏木　柏木不爱其正妻,反爱他的妹女三宫,良心的苛责与情热的炽焰相争,为恋而死。源氏与女三宫生一子,命名曰薰。

第三十七帖　横笛　柏木临终时,以正妻落叶托付夕雾,后夕雾屡访落叶,陷入情网。落叶以柏木生时不离左右的笛子,赠予夕雾。云井雁知此事,不乐。

第三十八帖　铃虫　女三宫因悔罪,削发为尼,源氏为她抄写《法华经》。

第三十九帖　夕雾　夕雾对落叶的爱愈甚,某日,他将真情告诉落叶。云井雁的嫉妒更甚,夕雾不敢再去访落叶了。落叶怪夕雾薄情,不从夕雾之愿,云井雁也因此事回娘家去了。夕雾只得饱享岑寂的苦味。

第四十帖　御法　紫之上身弱多病,已久享荣华,又见源氏的轻薄,愈不能耐,想要出家,源氏不允。紫之上病死,源氏终日忧闷,出家的心已决。

第四十一帖　幻　源氏五十二岁,自失紫之上以后,恍惚若有所失,冬日,决定出家,以了宿愿,将向来与女子往来的情书,都用火烧了。

第四十二帖　匀宫　此卷与前卷相隔八年,源氏殁。匀宫是他的外甥,年十四,源氏与女三宫所生的儿子薰,年十五。夕雾伴落叶,移居六条院。

第四十三帖　红梅　柏木的兄弟红梅右大臣,有女儿三人,欲染指者甚多。红梅欲以次女嫁给匀宫,匀宫则意在红梅的第三女。(按此卷为穿插,非正文。)

第四十四帖　竹河　玉鬘自髭黑死后,一心养育子女,写她的操劳和她对于女儿的苦心,她想出家,未果。

第四十五帖至五十四帖此十帖为《宇治十帖》。

第四十五帖　桥姬　源氏的第八之宫移居宇治,有女二人,八之宫每日教她们学习琵琶及琴。此时薰大将(源氏之子)自知罪孽之深,日夜烦闷。有一日他去访八之宫,二人相谈颇欢,以后便常到八之宫处解闷。有一次八之宫不在家,薰大将去时听着琴音,得见八之宫的长女,薰以歌赠她。

第四十六帖　椎木　八之宫的长女二十五岁,次女已有二十三岁,都是迫吉之年。八之宫因病逝世,以后事托付薰大将。薰对于长女的爱情日炽,他将心意告诉她,长女不愿,薰大将失恋。

第四十七帖　总角　薰每日想长女,但长女都拒绝了他。后长女因忧郁害病,不久便死了。

第四十八帖　早蕨　匂宫前游宇治,与八之宫的次女发生爱情,匂宫于次年迎接她住二条院。薰大将睹此情况,未免悲从中来,思念他的死了的恋人。

第四十九帖　宿木　帝有女年十四,欲妻薰大将,但薰仍想念已死的女子。匂宫与夕雾的女儿六之宫结婚。薰大将与二之宫结婚。薰大将因所欲不遂,闷闷不乐。

第五十帖　东屋　八之宫有一女儿名浮舟,与薰大将的已死的恋人是异母姊妹,自八之宫死后,寄养于常陆前司的家中,受继父的虐待。她的母亲中将便将她托于匂宫之妻,匂宫之妻又以之托付薰大将,薰见她的容貌与已死的恋人相肖,仍令她住在宇治,他时时去看她。

第五十一帖　浮舟　匂宫见浮舟貌美,暗中又爱上了她。后知薰大将包围着她,匂宫起了嫉妒心。有一夜他扮装做薰大将的样子,到浮舟的屋里去,便结了因缘。浮舟后来发觉了,虽是焦急,但她并不怨恨,居然坐享二夫。后来薰大将知道了这秘密。她不堪困苦,便投身于宇治川。

第五十二帖　蜻蛉　宫中发觉浮舟失踪,大众纷乱,搜寻浮舟,后来知道她已投河,浮舟的母亲中将也来了。中将听宫女说出浮舟自杀的原因,她不欲暴露女儿的秘事,也不去打捞女儿的尸身了。匂宫与薰大将均忧愁,是不用说的。

第五十三帖　手习　浮舟投河,并没有死,被横川的僧都和尚救去,浮舟自愿出家,住于小野。

第五十四帖　梦之浮桥　薰大将从小宰相处得知浮舟未死,悲喜交集。他请求横川的僧都和尚让他与浮舟相会一面,但浮舟不肯。他写信送去,也不回信,薰大将也不怨她,只觉人世茫茫,多情多恨罢了。

(《源氏物语》全书至此告终)

第四节 《竹取物语》及其他物语文学

一、《竹取物语》

《竹取物语》的产生时期,未有确实的证据,相传在延历以前,为日本最早的一种故事,作者也不能确知是谁,古来即传出自源顺之手。这篇物语的本事是这样:有一个砍竹的老翁名叫造磨,某日去砍竹,见一根发光的竹,便走近去看,那竹节里,有一个长约三寸的美貌女子,身上发着金色的光。他欢天喜地地捧在手上带回家中。后来又在山中的竹节里得了许多金子,于是老翁就变成富翁了。竹节中的女儿渐渐长成,过了三月,长得与常人一样。她所到的地方,虽没有灯火,也是光亮的,不单是这样,简直是一个姿容绝世的美女了。老翁请人为她取一个名字,叫做竹姑娘。这竹姑娘的故事传遍了各地,无论贵贱的人,都想得她为妻,但是没有一个中选。后来有五个人不远千里而来,向她求婚。那五人是石作皇太子、车持皇太子、右大臣阿部、大纳言大伴、中纳言石上麻吕。他们风餐露宿,忍着艰难来到老翁所住的地方,叫了老翁出来,说明来意。老翁知道是贵人驾临,无不乐意依从。可是竹姑娘不允,她想赶走这五个人,并且要试试他们的心,便出了五个难题目,叫五人去办,办到的就有希望。题目是:叫石作皇太子到天竺去取佛的石钵来;叫车持皇太子到东海蓬莱,取那白银为根黄金为茎,白玉为实的树子;叫右大臣阿部去取唐土的火鼠皮做成的裘；叫大纳言大伴取龙王头上的五色玉；叫石上中纳言取燕子巢中的子安贝。那五人听了，心中知道是万难办到的，只是因为美女的关系，不能不冒险去办。石作皇太子假装去天竺，却到大和国的古寺里去，取了神前的石钵，装入锦袋，冒充是天竺的石钵，献于竹姑娘。她一看那石钵黯然无光，便知道是假的，石作便失败了。车持皇太子假装去取白玉的树子，三日回来，却叫了当时最有名的工匠来，在密室内假造玉树，又假装远行归来的模样，将玉树放在长柜里，抬着回来。大众听了，鼓舞欢忻，成为众人口上的佳话，流传各处。竹姑娘听了这消息，以为也只好嫁给他了，暗暗叫苦。车持来见老翁，把他冒险飘游的事上天下地胡吹一阵。不料此时那六个工匠跑来向他讨工钱，把此事说穿了。车持羞忿之余，入山不知所终。右大臣阿部写信给中国赴日本去的船主，托他购求火鼠的皮裘。回信说只听着火鼠裘的名，从来没有见过此物。后来一只中国船到了日本，阿部托人去买的火鼠裘，乘这一次船带来了，可是还差价银五十两。阿部倾家破产，得了火鼠裘，他来不及试验真假，飞跑地送去给竹姑娘。竹姑娘放在火里一试，变了一堆灰，这时阿部的面色变得比灰还白，竹姑娘自然是暗暗欢喜。大纳言大伴召集他的家人，叫他们四出寻觅龙玉，如寻不着，便不许家人回来。那些家人垂头丧气，自去寻觅。大伴想竹姑娘准是他的人了，一面鸠工建造金屋，预备迎接。到了晚上，不见一个家人回来。他着急起来，令人预备船只，航到海中，带了许多人同去，以便杀龙得玉。不料海里起了大风暴，大伴伏在船底，有几天不敢出来，大病而死，这一位又失败了。中纳言石上想得燕子的子安贝(相传妇人生产时,以子安贝握手中,便能安产),差许多家人到栋梁上去寻觅。但只寻着燕子的陈粪。石上因气愤生病,后来一命呜呼了。此事被皇帝知道了,便差人来看竹姑娘,竹姑娘不肯会。后来安排计策,皇帝出来打猎,看见了竹姑娘,要带她同归。竹姑娘化为一阵青烟,便不见了。过了三年,竹姑娘时时思乡流泪,八月十五日,有神仙来迎,她便回月宫去了。她行时,作了一首歌同着不死之药赠皇帝,作为纪念。帝得此药,以为徒为相思之恼,遂把药焚于高山上,名其山曰"不死山"(按即今之富士山)。

藤冈作太郎博士说《竹取物语》是受我国的《汉武内传》的影响而成的。当时我国的书籍,除《汉武内传》而外,如《穆天子传》《汉武帝故事》《西京杂记》《神仙传》《搜神记》《搜神后记》《灾异记》《列仙传》等,都已流传到日本。此种道家的书颇受欢迎,因之《竹取物语》也带着一点道家的臭味。

二、《伊势物语》

《伊势物语》与前述的《竹取物语》同为平安朝初期的重要著作,成于宽弘前后,作者相传为在原业平。内容为许不相连贯的短篇而成,凡一百二十六节,每节的文章不长,首句有"昔有某人"一语。内容以和歌为主,记男女相思之事。其中以在原业平记他青春时代的恋爱的故事,为最有精彩的部,兹译一例如次。

从前有一个女子,住在西阁,她是住在东五条的皇后的女侍。有一个男子,暗中深深地恋爱着她。在正月初旬,她便隐匿起来,他虽知道她所住的地方,但是不能去访问,他只有忧闷而已。翌年的正月,梅花盛开,那男子到西阁去,徘徊瞻望,见物故人非,一切不似往年,回想从前,坐地啜泣。直到玉兔西斜,因作歌曰:月呀,你不是昔日的月,但你与从前无异;春呀,你不是昔日的春,但你与从前无异。只有我一人,虽是昔日的我,但已不是昔日的景况了。

次日黎明,他哭着回去了。

三、《大和物语》

《大和物语》二卷,产生时期后于《伊势物语》,作者传为在原兹春(业平之子)。体裁与《伊势物语》同,也是一部短篇集,仍以和歌为中心,记叙当时公卿仕女的生活及男女恋爱的佳话,下面是其中有精彩的一段。

从前有一个女子住在津国,有两个男人恋爱她:一个是本地人氏,姓菟原;一个是和泉国人氏,姓血治。二人的年龄、面貌、仪表、身材都是相同的。女子心想嫁给最爱她的一个,孰知二人对于她的爱情一点也分不出高下。二人时时来到她的家里,剖明各自的思慕。二人所赠的礼物,也是一样的,没有轻重。因为这二人中,没有一个可以超越其他一个,女子的胸中,异常忧闷。两亲见女儿的青春渐逝,无法解决,也徒咨嗟叹。女子想把两人都拒绝,可是他们时时来到女子的门外,用尽了许多求爱的方法,方法都是同一的,女子为此事实是苦极了。后来父亲想出了一条计策,在生田川畔,支了帐篷,叫了二人来,问他们说:"你们两位对我女儿的爱都是一样的,这事须得快些解决,你们用箭去射河里的水鸟,射中的就把女儿给他。"二人听了他的一番话,都称赞这是一个好方法。于是二人持弓搭箭,向水鸟射去,一人射中水鸟的头,一人射中水鸟的尾,那女子见了这情形,更是忧心,遂吟道:"厌倦了生命,我将我的身体舍弃,生田川呀!你不过是一个名罢了!"

　　歌毕,她就投身在从帐篷旁流过的河内了。正当女子的父母悲号时,两个男子也投身到河里,一个捉住女子的脚,一个捉着女子的手,都死了。两个男子的双亲来了,将在女墓的两旁,造他们儿子的坟。那津国地方的男子的父亲说,本地的人可以在这里下葬,他乡的人如何能葬在这里,犯此地的土呢?那和泉国地方的男子的父亲便去运了和泉国的土来,葬了他的儿子,于是女墓居中,男冢分葬左右,此墓迄今还在。

四、《宇津保物语》

《宇津保物语》(宇津保之意为"洞穴")的产生约在11世纪初,

作者疑与《竹物取语》同,但未能确考。或疑原文非出自一人之手。此作出世,为《源氏物语》的盛名所压,故无人注意,全书虽尚保存,但错误极多。全卷共二十,都三十册,通行的版本,有许多种。二十卷的篇名如下:1.《俊荫》;2.《藤原君》;3.《忠》;4.《梅花笠》(又名《春日诣》);5.《嵯峨院》;6.《吹上》(上部);7.《吹上》(下部);8.《祭使》;9.《菊宴》;10.《贵宫》;11.《初秋》(又名《相扑节会》或《内侍督》);12.《田鹤之群鸟》;13.《藏开》(上部);14.《藏开》(中部);15.《藏开》(下部);16.《楼上》(上部);17.《楼上》(下部);18.《国让》(上部);19.《国让》(中部);20.《国让》(下部)。兹述第一卷《俊荫》的梗概于次。

第一卷《俊荫》记藤原俊荫。

俊荫之母为内亲王,为日本最上之贵族。俊荫生后,双亲欲试他的聪敏,故意不叫他读书,但他能自习,七岁时,已能够同朝鲜来的人用汉文彼此赠答。时天子闻他的奇才,面试他,他的成绩在众人之上。十六岁被派为遣唐使,赴唐的途次,船遇大风,同行之船失踪,俊荫所乘漂流异国。同船者皆溺毙,惟俊荫一人庆生。俊荫上陆后,终日念佛。眼前忽现鞍马,俊荫遂乘马上,随马前行,至一旃檀树下,灵马忽不见。见树下铺有虎皮,三个仙人坐而弹琴。俊荫留居其处,直至次春。一次他听着西方有伐木的斧音,俊荫得仙人的允许,便去寻觅声音的所在。他一路探险,或渡深河,或跋涉险峻,到了第三年的春时,始至其地。他从山上俯瞰,见千丈的谷底,阿修罗王正在砍那伐倒的桐树。阿修罗王发如刀剑,脸如烈焰,手足如锄锹,眼如金碗。俊荫将为阿修罗王所害。正当此时,空中黑暗,大雨滂沱,雷电交鸣,有乘龙童子自空而下,以金札示阿修罗王,免俊荫一死,并以桐树三分之一赠给俊荫。有天女下降,以木造琴三十架,俊荫携回十架,向仙人学琴。三十九岁时方归日本,后娶妻生一女。俊荫夫妇死后,女儿独立乡间,安贫度日。某日,有一少年,名叫藤原兼正来访她,相爱悦。少年之父不乐,后少年遂不再来。时女已孕,生一子,事母甚孝,时钓鱼采果实奉母。此子入山寻访住所,见大树有一洞穴可以居住,但不敢迎母,因洞穴为熊所居,熊见了要吃他,他流泪向熊诉说一切,熊遂带了它的小熊移到别处去了。他便迎母同居洞中,有猿来赠以食物。后十年,其父打猎山中,始携母子回,享团圆之乐。

五、《落洼物语》

相传为源顺之作,计三卷(或作四卷)。记中纳言忠顺之妻,虐待继女,命继女居寝殿之洼处,故名《落洼物语》。后继女与藏人少将相爱,得侍女之助,遁往他处,过和平的生涯。此作带伦理的分子,有劝善惩恶之意。

六、《狭衣物语》

自《源氏物语》出后,为贵族所传诵,风世当世。后来作者,以钉饳补缀为事,竞起模仿。仿《源氏物语》之作,以《狭衣物语》为最有名。全书四卷,相传为《源氏物语》作者紫式部之女贤子所作,一说为禖子内亲王之作。内容写狭衣大将与源氏宫的恋爱,悉以《源氏物语》为法。

七、《浜松中纳言物语》

亦为模仿《源氏物语》之作,作者不详。现存三卷,非完本。原书记左大将的儿子,长为中纳言,渡至唐朝。时唐朝皇后为日本人后胤,中纳言与她一见便相互恋爱,生一女。居三年,中纳言携女返国。

八、《夜半的醒觉》

此种无刊行本,以写本传世。现存写本只有黑川博士所藏五卷与中村秋香氏藏本五卷,及秋元子爵珍藏的绘卷(画家春日隆能所画)一卷。内容记贵族男女的恋爱。

九、《取换物语》

作者年代不详,共四卷。记权大纳言有男女二,二子性格奇异。男孩性如女子,女孩性如男子。其父欲互换性格而不能,故服装亦异。长后,男的去做宜耀殿的女官,女的做了中纳言。交换有男女性格之意,故名。

十、《堤中纳言物语》

堤中纳言即藤原兼辅。兼辅在延长年间为权中纳言,世居鸭川堤下,世称之为堤中纳言。死时为承平三年,原书即记承平至永承六年间贵族吟咏游戏的故事。作者已不可考。惟文字劲拔,构想奇警,是其特色。全书共十卷。

十一、《今昔物语》

一名《宇治大纳言物语》,作者为源隆国,人称他为宇治大纳言(宇治是他所住的地方,大纳言是他的官)。相传他是一个大胖子,非常怕热。夏时,他从琵琶湖(在京都附近)到宇治川畔的南泉房地方避暑,手中挥着大团扇,叫过路的人,进他的住所去,饮以茶,命童子挥扇,请他们随便说一桩故事。宇治大纳言便记了下来,就成了这一部《今昔物语》。原书为六十卷(别有三十一卷本,二十九卷本),其中三十卷记日本的民间故事,其余记中国、印度的故事。虽为荒唐无稽的故事,但别有一种野趣,实写中等以下的人情世态,含有民俗学的元素,为后世平民文学的先驱。

十二、《宇治拾遗物语》

为《今昔物语》的续编,共十五卷。体裁文字,与《今昔物语》同。

第五节　日记与随笔

一、日记

平安时代为散文发达的时期,除物语外,日记文学也颇有文学的价值。如将日记的性质区别其差异,可得三种。1.旅行日记(同游记纪行),如《土佐日记》《更科日记》;2.记日常生活状况的日记,如《紫式部日记》;3.叙事的日记,如《蜻蛉日记》《和泉式部日记》《赞岐典侍日记》等。

(一)《土佐日记》

为纪贯之任土佐守后之作,记离任还都时的途程(所记的时代为公元935年)。他作日记的动机,是为纪念已死的爱女。其特色为抒写人生的欢乐与哀愁,随境遇而变。

(二)《更科日记》

一卷,为管原孝标的女儿所作,记十二岁时随父赴任,至仕中宫嬺子时,及与夫死别此四十年间的喜怒哀乐。

(三)《紫式部日记》

即《源氏物语》的作者紫式部之作,记她在宫廷内的日常生活与见闻。

(四)《蜻蛉日记》

为藤原兼家之妻所作,写她二十一年间的生活的情形的方面,兼有自叙传、日记文、小说的构想之长。

（五）《和泉式部日记》

又名《和泉式部物语》，为一种从客观描写的短篇恋爱日记，为和泉式部之作。

（六）《赞岐典侍日记》

二卷，二条院赞岐著，记宫中琐事。

二、随笔

清少纳言的随笔集《枕草纸》，为与《源氏物语》齐名的著作。清少纳言是一个贵妇，她的父亲是清原元辅。《枕草纸》的题名，是因她把原稿发生枕边，就所有想到的或看见的随笔写成，所以名《枕草纸》。大半是记载她的趣味嗜好与宫廷琐事，在文艺史上颇有价值。

第六节　历史文学

一、《荣华物语》

这是一部用日本语记载史事的书。相传为女流诗人赤染卫门之作。共四十卷，分上下两篇。上篇记宇多帝至后一条帝八十四年间的史事，后篇记后一条帝至堀河帝六十四年间的史事。

二、《大镜》

共八卷，记文德天皇至后一条天皇十四代七十五年间的历史。

著者及年代不详，传为藤原为业之作。"镜"的意思即是"以古为镜"，也就是历史。《大镜》与后来的《增镜》《水镜》《今镜》三作，并称为"四镜"。

三、《延喜式》

五十卷，记延喜时代（公元901年至922年）朝廷的年中行事、礼仪、百官的礼节等，成于公元927年。首十卷，详叙祭礼的仪式，并列举各代的《祝词》。其余四十卷，对于各官省组织与官吏的服务规定，均有详细的说明。

平安朝文学（即中古文学）的主要作家及其作品，已缕述如上。此外尚有模仿我国的汉诗汉文的著作，但均幼稚。故本章所述，只取日本特有的作品，足以代表日本国民文学之作。

综览此期的文学，可概括为：1.贵族的文学；2.女流的文学；3.恋爱的文学。这都是从平安时代的社会背景所生出来的结果。当时藤原氏一门专权，文学的运命几乎操诸藤原氏一门的手中。著名的作家，常为藤原氏，或为他们的姻娅，故此时期的文学，又可称之为藤原文学。艺术的花，常开于和平的花园里，在这粉饰太平的时代，宜乎有《源氏物语》《枕草纸》一类的作品出世。不特在日本国为无上的宝典，即在全世界的文学里也占有相当的价值。其所以产生这样的作品，实在是当时的贵族生活所造成的。又此时期的文学，称之为宫廷文学，也没有什么不可。

第四章 近古文学

第一节 镰仓文字①

一、总论

镰仓时代指后鸟羽天皇文治二年(公元1186年)至元弘三年北条氏灭亡时止(公元1333年)。此时日本虽无外患,然内乱频仍,干戈扰攘。中央权力旁落。诸侯的势力日盛,藤原氏衰,平氏继之。平氏仆、北条氏起。盛衰、兴亡、治乱,都错综于此时。因社会人心动摇,欲得到精神上的安慰,故禅宗及新佛教,支配一般人的思想,此种思想,常流露在诗歌与佛徒的著作里面。次则武士道的思想更进一步,为当时的中心点,好勇狠斗既为镰仓时代争权夺利所不可缺少的,故记载战争的文学,遂成为这时的特征。如将此期文学与前期平

---

① 此处应为"镰仓文学"。

安时代比较,则此期文学为男性文学、硬性文学、动的文学、变化的文学;前期文学(即平安文学)为女性文学、软性文学、静的文学、平板的文学。直言之,此期乃武士文学,前期乃宫人文学。

当12世纪末叶,源赖朝与其他诸侯苦战之后,开幕府于镰仓,称征夷大将军,统辖全国的兵马,是为武门执权的滥觞。此时皇室虽存,不过徒拥虚名。文武的实权,都在幕府的手中。当此武人时代,他们为自己的生存,只知日夜演武。故此时的文学,大受他们的影响,不如平安文学之盛。可是也自有此时的特色,产生于这样环境里面的散文与韵文,都带着这时代的空气。

二、战记物语

镰仓时代的特产为战记文学(或军记物语),所谓武士道的文学就是这一种。如《保元物语》《平治物语》《平家物语》《源平盛衰记》,都属于战记文学。此四种与后来室町时代的《太平记》,合称为五大战记文学。

《保元物语》记后白河天皇保元元年(公元1156年)的战乱,全篇三十七则。《平治物语》记二条天皇平治元年(公元1159年)的战乱,全篇三十六则。相传二书均为大纳言叶室时长所作。《平家物语》十二卷,著者与年代不详。《源平盛衰记》四十八卷,传与《平家物语》同出一人之手。二书所记的史事前后相承,写源、平两氏的盛衰兴亡,其内容疑系模仿我国的演义体(如《三国演义》之类)。这四种物语的著作年代与作者均无一定,高木武氏称它们的作成,经过许多作者及不同的年代,乃是真正的国民的著作。他们的异本甚多,《保元物语》约有二十四种,《平治物语》约有二十二种,《平家物语》约有八十八种,这足以证明他们是养育于多数国民的手里的,是适应国民的好尚而发达的。这些读物,普及于当时的民众,是不用说的。并且可以用琵琶和着说书似的说给别人听,文学有音节之美,叙述也有抑扬顿挫之妙,加以内容都是勇壮悲歌的人物,所以能适合日本人的胃口。这四种物语所表现的,就是当时日本民族的尊王忠君、祖先崇拜、家名尊重、尚武任侠、自爱爱人诸德。

三、敕撰歌集

敕撰歌集,已成为日本古代帝王的一种旧套,所以此时代的韵文,仍以敕撰的和歌集为主。平安朝时,已有敕撰的和歌集七种。此时又有九种。九种的名目、撰者、敕撰的皇帝等如下表。

集 名	卷数	撰 者	敕撰者	日本纪年	公元纪年
新古今	二十	定家 等五人	后鸟羽天皇	元久二年	1205
新敕撰	二十	定家	后堀河天皇	贞永元年	1222
续后撰	二十	为家 等	后嵯峨上皇	后深草建长三年	1250
续古今	二十	为家 等	后嵯峨上皇	龟山文永二年	1265
续拾遗	二十	二条为氏	龟山上皇	后宇多弘安元年	1278
新后撰	二十	二条为世	后宇多上皇	后二条嘉元元年	1303
玉 叶	二十	京极为兼	伏见上皇	花园正和元年	1312
续千载	二十	二条为世	后宇多上皇	后醍醐元应二年	1320
续后拾遗	二十	为藤为定	后醍醐天皇	正中元年	1324

上列敕撰歌集九种,悉以前代和歌为法,以模仿为贵,缺乏独创的能力,故价值也不及前代诸集之高。除皇帝敕撰的歌集而外,尚有私人的歌集,著名者为西行法师的《山家集》、源实朝的《金槐集》、藤原定家的《拾遗愚草》《小仓百人一首》(传为定家所撰,待考)。就中以西行法师的歌最优,富有独创的风格。西行俗名佐藤义清,曾为武士,后厌世出家。所咏多为自然景物,真情流露,为时人所难能。

四、日记与纪行文

这时又有模拟前代的日记与纪行文。日记有《中务内侍日记》一卷,作者为宫内卿永经之女中务内侍,她在龟山帝至伏贝帝时充宫内内侍,详传已不可考,所记为自己的见闻。次为《辨内侍日记》二卷,大辅信实之女辨内侍所作,记宫闱杂事。

纪行文有《海道记》二卷,《东关纪行》一卷。《海道记》之作者为源光行,记由京都到镰仓的途程;《东关纪行》的作者为源光行的儿子亲行,记由京都东下的途程,文中杂以吟咏,亦有佳作。

五、鸭长明的《方丈记》

鸭长明的《方丈记》为此时的著名的随笔集,鸭长明为京都加茂神社的司社,通音乐,善和歌。后剃发为僧,改名莲胤,隐于大原山,时年已五十。建历中至镰仓,将军实朝素耳其名,屡召与谈。其后他回京都,自出心裁,造成一室,方一丈,高七尺余,屋中的柱、楹、窗、壁都用钩结成,配以二轮车,可以随意所之。《方丈记》即在此室内著成,故名《方丈记》(成于公元1212年)。其中所记安元年京都的大火灾(公元1177年)、养和年的大饥(公元1181年)、元历年的大地震(公元1185年),最为后世所贵。原书本为一小册子,仅有三十页,但于长明的品性与趣味及他的佛教的思想,都可在书里推察得出。长明除《方丈记》外,尚有《无名关抄》与《四季物语》二作,前者论歌体,后者述年中行事。

第二节　室町文学

一、总论

室町时代指南北朝统一时(公元1392年)至关原之役(公元1063年)①,即足利义满至德川家康之二百余年间。在室町时代前,本有南北朝时代(公元1332年至1392年),不过南北朝之六十年间,无杰出的作家,文艺史家常不置论,因此本书也将南北朝时代并入室町时代叙述。

室町时代乃日本文学中落时代,也就是黑暗时代。黑暗的原因,起于社会的不安。因此时的内乱较之镰仓时代更甚,武士的权力极大,社会道德也以武士道为本位,以简朴为上,抑压感情,人多怀遁世之念,遂造成四种时代倾向。其一为过度的个人主义,武人的首领(即当时的将军)并不忠心皇室,只知扩张自己的势力,个人只知个人

---

①关原之役应为"1600年"。

的私利，不知有所谓社会，没有统一的社会。其二为党派的争轧，这是造成黑暗时代的主要原因，如元弘年间有皇统之争；建武年间有新田与足利之争；南北朝有骨肉（尊氏与直义）之争，此外尚有兄弟、叔侄、君臣、从兄弟等党派的倾轧。其三为武士道的横行，武士之剽悍，较之镰仓时代为烈。其四为文武不分，武人即为文艺的保护者，赏玩文学的人也只限于社会的一部分。当时的文学受了这四种时代精神的影响，遂无发达的可能。比如个人主义盛行的结果，遂没有关于国家社会全体的著作，文学作品只限于个人的记叙（例如《曾我物语》《义经记》等）；又如文武不分，则文艺成为武人的附属品，徒为武人的颂赞文字。此外又受了宗教的影响，当时的宗教类于迷信，所以文学也迷信成法，千篇一律，这也是文艺发达的阻碍。有上述的各种原因，室町文学遂黯然无光了。

二、谣曲

室町时代之代表的散文，乃是谣曲。谣曲是"能乐"的谱词，是舞蹈、音乐、诗歌、美文的集合体。材料多取自《伊氏物语》《源氏物语》《平家物语》及其他故事传说，有一部分采自我们的史事。就其内容，可分为三类：1.关于神事的，如《大蛇》《玉井》《大社》（均篇名）等；2.关于祝颂的，如《高砂》《老松》等，此类寄托于自然界或草木，歌颂神德；3.关于精灵的，如《实盛》《朝长》《安达原》《葛城》《天狗》等。就谣曲的结构上，可分为二段、三段、五段等组织。二段组织最为普通，例如下。

1.某敕使到某灵验的神社上香,此时忽现一老翁,老翁将神社的灵迹说给他听后,倏然不见。(第一段)这回社中所供之神登场,为国土庶民祝福。(第二段)

2.某行脚僧寻访名地古迹,走到一古战场,忽现一老翁,老翁将名胜的详情告诉他,又说自己是为讨敌而死于此的灵魂,叫僧人为他做法事,说毕不见。(第一段)当僧人念佛诵经时,而灵魂忽化为名将,现出他生时的形相,把他讨敌交战时的模样演出来。(第二段)

3.平家的勇将某甲,到了穷途末路,做了盲目的乞丐,居日向的乡间,他有一个女儿住在镰仓,远远地跑来看他。某甲羞惭,隐了姓名,后因里人的帮助,父女会面。(第一段)某甲因为女儿的要求,他把八岛鏖战的往事说给她听。(第二段)

4.有为皇帝扫宫廷的老人,见了某女官的貌美,心里爱她。女官得知此事,便在庭池旁的树枝上挂一个绫鼓,叫他打鼓,若宫里能够听见鼓声,则女官可以和他一面。老人听了狂喜,便去打那鼓,鼓是绫做的,如何能出声,老人失望,便投入池里死了。(第一段)女官听说老人死了,就来到池边,那池里波浪相击的声音,恰如鼓声,女官忽不见。老人的幽灵出现,打那绫鼓,一边打一边责骂,为女官之祟。(第二段)

这样的结构是千篇一律的,我们觉得为谣曲可惜。现在行世的谣曲有五派:1.观世流(以观阿弥、世阿弥二人之作为主),为最通行者;2.今春流(出于奈良的圆满井);3.实生流(出于户山);4.金刚流(出于坂户);5.喜多流。五派的文词各有不同,内容大多类似。

谣曲的起源,到现在还成为学者间讨论的问题。七理重穗氏著《〈谣曲〉与〈元曲〉》一书,肯定二者的直接关系。惟谣曲是"能乐"的词谱,"能乐"的前身受我国隋唐散乐的影响;到了后来,又受我们元时杂剧的影响,其词句也仿我国的杂剧。荻生徂徕说:"能乐乃拟元杂剧而作者,为元僧东来所授,但本国人亦有自作。"因此可说谣曲的产生,与我国元时杂剧有直接的关系。它的长成与发达,却经过许多的阶段。

三、狂言

表演"能乐"时,有一种"间剧",名叫狂言,狂言是一种短小的喜剧,演于"能乐"之间,好使演者能有余暇。狂言的来源也经过许多阶段,起源于祝仪狂言。乡间的农人,到了正月,携着礼物,去向地主贺年,地主赐以酒食,遂欢欣鼓舞,是为祝仪狂言,如《松楪》《相合乌帽子》《三人百姓》之类是。后来分化为许多种类,或写争斗、讽刺、冷笑;或写鬼神(如《神鸣》《鬼的槌》《首引》等篇);或写残废者(如《三人片轮》《聋座头》《井硝》等篇);或嘲僧侣(如《水汲》《新发意》《仁王》《地藏堂》等篇);或愚弄头陀(如《柿山伏》《蟹山作》等篇),此外又写夫妇、游兴、盗贼、武士等。取材的范围甚广,与谣曲之拘谨不同,谣曲的取材多为英雄、美人、名将、硕学、名僧、神佛、幽灵,以表征庄严、真挚、神秘;狂言则与它相反,将一切人物化为凡俗,以供它的轻嘲讽刺。谣曲是用纯文体写成,狂言则用纯白话写成。谣曲只供当时武人的赏玩,平民不知其兴趣所在;狂言则为一般平民所喜悦,为后来平民文学的滥觞,又是一种足以表现日本民族的乐天性快活性的文学。

四、历史文学

当时的散文除谣曲、狂言外,则为历史文学、随笔与小说。历史有《太平记》《神皇正统记》《增境》《吉野拾遗》《曾我物语》《义经记》等作。随笔有兼好法师的《徒然草》。兹分别论述如下。

(一)《太平记》

原名《安危由来记》,或称《国家治乱记》《国家太平记》《天下太平记》等,后单称为《太平记》。内容记花园天皇文保二年(公元1318年)到后光严院贞治六年(公元1367年)这五十年间的史事,其中著名的史事有元弘之役、建武中兴、南北朝的对立等,以当时政教与战乱的事迹为饰。作者为小岛法师,法师的传记不详。此书的特色有六:1.文字的华丽;2.引用佛语处颇精细;3.描写用夸大法;4.善用对句法;5.记行旅的景物与山川的变异处,文字极其富丽雅致;6.词材丰富(据三浦圭三氏的批评)。全书共四十卷,说佛教处占多半,为研究日本宗教史的好资料。

(二)《神皇正统记》

《神皇正统记》六卷,北畠亲房之作,亲房是一个政事家,又是武人,当后醍醐天皇时,天下大乱,他曾仕于南朝。此书的目的,在记录神皇的正统、帝权的沿革、天子的系统、帝位的继承等。第一卷专载神话,叙日本国土之产生,取材于《日本书纪》;二至五卷记神武天皇以后的历史至伏见天皇即位时(公元1288年);第六卷记亲房当代的历史,以论政事为主,于历史仍未详说。与其说此书是一部历史,倒不如说是一部鼓吹政治运动的书,故少文学上的价值。

(三)《增境》

记后鸟羽天皇至后醍醐天皇百五十年间的历史,作者不明,有称一条冬良作的,又传为后普光院良荃作。内容仿《荣华物语》,文字则似《大镜》之流丽典雅。

(四)《吉野拾遗》

二卷,记延元元年(公元1336年)至正平十三年(公元1358年)约二十三年间的史事,作者为吉房,以记载他服务朝廷时的回忆,为全书的主要部分。

(五)《曾我物语》

十卷,记河津三郎死后,十郎五郎为他复仇的故事,为后世稗史讲谈的渊源,对于通俗文艺的影响甚大。

(六)《义经记》

八卷,著者与年代不详,记源义经一生的故事。后世通俗文学,多取材于此书,价值与《曾我物语》同。

五、《徒然草》

室町时代的随笔文学有《东齐随笔》《榻鸭随笔》《徒然草》等,就中以兼好法师的《徒然草》为最有价值。兼好本姓卜部,曾居吉田,又名吉田兼好。他的随笔集《徒然草》,乃是"清闲"与"闲寂"的产物。

全书二百四十三段，每段各自独立。材料有传说、异闻、事实、修养的问题、趣味的问题、世态人情、风景自然，抒写作者的观察、感想与主张。他的思想，经许多批评者的研究，可以概括为二：一是倾于厌世主义，作者一面受佛教的思想，一面又受老庄的思想；二是作者的主张与感想，在书中各处都现出矛盾之点，一面是那时代的新思潮，一面又是平安时代的旧思想。只是他所说的话，有许多是近代人所不曾说的，在这一点上他许是超时代的人物。就随笔里的文章，可以看出他有三点小理想：第一，他不愿长生，想不足四十岁便死；第二，他不愿有孩子；第三，他不必娶妻子。这都是他的趣味。

六、小说

室町时代的小说，是一种浅薄的教训故事、儿童故事。教训的故事取自佛说，教人以处世之道。儿童故事有《松帆浦物语》《幻梦物语》《鸟部山物语》《嵯峨物语》等。此外还有一种传说，称为《御伽草纸》，为当时儿童妇女所爱读，为国民传说、信神崇佛的集成。

七、连歌

连歌为室町时代的特产，是当时的新兴文学。它的起源有下列的几种原因：1. 从前短歌盛行，有一定的规律，束缚甚重，到了此时，便发生新歌体，以求感情的解放；2. 连歌的体裁本是一种游戏文字，表现当时人的机智滑稽的性格；3. 我国本有联句的诗体，连歌显然受联句的影响，也可以说是模仿联句；4. 当时有一种迷信，用连歌以奉纳于神,作为祈愿的仪式;5. 看连歌与赌博同样,为一种博胜负的游戏,仿佛现在的"文艺悬赏"一样,这是因为当时的人喜欢物质的胜负,所以也在文字上赌博。连句时甲咏上句,乙连下句。上句与下句均有独立的意义,并无有机的关系。当时以连歌称者,有良基、宗祗、宗鉴、守武诸氏。

八、敕撰歌集

室町时代也有敕撰歌集,如《风雅集》《新千载集》《新拾遗集》《新后拾遗集》等是,仍承前代绪余,谨守和歌的理法。著名的歌人有顿阿、兼好、净辨、庆云,称四大天王。此外如宗良亲王、今川了俊、僧正彻、太田道灌等亦有名于时。

以上为镰仓、室町两时代文学的概略,平安时代偏重文事,到了此时则偏重武备。佛教的厌世无常的思想流布上下,故文运也操在缁流的手中。武士道的文学,与佛教的无常观念相和,成为镰仓、室町时代文学的特长。

第五章　近世文学

第一节　总论

　　近世文学的范围,指庆长五年(公元1600年)至明治王政维新时(公元1868年)二百六十八年间的文学,或称为德川文学,或称为江户文学。以前是贵族文学时代,此时则为平民文学时代。

　　室町晚年,天下大乱,割据各地方的武人,蔑视中央,日以争夺土地权利为事,故社会动摇,人心不安。后有织田信长出,他是一个勇敢果断的武人,辅佐他的有名将羽柴秀吉、德川家康诸人。织田曾平定诸藩,打倒足利氏。正亲町天皇天正十年(公元1582年),信长为逆臣所弑,大权遂落在羽柴秀吉的手里,秀吉自称太阁(即丰臣秀吉太阁),支配当时的日本,到了后阳成天皇庆长三年(公元1598年),秀吉逝世,国内复起争端。经过关原大战(公元1600年),德川家康扫荡反对者(石田三成),遂握天下的霸权,升为将军,开幕府于江户

(今之东京)是为德川幕府的始祖。德川不仅是一个武人,又是一个大政治家,在封建制度之下,万民歌颂升平,足有二百十余年。子孙相续十五代,称霸至公元1867年(中国清穆宗同治六年)。因有德川氏的治绩,遂把纷乱的局势,归于平静。他所住的江户城,不特是政治的首都、商业的中心,也是文学的中心。

德川家康一面建立军国主义的政治,一面复不忘文化的设备,对于文事尽力提倡。他自己常命儒臣讲书(令冷泉为满讲《古今集》,飞鸟井雅庸讲《源氏物语》),又发令廉征天下的遗书,因此各地诸侯受他的感化,争夺的风气渐次缓和;又利用印刷术,刊行《贞观政要》《周易》《群书治要》《吾妻镜》《大藏一览》等书;一面提倡尊儒,遂促进民众文学的创造,使元禄时代(公元1688年至1703年)文化、文政时代(公元1804年至1829年)成为文学史上的新时期。

近世平民文学发达的原因,间接是德川氏政治的优良,直接则有三个原因。第一是时代的和平。在镰仓、室町时代,人民已饱经战乱,自德川氏平定战乱,和平时期继续甚久,除了地震与失火等天灾外,史家颇缺乏可记载的事变。一般人生长在这和平的空气里,于是才有要求文学、美术的余力。第二是经济的变革,德川时代已非武力中心时代,乃是以经济为中心的时代。这时不动干戈,商业生产盛旺。开始了和平的经济战争。大阪的富豪忽然增加,此等富豪(如定屋辰五郎等)的财权,足以左右其时的政权。社会里的贫民减少,人民的生活自然有闲,他们遂要求小说与戏剧。第三是平民的实力充实,文化随之进展。当时既为经济中心时代,平民阶级逐渐抬头,这种倾向,在德川第四代家纲时已经表现出来。他们的生活安定,遂要求生的跳跃,在情感上发挥奔放的自由,同时对于国文学自由讨究,于是就有代表平民思想、平民感情的文艺产生出来。以上的三大原因错综融和,于是所有的文学与美术,不仅只为武士、贵族阶级的专有物,平民阶级也能自由享受。空前的平民文学时代,始于此时到来,成为一种新的文学的情调。

第二节　小说

这时代的文学,既是平民的,故应首先讲到流布于民间最广的作品,这些作品都具有小说的雏形,可以分为下列几种:

1. 假名草纸;
2. 浮世草纸;
3. 草双纸(分赤本、黑本、黄表纸);
4. 读本;
5. 洒落本;
6. 人情本;
7. 滑稽本。

一、假名草纸

与后来所出的夹有汉字的草纸(即纸本之意)不同,是全用假名(日本的字母)缀成的。当时著名的作家,有如僴子(作《可笑记》五册、《百八町记》五册)、铃木正三(作《二人比丘尼》《因果物语》)、浅井了意(作《御伽婢子》十三册)、山冈元邻(作《身之上》六册、《小扈》六册)诸人。

二、浮世草纸

浮世草纸意即今之写实小说,以写人生世相为主,创始者为井原西鹤(公元1642年至1693年)。西鹤为大阪人,生于元禄朝,他本是一个诗人,从西山宗因习俳谐,能独具只眼,观察现世,知人心的秘密与市井的罪恶。他的著作,为此时期的平民文学别开生面,可以分为三期:初期的著作,描写男女的爱欲;中期描写武士;后期描写町人(商人)的社会。他的处女作为《好色一代男》,此作与法国莫泊三(Maupassant)的杰作《漂亮朋友》略近,讴歌肉欲的享乐。全书一部八卷,写放荡子世之助的享乐生活,分五十四个场面。世之助是一个具遗传性的好色的人,七岁时已知恋爱,十一岁便近女色,后来放浪各地,到了三十五岁时,因承受父亲的遗产,他的游狎的方法,更形奇妙,这种享乐生活,直到世之助六十岁时方止。此作出后,大受世人的欢迎。其后更作《二代男》《三代男》《男色大鉴》等,描写男子的狭邪情调;《一代女》《五人女》,则写女性的肉欲的享乐。后来因为官厅禁止发行,遂改变作风,以京都大阪市民的经济生活为题材,著《日本永代藏》《世间胸算用》。又以史料为题材,作《武道传来记》《小夜岚》《彼岸樱》等作。《日本永代藏》与《世间胸算用》描写商人对于金钱的心理,极为深刻,为现代的作家所称道。就他的各种著作,可以看出他的思想的特色：1.平民的；2.物质的；3.讽刺的；4.细微；5.本能满足(写色、酒、财)。《一代男》《一代女》等书虽流传于后代，但已非本形，被道德家删改减色不少。

三、草双纸

西鹤以后，浮世草纸的内容与外形逐渐变化。另有一种草双纸流行，封面表纸色，赤者曰赤本，黑者称黑本；至安永年间，又改为黄封面，称"黄草(表)纸"。初出时本为一种有画有字的"伽噺"(传说、儿童故事之类)。赤本中有妖怪谈，黑本中有故事，"黄表纸"则纯为讽刺、滑稽、机智、轻笑的文字。恋川春町为"黄表纸"的著名作家，所作有三十余种，中以《荣华梦》《高慢斋行脚日记》《鹦鹉返文武二道》《无益委记》《悦翫负虾夷押领》等作为杰出。

四、读本

读本作者为泷泽马琴，以劝善惩恶为旨，他的杰作为《八犬传》，共一〇六册，仿我国的《水浒传》而作(马琴曾译述我国施耐庵的《水浒传》)。书中以里见之下的八个勇士为主，即犬山、犬冢、犬坂、犬饲、犬川、犬江、犬村、犬田八人，此八人代表孝、智、仁、忠、礼、义、信、悌八德。写他们的离合悲欢与勇敢悲壮的故事，结构之宏大，为日本小说中所不多见者。

五、洒落本

洒落本又名蒟蒻本，以半纸(纸名)截为二三十页订为一本，而以土器色的中国纸为封面,色如蒟蒻(灰黑色),故有此名。作者为山东京传,写花街柳巷的见闻,为颓废文学之一种。最初之作为《客从冰面镜》《息子部屋》,其后有《吉原杨枝》《白川夜船》《通义释语》等作二十余种。后以紊乱风俗被禁,受了五十天手枷的刑罚。京传遂改作读本,以教训及复仇为题材,著《忠臣水浒传》《复仇奇谈》《浮牡丹》《稻妻表纸》《本朝醉菩提》等作。

六、人情本

人情本较洒落本更进一步,对于花街柳巷的狎邪生活,作有头尾有系统的描写,作者有为永[川]春水,题材亦取自花柳界,写恋爱及性欲,以深川等地为背景,开游荡文学之源。春水的杰作有《梅厝》《辰己园》《篱之梅》《春告鸟》。他的长处在能描写性格,注重写实,劝善惩恶的气味较少,短处则只限于妓寮的琐事,近于单调。

七、滑稽本

滑稽本近于现代的滑稽小说,内容浅薄,亦无深刻的讽刺。此类的作家有式亭三马,他本名菊池泰辅,幼时为某商店的伙计,十八岁时即作了一篇黄表纸,名叫《天道浮世出星操》。后来时有作品发表,以《浮世风吕》为最有名。其长处在能描写片断的滑稽事情与人世的矛盾,此作出版于公元1803年,写在浴堂里的客人的谈论,叙述当时的日常生活。与三马齐名的为十返舍一九,他本名仲田贞一,他的杰作为《膝栗毛》(即徒步旅行之意),记弥次郎兵卫与喜太八二人旅行各地，闹了许多笑话，为后来的滑稽旅行式的小说之先河。

第三节　戏曲

一、净瑠璃

德川时代的戏曲，首推净瑠璃，创始者为近松门左卫门（公元1653年至1724年），一号巢林子，本名松森信盛。净瑠璃有古净瑠璃与新净瑠璃之别。古净瑠璃源出《平家物语》，在室町时代有一种琵琶法师，是盲人做的职业，他们弹着琵琶，口里说《平家物语》。后来将《平家物语》《太平记谣曲》及其他的说经祭文等的声曲，折中融合，遂产生古净瑠璃。相传古净瑠璃的创造者，为织田信长的侍女（一说为丰臣秀吉的侍女）小野阿通，奉了主人之命，把源牛若丸与净瑠璃姬的恋爱故事，分述为十二段，名为《净瑠璃物语》，谱以节曲，用三味线（三弦）合唱，即所谓净瑠璃节。但此说不甚可靠，它的起源实远在织田信长以前。最初表演净瑠璃时，只是一个盲人对矮台坐着，敲着扇子以按拍子，助语势，同说经一样，讲说诸佛的本缘。到了废长时代，有一个盲人名叫泽住，本善琵琶，他把正亲町天皇永禄年间从琉球传来的三味弦，与《净瑠璃节》（曲名）相和，口里说书，这就叫作古净瑠璃。所谓新净瑠璃，即指《义太夫节》（竹本义太夫所创的曲名）。当时的新净瑠璃节虽有十多种，但以竹本义太夫的最著名，时人遂以义太夫为净瑠璃的别名。义太夫设竹本座于大阪，演"人形芝居"(即傀儡剧,那时叫作操剧,与净瑠璃合演)。近松巢林子于元禄三年加入竹本座,专为义太夫作净瑠璃,直到死时为止。他的作品,共有百余种,分四类:1.史剧(时代物),如《国姓爷合战》《曾我滑稽山》等;2.社会剧(世话物),如《长町女切腹》《女杀油地狱》等;3.情死剧(心中物),如《曾根崎心中》《心中重井筒》等;4.史剧与社会剧兼有者(折衷物),如《萨摩歌》《倾城返魂香》等。近松一生努力于净瑠璃的著作,创造力的伟大实可惊异。日人之崇拜近松,有如英人之崇拜莎士比亚。坪内逍遥博士曾列举近松与莎翁相似之点,谓二人的生平与时代、著作等颇相类似。

二、歌舞伎

歌舞伎亦为此时的特产,它的发达,实受能乐与狂言的促进。歌舞伎的直接的起源,由于出云杵筑神社巫女阿国的歌蹈。阿国于17世纪初时,来到京都,演念佛踊,颇受当时人的欢迎。念佛踊是一种舞踊,舞时身着黑绢的僧衣,以红绳悬钲于胸,舞时鸣钲,口里念着佛号。后来阿国缘给名古屋地方的浪人山三郎,山三郎将《早歌》(当时流行的一种俚歌)的歌曲教她,于是阿国遂改变舞蹈的式样,佩刀包头,作男子装跳舞,这就叫作歌舞伎。其后更进一步,舞者除阿国之外,增加童子妇女作为优伶,山三郎和他的门徒现身舞台。又从"狂言"得到考案,阿国在舞时表演滑稽动作。除叩钲之外,加了专门的乐师,以笛、鼓和今样(一种俗歌)而歌,男女相与歌舞,是为歌舞伎发达的第二期。这种舞蹈很合当时人的嗜好,于是传遍日本全国,模仿者渐出，阿国遂到江户。模仿她的团体之一，别有一种女歌舞伎发生，有专于女伶表演的；有妓女们表演的，此时已加入"能乐""狂言"的分子。时有女伶佐渡岛正吉在吉原的倾城町演女歌舞伎；女伶几岛丹后，在江户的中桥出演，将三味弦加入乐器之内，是为歌舞伎发达的第三期。后来官厅以女歌舞伎紊乱风俗，下令禁止。于是美少年的歌舞伎代兴，称为若众歌舞伎，颇得世人的好评。所演的戏都是娼寮妓院的故事，这是当时的风气使然，因为此时人民已较前一代自由，阶级的区别不如从前之严，所以娼妓在社会里有莫大的势力，若众歌舞伎兴盛已久，又被禁止，且令为优人的都须前头部的发剃掉，遂变为野郎歌舞伎，为现代日本旧剧的前身。自野郎歌舞伎盛行后，剧场的构造及伶人的艺术均大进步。当时的名优有阪田藤十郎（公元1645年至1709年），市川团十郎（1660年至1704年）。阪田长于社会剧，以扮演奢华风流的当世人见称；市川则以扮演勇猛、奇怪的武人或鬼神幽灵之类出名，现代歌舞伎的伶人，多以二人为法。

第四节 俳谐

俳谐是每首十七音的歌，和歌（短歌）每首三十一音，俳谐更较简约，只有十七音。它的勃兴约在和歌流行后八十年。俳谐的特色，在能表现东方人特有的闲寂的风味。句调虽是简单，但仿佛窗隙里吹来的一阵凉风，使得我们的感情微微地颤抖。又适于抒写我们对于自然界的片段的心情，暗示宇宙的玄妙，较之千言万语更为有力。它的影响已及于法国与我国(法国有一班人仿作俳谐诗,我国昔年曾有小诗的风潮),不懂得东方趣味的人,决不会了解俳谐的佳妙。

俳谐的先驱作家为僧人山崎宗鉴(公元1415年至1553年),他的俳句,对于人事或自然,都能表出一种高尚的轻笑风味。例如。

戴着斗笠[注],在雨夜中出来呀,夜半的月!

[注]日语"斗笠"与"月晕"通。

其次为荒本田守武(公元1473年至1549年),下面是他的名句。

心想是落花归枝,走去一看,原来是蝴蝶呀!

以上二人都是室町时代的作家。德川时代的作家,先有松永贞德(公元1571年至1653年),至松尾芭蕉(公元1644年至1694年)出,俳谐遂大盛。下面一首,是松永贞德的名句。

秋夜的月呀,你是使人昼寝的因呵!

芭蕉一号桃青,本为伊贺武士,为宗良的扈从,颇受知遇。延宝二年(公元1674年)削发为僧,移住门人杉山杉风的芭蕉庵,芭蕉翁的名就是由此来的,时年三十一岁。他性好旅行,周游名山大川,不满意于从前的俳谐徒逞滑稽,遂研习孔孟老庄之书,诵杜诗,向佛顶老师学禅,向门人森川许六学画,遂一跃而为俳谐中兴的鼻祖。所作以"古池"一首最著名,为俳句的典型。

　　幽寂的古池呀,青蛙蓦然跃入,水的音!

下列诸句,也是他的杰作。

　　栖在枯枝上的乌鸦,秋日的黄昏呀!
　　旅中害了病,做梦也在荒野往来的跑。
　　将逝的春日呀!鸟儿啼着,鱼的眼中也含泪。
　　在花的云霞里,钟声是上野的吗,是浅草的呢!
　　我想叩三井寺的门,然而今夜的月呵!
　　即时死去的气色也没有的,蝉的啼声呀!
　　我疲倦了,去觅旅店,眼前的藤花呀!
　　六月呀!白云聚在山峰的岚山。
　　听着秋风吹动芭蕉,和滴进盥里的雨声的夜呀!

芭蕉的门人,有名者六十六人,以榎本其角、服部岚雪、森川许六、向井去来为最有名。

第五节　歌谣

德川时代的歌谣,可别为三类:1. 以三弦(三味线)为中心的小呗、长呗、端呗;2.以筝为中心的筝歌;3.以舞蹈或动作为中心的地方俗谣。

一、小呗

小呗的歌词,为谣曲与俗语的总和,以歌咏恋爱为中心。长呗的取材与词形,略似谣曲,惟词形较短。著名者为《劝进帐》。端呗有二百数十曲,词句短小,以《萨摩节》为最普通。

二、筝歌

筝歌(或琴呗)约有二百种,歌辞极艳丽,多由古歌补缀而成。地方俗谣的种类甚多,音调有一定的律节,与舞踊动作相和。俗谣中含有诗意的很多,有的纯然是粗野的俗调。

三、都都逸

《都都逸》亦为此时所产的一种俗谣,作者为都都逸坊扇歌,每首二十六字,声调清艳婉转,是一种恋爱本位的民俗的抒情诗。

第六章　现代文学

第一节　总论

日本明治维新以后,到大正十五年的文学,称曰现代文学(明治时代为公元1668年至1912年共四十五年。大正时代为公元1912年至1926年,共十五年)。这一个时代是日本文学最进步的时期。许多优秀的作品,都有独创的内容为形式,决不劣于欧美的作家。日本文学在现代世界文学里有了相当的地位,便是这数十年间的努力。

一、发达之原因

这时文学发达的原因,可分为五:第一,是时势的改革(明治维新);第二,是欧美文化的流入;第三,是民众生活的进步;第四,是中日战争、日俄战争的胜利;第五,是人才的频出。此外还有一个原因,就是承受前代文学的传统的影响。有这几种原因,日本文学的进步几有一日千里之势。

明治、大正的文学,可以说是维新运动所产生的。以前江户末期的颓废文学,已经到了山穷水尽的时候,到了此时,不能不开拓新局面,乃是必然的。勃发于此时的运动,更有明治维新,使得日本的社会改变旧来的形势。此次运动的性质,虽然没有如19世纪的法兰西革命那样的激烈,可是在日本史上乃是空前的。因有此次运动,遂把镰仓、德川时代以来的封建制度打破了。传统的文化,也有一半以上被破坏了,于是到了动手建造新文化以代旧文化的时代。当时的旧文化,虽未能完全破坏,但是大部分都已从新建立,如政治、经济、教育、学术等,都带着新的色彩,文学的革新自然是不用说的。文学的革新,也就是明治维新所带来的新文化的一部分。

日本明治维新时所建立的新文化,他们的唯一的臬圭,就是欧美文化。日本自战国时代(镰仓、室町时代)起,渐有欧洲文化输入,但很微弱。幕府时代(德川时代)末期,从荷兰语言,得与欧洲文化接触,所得的也微弱不足道。欧美文化如急潮般流入日本的时候,以明治维新后为始,此后更继续不断地输入。所以促进日本现代文学进步的绝大势力,也是欧美的文化。

最初流入日本的,以英、美文化为主,其后法德的文化也传到日本。欧美各国的文学思潮,给日本的文艺界以很强烈的印象。在明治时代初期的文学里,有寝馈英国的坪内逍遥博士;有对于德意志文学造诣很深的森鸥外博士诸人;又有崇拜法兰西思想的中江兆民;倾倒于俄国文学的长谷川二叶亭、内田鲁庵等,因为有这些人物,日本文学遂有迅速的进步。此后自私淑佐拉(Zola)的小杉天外的写实主义；与欧洲大陆文学接近的田山花袋、岛崎藤村的自然主义始，以至目前的文坛的新运动，大抵皆以从欧洲文学得来的新印象为原动力。不单是小说，即如戏曲、新体诗等，也是受了欧洲文学的影响与刺激而始发达的。现代文学的后半期，虽有大半是独创的发展，而前半期却大都在欧美文学的影响之下。

民众生活的进步，也是基因于时势的改革。其最要者为阶级制度的废除。封建制度崩坏，武士阶级便随之而倒。从前重贵族武士的时代，遂一变而以士农工商及一切庶民为社会的中心，"非人""秽多"的废除，便是在此时。福泽谕吉及森有礼一般人，专用力于旧制度的破坏，如森有礼氏的《废刀论》《禁妾论》《男女同权论》等作，实在给保守派以莫大的打击。庶民阶级因压迫渐渐地解除，于是工商业、农业便自由地发展，再加以欧美输入的科学知识，国民经济日渐富裕。人民对于谋生不若从前困苦，乃有余暇来从事文艺的写作。于是新闻纸、杂志纷然产生，那些新闻纸、杂志都需要文艺作品的登载，于是小说、评论文学便兴盛起来。这种结果，若非阶级制度的解放，则永远不能得到，所以民众生活的进步，仍要归功于明治维新运动。

中日战争、日俄战争二役，日本都得了胜利，国民经济遂有余裕，生活向上进展，因而影响及文学的进步。譬如德意志在七年战争以后，便出了勒新(Lessing)、克洛卜斯托克(Klopstock)等文豪；法兰西路易十四强盛之际，便有拉辛(Racine)、摩利尔(Molière)、柯奈耶(Corneille)等作家。日本文学也是如此，因为这两次战争之后，国民所生息的环境起了变化，遂促进国民思想与文学的进步。

现代文学的种类，较之前代复杂，作家的人数也较前代增加了不少。这一个原因是前述几个原因的总和，所谓"时势造英雄"，这样的一个变革时代，当然有了不少的政治家、经济家去做那潮流中的主动人物。仅就文学上说，从福泽谕吉起，以后出了不少的文艺批论家，如坪内逍遥、森鸥外、石桥忍月、北村透谷、高山樗牛、斋藤绿雨、田冈岭云、纲岛梁川、金子筑水、上田敏、大町桂月、大西操山、岛村抱月等都是。其中有科学的文学批评家，如坪内逍遥、森鸥外二人，对于明治文学的功绩甚大。小说家则有尾崎红叶、幸田露伴、樋口一叶、小栗风叶、泉镜花、广津柳浪、小杉天外、川上眉山、柳川春叶、后藤宙外、江见水荫、德富芦花、山田美妙、国木田独步、岛崎藤村、正宗白鸟、岩野泡鸣、永井荷风、夏目漱石、德田秋声、田山花袋等。作长诗的作家有土井晚翠、岛崎藤村、薄田泣堇、蒲原有明、北京白秋、三木露风等。作短歌的有落合直文、佐佐木信纲、与谢野晶子、金子薰园、若山牧水、尾山柴舟、洼田空穗、石川啄木、土岐哀果等。作俳句的有正纲子规、内藤鸣雪、高浜虚子、河东碧梧桐、荻泉井泉水。作戏曲的有坪内逍遥、福地樱痴、中村吉藏、秋田雨雀、冈本绮堂等。评论方面有生田长江、片上伸、相马御风、中泽临川、田中王堂诸人。以上都是明治时代的著名作家，其中有许多仍在大正时代努力著作（如田山花袋、德田秋声、岛崎藤村、正宗白鸟等人）。到了大正时代，则新进作家更增加不少，如谷崎润一郎、菊池宽、久米正雄、芥川龙之介、武者小路实笃、有岛武郎、有岛生马、里见淳、加能作次郎、江口焕等。有了这许多人材，所以能使日本的文学发出万丈的光芒，与英法德俄各国的文学，并肩而立。

上述各端，为现代文学发达的主要原因。此外如普通教育与中等教育的进步与普及、人民读书力量的增进、文艺智识的普遍、各大学之注重文科、出版界的兴旺，都是促进文学发达的原因。

二、分期

现代文学可以分做五个时期：第一期为混沌时代，自明治元年（公元1668年）至十八年（公元1885年）；第二期为新文学发生时代，自明治十九年（公元1886年）至二十七年（公元1894年），中日战争时；第三期为浪漫主义时代，或写实主义的过渡时代，自明治二十八年（公元1895年）至三十七年（公元1904年），日俄战争时；第四期为自然主义时代，自明治三十八年（公元1905年）至四十四年（公元1911年）；第五期为各派分立时代，或新进作家称霸的时代，自大正元年（公元1912年）至大正十五年（公元1926年）。本章按照上述的五个时期，分叙各期的作家和他们的作品。

第二节　混沌时代

明治初年的维新运动，大家重视物质文明的新建设，对于文学美术，注意者甚少。然这不过是明治最初十年的现象，自十一年以后，文学即渐次翻新。这混沌时代的文学，又可以分为两个时期：1. 黑暗时期;2. 准备时期。

一、黑暗时期

这时期的文学,系指明治初年至十年而言。因时势变革的关系,社会在大动摇之中,思想与生活两方面,继续起了激烈的变化,一般人尚无余力去注意文艺。就历史上看,当时社会里面发生的事变很多,如以征韩论为起因的西南战争(公元1877年),1876年的"神风连"之乱,后来的荻之乱、佐贺之乱等是。思想上有新旧分子之争,政治上有保守派与进步派之争,真是纷乱已极。占据政府要津的人忙于平乱与改革;一般人才志士,也奔走于当前的事业;残留于文学界的,不过只有几个因袭江户文学的作家。代表这前半期的作家,在戏剧方面仅有河竹默阿弥,在小说方面有假名垣鲁文。

(一)河竹默阿弥

他是江户时代残留下来的戏剧作家,著作有三百余篇。在日本被人称为"白浪作家""恶的诗人"。他长于描写罪恶,在罪恶的世界里取出他所要描写的人物。他的杰作有《三人吉三》,这是一折七幕十四场的剧,写三个恶人,一个是和尚吉三,一个是无赖汉吉三,一个是女子吉三;《鼠小僧》《铸挂松》《村井长庵》均描写盗贼;《十六夜清心》则写毒妇与恶汉;《白浪五人男》《发结新三》均写男女的作恶。他的著作有四种特色:1. 写实的;2. 结构紧密;3. 台词有音节之美;4. 能以音律的美去助剧情。今人永井荷风曾赞美他说,"我相信默阿弥翁是在法国剧坛的斯克里布(Augustin Eugène Scribe)、萨都(Victorien

Sardou)以上的大剧作家。他并不如现在的许多青年作家一样,由所谓学问、小理节以及偏狭浅薄的理想以入于艺术,乃是出于狂爱艺术之情,而投身于艺术之中,他是在不知不觉之间,领悟艺术之为物的人。"他的有名的著作,现在还在东京、大阪各剧场开演,盛名未衰。

(二)假名垣鲁文

他的作品以滑稽见长,即所谓"戏作"是也。所作有《假名读八犬传》(明治元年作);《万国航海西洋道中膝栗毛》(略称《西洋道中膝栗毛》,明治三年至五年作);《牛店杂谈安愚乐锅》,一名《奴论建》(略称《安愚乐锅》,明治四年作);《河童相传胡瓜扱》(略称《胡瓜扱》,明治五年作)。上列诸作以《西洋道中膝栗毛》(膝栗毛为徒步旅行之意)最受世人欢迎,写东京神田的荡子弥次郎兵卫与北八二人,由横滨乘船赴伦敦去看博览会,在船上闹了许多笑话,即是一部西洋的滑稽旅行,篇中充满滑稽与谐谑。

当时有福泽谕吉介绍英美的功利思想,著《世界国尽》《劝学》;中村正直译斯迈尔的《立志论》。到了明治五六年,有福地樱痴办《江湖新闻》,森有礼、福泽谕吉、津田真造诸人办《明六杂志》,这些虽不在纯文学的范围内,但于文学的勃兴很有关系,尤其对于通俗文学的促进。这时的新闻与杂志都很有力。

二、准备时期

到了明治十年,国内的乱事已平,土豪消灭,平民阶级的势力增加,国家才入了和平时代。文学的事业,在新的阳光之下,怡然有复苏的气象。此时有中江兆民、坂垣退助等新人物输入民权自由的思想,大呼政治改革。他们的精神,都贯注在激烈的政治运动上面。当时的文学,受了这种影响,遂有了应顺时势的倾向,于是政治小说最流行,科学小说(翻译的)也很多。

(一)政治小说①

当时的新人物要想达到他们的目的,便着手宣传,宣传要能普遍,最好莫过于小说,他们在各新闻杂志上著了许多通俗的政治小说,以作宣传民权思想的手段。若以文学的眼光来批评这种著作,他们实在是幼稚,虽有小说的形式,不过是一种披露政治思想的低级作品。正如尾崎行雄批评他们的话说:"他们化身为小说家,将锦绣心肠,发露于镜花水月的幻境中,好叫呼声易入一般人的耳里,这乃是我国做政治家的救急的方便法门。"他们既乏文学的素养,又无艺术的气禀,只是把小说作为一种工具。这时的政治小说,当数矢野龙溪的《经国美谈》(明治十六年作)是一部稗史,取材于希腊历史,写希腊齐武国的名士巴米洛达斯与北洛比达斯二人合力以图国威的隆盛。这样的人物,是日本当时所最需要的,所以借此鼓吹政治的理想。其次有末广铁肠的《雪中梅》(明治十九年作),以现实的政治为背景,倡自由民权。此外如须藤南翠的《新装佳人》、东海散士的《佳人奇遇》,或借男女的情怀以寄托忧国忧民的思想,或假亡国志士的心胸以叹息祖国的光荣。总之,是帮助政治家的一种利器。

---

①此标题为整理者加。

(二)翻译文学

这个时期,翻译文学也很流行,可分为三类:1.政治的;2.纯文学的;3.科学的。政治的翻译著作有中江兆民译法国卢骚的《民约论》,这是一部论文,并非纯粹的文学作品。纯文学的作品,则有井上勤所译的《世界大奇书》,原本即《天方夜谭》;片山平三郎译《鹅璨璠回岛记》,原本即司惠夫持的《格勿利游记》;渡边温译《伊曾保物语》,原本即《伊索寓言》;井上勤译德国哥德的《狐的裁判》;坪内逍遥译英国莎士比亚的《该撒》。此外尚有织田纯一郎译英国栗董(B. Lytton)的《花柳春话》、藤田鸣鹤译栗董的《系思谈》、关直彦译的士累利(Disraeli)的《春莺啭》、服部诚一郎译司各脱的《春江绮谈》(原本即《湖上美人》)。至于科学小说多译自法国,以川岛忠之助译的《八十日间世界一周》出版最早,继而有井上勤的《六万英里海底旅行》,红芍园主人的《铁世界》,福田直彦的《万里绝域北极旅行》,此外尚有《造物者惊惨试验》《亚非利加内地三十五日空中旅行》《月球旅行》等。这些作品,在当时都极受阅者的欢迎。他们译者当时移植外国作品的原因,不外二途:1.因他们对于欧、美文化有相当的理解,对于从前的平凡无味的小说不感兴趣,所以开始做这种工作;2.他们以鼓吹政治及普及新文学为目的,而当时的阅者也感染了欧化热与政治热,想看新鲜的欧美小说的欲望,较之看旧小说强些,只是鉴赏的程度,还没有什么进步,所以不大注意选择作品的工夫。总观当时的译品,除了坪内逍遥所译的一部《慨世士传》(原作者为栗董),足当流丽婉转四字外,其余的译文都粗糙生梗,然在当时的人,得此已足慰安了。

以上所举的翻译小说,执笔的人除了二三以外,都是当时的政治家或政论者,甚或可以说非文字家的产物,不过是政论家的余技罢了。他们不用翻译小说为手段,则以翻译小说为消忧解闷的良法,自然不必需要什么文学的才能了。

第三节　新文学发生时代

一、坪内逍遥

第二期的明治文学,是为黎明时代。明治十八年四月,出了一部杰作,就是坪内逍遥的《小说神髓》。

(一)《小说神髓》

这部《小说神髓》在日本文学史上占最高的地位,为新文学的晓钟,是一部提倡写实主义的杰作。他打破了从前对于小说的旧观念,而树立新观念。坪内氏在总论与小说的主眼二章里面,痛论从前一般人对于小说观念的错误,在《总论》中,他力主小说为一种艺术(当时叫作美术)。他说艺术决不是实用主义、目的主义,它的本身即是独立体,所以小说不是供劝善惩恶用的工具,也不是教育道德的奴隶。在《小说的主眼》一章里,他说明新小说是何物,最主要的话是:"小说之主脑为人情,世态风俗次之。"他所说的情欲是什么呢？不用说就是人间的情欲,人为情欲的动物,无论善人贤者,皆有情欲,不过他们不曾表出而已,却不能说他们的心里没有这东西。所以人间表现于外的行为,与藏于内部的微妙的感情情绪,成为两条现象。如历史传记,只能叙述表现于外的行为,而不能仔细描写深藏于内部的感情与情绪。小说的职务,只在穿透人情的微妙的奥底,要描出所谓贤人君子、老幼男女、善恶正邪的心的内幕无余,使精密周到的人情灼然可见,因此之故,一个小说家又不可不为心理学者。凡创作人物,应该适宜地根据心理学者的原理,倘若一任自己的意匠而悖背人情,或创与作心理学原理相反的人物,则任其角色如何巧妙,或叙事如何奇特,都不能称为好的小说。故所谓小说,必定要深描人心的内面,而使它如现于目前一般,能够这样,才能写得出各时代的人情世态,才能说小说是人生的批评。以上是《小说的主眼》一节内所主张的大概,由此可以看出坪内氏主张下举的几点:1. 心理描写说;2. 客观的度说;3. 排斥主观说;4. 非劝善惩恶主义;5. 为人生的艺术,等等。他已将近世写实主义的特色,完全包含于他的大著里面了。自此书行世,明治小说才脱离了"戏作"的范围,把日本文学上的旧观念(如以文学为道德、教育的奴隶,以文学为滑稽、诙谐、消闲等),都一齐打破了。从此以后,"近代小说"的称号,始受之无愧,当时只知做春水、马琴的旧梦的,到现在都醒了。政治小说、翻译小说的流行也停止了。于是大家都动笔描写实际的人情,力呼留意现实的人生。《小说神髓》一书,救活了濒死的明治文学。现在把原书的主要节目,抄录于下。

上卷

一、小说总论	何谓美术(今日之艺术)
	小说为美术之理由
二、小说之变迁	小说与历史之起源
	小说与演剧的差别
三、小说的主眼	唯人情为小说之主眼
四、小说的种类	描写小说与劝善惩恶小说的区别
	历史小说、社会小说等
五、小说的裨益	论小说有四大裨益

下卷

一、小说法则总论	小说法则之必须
	各种文体之得失
二、小说脚色之法则	快活小说与悲哀小说
	脚色之十一弊
三、时代物语之脚色	正史与时代物语
	时代物语创作之心得
四、主人公之设置	主人公之性质
	主人公之二假设法
五、叙事法	叙事之阴阳二法

《小说神髓》行世后,时人都惊目而视。不特在日本是空前的著

作,即在世界上,同样性质的书也不过只有一二种出版,可以说逍遥的这部大作,并未受他人的暗示,也并无什么西人的书籍足供参考,完全是他的独创。当时的作家对此书非常的注目,纷纷的批评。现译引几个日本作家的批评于下。

此书教人写实,倡心理描写,奖励埋没主观的客观态度,将从来小说的一切邪道,一语道破,在这一点,确为逍遥的伟绩。(田山花袋)

逍遥既出,著《小说神髓》与《当世书生气质》,痛论劝善惩恶主义之谬误,开写实主义之端,风靡当世,小说界的旗帜为之一变;虽为时势之所必至,然当举世沉睡于旧梦之中,一人之力不能脱离旧套之时,独能与浊世相反,为世木铎,却不能不说逍遥其人的识见非凡了。(高山樗牛)

其所倡的写实之义失于偏狭,不承认小说与传说之并立;过重心理的描写,且不断定可以通用心理描写的小说为哪一种,亦不欲承认理想小说之真价,由现在看来,不无可疑之处;但也是对于旧来的小说的反动,所不得已而有的弊病。(高山樗牛)

《小说神髓》不仅关于小说,也是促进文学全体革新的,文坛上有数的著作。(岩城准太郎)

(二)《当世书生气质》

逍遥既把他对于小说的新见解,披沥于《小说神髓》,更将他的主张具体化,继续发表一部小说,名叫《当世书生气质》。当时日本的社会,常看一般小说家为一种戏作者,颇有轻视之心,受过新教育的人士来执笔作小说,却未尝见。逍遥欲打破这种社会的恶习,便自进为小说家,作《当世书生气质》(书生即学生的意思,当时的书生,意等于现在的新人物),想对于当时的社会,以一种强烈的激动。原作就现在的眼光看去,虽有多少的不满,但在当时,其作法实已算是新颖。全书的主旨,在于描写与当时的生活相反的新的学生生活,原书于明治十八年五月出第一卷,翌年一月出全,计十七卷。内容以描写某英语学塾里的几个学生的气质为主眼,写出他们受各人的境遇与命运的操纵,而各赴转变的路途,且把他们所有的新思想和当时社会的旧思想之冲突,标明出来。书中插入守山父子的奇遇、青年小町田粲尔与艺伎田之次的"浪漫事",描写的方法,完全是用客观的写实的方法,排斥劝善惩恶主义,一任读者的判断。这部小说实为明治文坛的晓钟,占极重要的位置。

二、长谷川二叶亭

《小说神髓》与《当世书生气质》二书出后,受感化最深的,为长谷川二叶亭氏,氏著有《浮云》《面影》《平凡》等作。《浮云》一篇,为将逍遥的小说理论更具体化的杰作。原书第一编于明治二十年六月出版,翌年二月第二编出版,第三编于二十二年发表于杂志《花之都》。内容写静冈的内海文三与其叔父之女阿势的爱,阿势为一新式女子,内海文三则为一拘谨的田舍人物,为阿势所不悦,阿势另爱内海的友人本田，内海失恋忧郁。目的在借男女的爱，写出新旧思想的冲突。作者于表现他所目睹的明治时代的内面以及描写人物的性情心理诸点，算是成功的。当《浮云》产生时的日本，尤其是东京，因为被了文明开化的名，溺于皮相的青年男女，固然不少，反之，纯然以保守思想终的半老年的男女也很多。二叶亭要表现这点，他用阿势代表新时代，她的母亲阿政代表旧时代，而使家庭中起一点小风波，换句话说，这就是日本文明内面的缩图。自此作出世，遂与逍遥的二大名著，鼎足而三，为当时小说界的曙光。

三、德富苏峰与民友社

这时有德富苏峰一班人出来，组织了民友社，借《国民新闻》为机关，称雄于评论界。民友社的中心人物即德富。他们在明治二十年二月刊行杂志《国民之友》第一号，使用的文字独创一格，能将从汉文得来的丰富的文字，巧妙应用，而以西文体为骨，成为一种欧化的文字。至于他们的思想，也有一个共同的色彩，就是以基督教的博爱、平等为主，使许多青年受了强烈的影响。这一派有山路爱山、竹越三叉、德富芦花、宫崎湖处子、冢越停春、人见一太郎、矢崎嵯峨、角田浩浩歌客、松原二十三阶堂诸人，国木田独步也于［明治］二十七年加入。此外尚有森鸥外、山田美妙、长谷川二叶亭、内田鲁庵、依田学海、石桥忍月、中西梅花等人。他们所办的《国民之友》，内容与现在的《中央公论》《改造》《太阳》《解放》等志是一样，对于政治、文学、宗教、社会各方面加以新评论，并设文学栏，春夏二季增刊文学附录，给当时的文人不少的便宜，使新进者在文坛上得名。文学附录中所登的作品，如森鸥外的《舞姬》、坪内逍遥的《妻房》、幸田露伴的《一口剑》、樋口一叶的《别路》、北村透谷的《宿魂镜》、泉镜花的《琵琶传》等，均有名于世，足以点缀明治初期的文坛。其中也载翻译，有森田思轩译的《耶培儿侦探》、二叶亭四迷译的《邂逅》等。自有《国民之友》出世，杂志遂如雨后春笋，陆续刊行。[明治]二十二年十月，有森鸥外主干的《栅草纸》出；[明治]二十四年十月，有坪内逍遥主干的《早稻田文学》出。此外如《都之花》《新著百种》《我乐多文库》，均促进后来文学的进步。森鸥外与坪内逍遥二人的文艺批评，在当时极有势力，态度极严正，对于后来的文学，有莫大的功绩。

四、尾崎红叶与砚友社

尾崎红叶以《我乐多文库》为机关，组织砚友社，这一派对于明治文学的贡献，也是很显著的。砚友社之成立，在明治十八年三月，最初只有尾崎[红叶]、山田美妙、石桥思案等人，后来有川上眉山、江见水荫、岩谷小波诸氏加入。[明治]二十一年五月，遂刊行机关杂志《我乐多文库》，更有大桥乙羽、中村花瘦、广津柳浪加入。山田美妙后以意见不同，便退出了。

砚友社之成立，也是因为受了《小说神髓》《书生气质》的刺激，感觉新时代需要新小说，所以不能不出来活动。他们的立足点是以江户趣味为中心（以江户文学的传统为中心），而加入西欧文学的风趣，和那由俄国文学出身的二叶亭、由英国文学出身的坪内逍遥，以及欧化倾向极盛的民友社一派，色彩自然不同。尾崎红叶自己即是砚友社的中心人物，他的最初的名作是《二人比丘尼色忏悔》（略称《色忏悔》）。尝揭载于《都之花》第一号，他的作风虽受英国文学的影响，但亦承一九、三马、西鹤诸氏绪余。《色忏悔》的体裁很新颖，自成一家。书中未提时代，未定场所，在一林木凋零，寒风凛冽的郊野，有一尼庵，庵中有美貌的尼姑二人，一为庵主，一为新来者，同坐闲话，主人语其夫战死的旧事，客尼亦悼其恋人殁于沙场，语次知死者皆二人所共相思的人，互相惊异时，夜幕揭去，东方已白。原书情节，大略如此。书中人物在许多小说中，乃因袭的，非特创的。结构也不脱俗套，惟红叶的文字，能将西鹤派与欧文派巧妙配合，文句简洁，余韵余情，留于阅者脑中，是其特色。田山花袋批评他说："其文非言文一致，非普通的雅俗折衷调，也非翻译调，完全是一种独创的文章。在目前，作家已全脱离和文汉文的领域，而成优美整洁的体裁，是不用说的，然在《色忏悔》的当时，作家对于文章能如此苦心，是很伟大的。"红叶因不满足言文一致之容易流于冗漫，也不取翻译调之晦涩，所以他取法西鹤的写实、含蓄的文体，稍加欧文的风味，以创新体。《色忏悔》出世后，红叶又在[明治]二十二年五月出版的《新著百种》第三篇附录里，发表《风雅娘》。此后新著陆续公世，二十四年一月出《新色忏悔》，八月出《二女房》，十月出《伽罗枕》，此外还有《金色夜叉》《心之暗》《三人妻》《多情多恨》等作，文字较前艳丽。后人评红叶的作品，谓媸妍互见，其缺点常为一己的趣味所囿，取材只限于恋爱与色欲世界，不及其他。换言之，就是只能彷徨于小主观之内，无高远的理想,无深刻的人生观、社会观。描写也不能成为彻底纯粹的写实主义,态度不脱"戏作者"之风,这一点不能不使人稍感不满。至于红叶天禀的艺术的身乎能力以及终生努力于文学,产生艳丽的著作等,实令世人敬佩。若红叶能致力哲学、思想的修养,他的著作的内容,当更深刻些。

五、砚友社同人

砚友社以红叶为中心,已见前述。同人的作品,也很丰富,有广津柳浪的《残菊》、岩谷小波的《妹春贝》、山上眉山的《二表》、大桥乙羽的《露小袖》、石桥思岸的《女心》、山田美妙的《夏日的树林》等,皆为大众承认的佳作。其中石桥思岸因为脑病,不久便停止作家生活。岩谷小波最初即有童话作家的倾向,对于描写少年少女的姿态,具有特殊才能,但于小说,因为他的性质过于淡泊洒脱,所以作品的内容不深刻,表现也不锐利,后来岩谷氏只专心于童话的著作了。川上眉山善作洒脱轻快美丽的文章,在小说上,他不曾发挥什么特色。除诸人外,当时还有江见水荫、中村花瘦、凡冈九华、冈田虚心亭等人,但他们对于文坛上没有深的影响。

六、理想派作家幸田露伴

与尾崎红叶同时投身文坛,声名不在红叶下的,为幸田露伴。露伴自成一家,不似红叶有砚友社为背景。他的文学生涯,以明治二十二年二月在《都之花》发表《露团团》为始,他的出名的著作,为同年九月发表于《新著百种》第五期的《风流佛》。《露团团》以兴味为主，未尽露伴之长；《风流佛》写珠运与卖花女阿底的恋爱，女为子爵落胤，其后恋爱破裂，珠运不忘她的美貌，因刻女像为风流佛。此外有《一口剑》、《缘外缘》（又名《对髑髅》）、《五重塔》、《血红星》等篇，《五重塔》为成熟之作，于明治二十五年连载于《国民新闻》，后刊单行本。原作写十兵卫的艺术的性格，极为鲜活，惟多空想与夸张，为砚友社一派所病。

七、评论界的双杰

当时的作家，既有红叶与露伴对峙，评论家也有坪内逍遥与森鸥外二人并立。逍遥投身文艺界，较鸥外早。鸥外从德国回来，于明治二十二年，在《国民之友》附录里发表译诗《面影》，同年十月，刊行文学杂志《栅草纸》，对于评论文字、翻译、创作等，均有很大的贡献。他们二人曾经对于"没却理想"的问题，争辩很久。

八、砚友社的中落

砚友社一派既以写实为标榜，当时的作品不免千篇一律。所谓写实，也只是皮相的，一时陷于麻痹状态，无论阅者作者都倦怠了。坪内逍遥曾在《早稻田文学》上论当时小说不振的原因，金子筑水也在《明治二十六年文学界之风潮》一文里论及当时的弊病。二人的结论都说当时思想的调子与创作的调子不相合，那时的社会对于当时的创作颇不满足。他们不能不要求比小家庭、色情等的写实更新鲜、更高远的作品,而希望有恋爱以外的描写。实际那时的写实也是似是而非的,有自身破灭的可能性。红叶一般人,他们的观念虽较以前的作家近于自然,也未尝把"劝善惩恶"寓于作品之中,可是他们所写的世相,只不过是他们的贫弱而偏颇的阅历之反映,不能系住有教育经验的人,也不能保持永久而不衰。当时的社会,因此对于他们的无味、放荡、浮艳、淫靡之作,自不能不发生厌倦心了。

九、传奇、侦探、历史小说之流行

这时的作家既然缺乏阅历,偏于小主观,流于皮相的写实,取材又单调,于是读书界遂起而要求新奇的作品,当时传奇小说之中作家有名的是村上浪六的《三日月》《女之助》,矢野龙溪的《浮城物语》,须藤南翠的《胧月夜》《荒海浜》,宫崎三味的《桂姬》,末广铁肠的《南洋之波澜》等。其中最得好评的,当推《三日月》,内容以侠客三日月次朗吉为主人,以浮华之笔,描写人物。原作纯以兴味为主,所有场面,富于波澜变化,当时读书界得此,为之喝彩。浪六乘兴更作《井筒女之助》《奴小万》《髯之自体》《深见笠》等篇,自然也受时人的欢迎。就现在的眼光看来,这些作品的价值,也就微弱得很,当然缺乏真能和写实主义对抗的传奇派的艺术趣味,不过是炫奇好幻,以媚俗众的嗜好罢了。但在当时,却恼了坪内逍遥、森鸥外、内田鲁庵诸人,要想扑灭这些作品,作了许多文字,明讥暗讽。逍遥曾替他们定了几条"小说学校拨鬓教则",以讥诮他们的搔首弄姿、矫奇风流。过了不久,这种拨鬓小说便衰颓了。

接着兴旺起来的就是侦探小说。侦探小说的代兴,在于当时的评论界有奖励鼓吹侦探小说的倾向。虽然他们不十分看重侦探小说的艺术价值,但以为在通俗的低级小说中,侦探小说与冒险小说,算是稍好的了。当时西洋的侦探小说,输入了不少。介绍最力者,首推黑岩泪香(周六),他译述了许多外国侦探小说,文章平明而朴实,如《铁假面》《死美人》《大金块》《人耶鬼耶》等,都有引诱一般人的魔力。他又译述法国嚣俄、仲马父子的作品,尤其译得好的是《哀史》,他的译文的势力,普及一般民众,直到如今,为"民众文学"的渊源。当侦探小说正盛时,岛村抱月在《早稻田文学》上发表了《论侦探小说》一文,搭击此种小说。大意说:试翻阅几种侦探小说,检其结构,就其类似之点而抽象,先留于我们的心中者。即连篇累牍,都是把快乐性的根底,放在智力上。换句话说,就是以索究的快乐为兴味的根本。侦探小说的主要命脉,在申诉于智力的快乐。而成就之法,于发端时先揭种种疑问,以引起读者的好奇心,于是逐次解疑,如数学家解释问题一般,不到结局的答案不止。至于达到疑团冰释的径路,不惜用尽方法,并无何等意味,不过引起快乐的结局而已。譬如杀富家的寡妇而案情隐蔽,阅者先要知道的就是犯罪者为何人,于是有无血无情的侦探,有法官卖友人卖良心,弄尽诈谋术数,求捕罪人,以求满足阅者智力的心。又阅者读侦探小说而感快乐时,并不在读着的事件的全局,或快乐在某部分,乃是一步一步,越到最后,越是满足……其实侦探小说无全部浏览的必要,阅者先读全半,再跳阅收尾的部分,则阅前部分时,所感受的兴味,必全消失。纵令经过的事件,有若干妙味,然除了秘密的解释而外,侦探小说的本来面目,殆难保存云云。由抱月之说,当时的侦探小说在文学上的地位,是不难估价的了。

那时的读书界既饱饮传奇小说的风味,侦探小说也被排击,遂有历史小说起而代之。历史小说的萌芽,在明治二十三年左右,乃是一种反对欧化主义的显扬国粹运动。金子筑水谓:"历史小说为回顾过去之我,知现在之我而作。"又谓:"历史小说乃因景慕已往的好古心,普通的爱国精神,单纯学者的气质;欧化主义的反动;又因憎恶肤浅卑劣的小说,与空漠的好奇心,及其他别种原因,以致流行一时。"此种历史小说的先驱,当数民友社、博文馆的历史的出版物与田口鼎轩于[明治]二十四年五月刊行的《史海》,颇能吸收一般厌倦传奇侦探小说的阅者。又如德富苏峰的《吉田松荫》,竹越三叉的《新日本史》《二千五百年史》,德富芦花的《格兰斯顿》,民友社的《十二文豪》等,都是出名的著作。博文馆出版的《世界英杰传》《日本百杰传》,虽乏文学的价值,也为读者所欢迎。森田思轩的《赖山阳》、内田鲁庵的《约翰孙》、北村透谷的《爱玛孙》、德富芦花的《托尔斯泰》、宫崎湖处子的《高士华绥》、山路爱山的《新井白石》等,均富有文学的价值。高山樗牛在当时也善作历史小说,能以优雅的文体,咏叹悲恋。他的《泷口入道》一作,于二十六年发表于《读卖新闻》,为坪内逍遥、尾崎红叶、幸田露伴所选拔,原作以平家的衰亡为背景,描写泷口时赖与横笛的悲恋,不啻是一篇抒情小说。

十、翻译文学

日本现代文学的发达，实有赖于西洋小说的介绍。对于翻译文学的贡献很大的，在早有长谷川二叶亭。他翻译俄国屠格涅夫(Turgenieff)的《猎人日记》，摘译其中的二章，更名《相会》与《邂逅》，前者发表于明治二十一年七月的《国民之友》，后者发表于同年十月的《都之花》。此二篇据缩印二叶亭全集的编者说，三十年前，屠格涅夫的名声，还不曾为英、德所知的时候，二叶亭把他的作品介绍到极东的幼稚的读书界里，有如向山野鄙人弹琴之感。又田山花袋见了他的《相会》也发出了感想，说："更使我惊异的，乃是在一二号前，发表的二叶亭翻译的《相会》。养育在粗大的经书、汉文、国文里的，我的头脑与我的修养，因为用这样细密而可惊异的叙述方法做成的文章，很受了感动，心里疑惑这是文章么？"当时受他的翻译文学的影响的人很多，国木田独步也是其中的一个，他们觉得那些作品里的叙述法，为日本文学所不可缺的。二叶亭的翻译和他的处女作《浮云》一样，是以真诚而热心的态度写成的。他在《我的翻译的标准》里说："翻译外国文时，若只偏重思考意味，便有损毁原文之虞，应该先渗透原文的音调，然后移植。我相信一个点号、一个逗点都是不可滥弃的。若原文有三个逗点，一个点号，译文也应该照着三个逗点一个点号般的移植原文的调子。"他又主张译者应该理会原作者的诗意。他论吉可夫司基用俄语译英国摆伦诗的方法说："吉可夫司基虽是俄国的诗人，然以翻译家成名，译成摆伦的作品很多，都极巧妙，而当时的俄国社会状态，正是小摆伦盛产的时候。铁中铮铮的吉可夫司基，不期能与摆伦的诗意相合，遂告成功，也未可知。总之他的译文，是美丽的俄文。但是将译文与摆伦的原诗比较，则句法大异。原诗仄起的，他译为平起；平起的他译为仄起，原文有韵的，他译为无韵，又添加了原文所无的形容词与副词；或任意消灭，即是把原文分裂，成为自己意匠的诗形，不过仅把意味译出罢了。"二叶亭译屠格涅夫的作品时也曾说："屠格涅夫的诗意不是秋冬之景，乃是春景。说是春景，既不是春初，也不是仲春，乃是晚春。恰好是樱花烂漫，花瓣渐散的时候，他的趣味，正如美丽的春月照着的晚上，在两旁植有樱花的细道上散步一般。简单说一句，艳丽之中，有岑寂的地方，这便是屠格涅夫的诗意。他的小说里，全部都贯穿着这种情趣，乃是当然的结果。翻译的时候，要不失他的情趣，译者自身当作他本人似的写出，否则文调往往失其真意。此时却又不可拘泥于逗点、点号或其他的形式，应将根本的诗意咽下，然后再不割裂诗形地翻译出来。实际上我译屠格涅夫的时候，力求不忘他的诗意，心里打算使自己真和他的诗意同化，但没有好好的成功。"我们读他的这些苦心之谈，便觉得他的翻译由最初到成功，在艺术上的光芒不是偶然的了。当时的文艺界开始议论翻译方法，是在二叶亭的两篇译稿出世之后，虽然从前有过不少的议论，但多幼稚。二叶亭对于翻译工功的精细与见解的卓越，实超过前人。不用说他是精通俄文，又是通中国文学、英国文学的，并且又有小说家的丰富的才能，所以在翻译方面，不能不说他有恰当的资格了。重言之，他的特长，就是在于用创作的风格，用在翻译上面，而又处处不失原文的美点。例如他译《相会》里的叙景文，译得很新鲜精致，曾为国木田独步所爱读，引用于他的《武藏野》之中，使独步得很深的印象，这也可算他的翻译成功的证据了。

与二叶亭同时的翻译家有森田思轩，他的本领不及二叶亭，但以批评见长。他的译文有汉文调的风味，虽一字不苟地苦心译出，结果仍是不好，即以对于思轩深表同情的德富苏峰也说："思轩的翻译过于执念，反着痕迹。"不过思轩的翻译文学，也为文艺界一部分人所推重，他的译品，有嚣俄的《死刑前六时间》《犹倍儿侦探》《盲使者》《十五小豪杰》等作。

在二叶亭与思轩之后，在翻译文学上别开生面的，为森鸥外、坪内逍遥、内田鲁庵诸人。森鸥外精德国文学及语言，也长于移译欧美文学，他的译笔纯为日本语调，与森田思轩的汉文语调不同。[明治]二十五年七月出版的《水沫集》，是他的十六篇的译文，其中有名的是许宾"俄希卜"的《埋木》，克纳司特的《地震》《恶因缘》等。《埋木》的原书叙薄幸的天才音乐家喀撒失恋，用抒情的文调，写出他的艺术破灭的末路。鸥外的译文很巧妙地把原文的情趣，表现于日文调之上，典雅而清丽，但有一点小疵，就是带有贵族的气味与缺乏热情。他的译书中最好的是安徒生的《即兴诗人》，此书的情节已为世人熟知，是描写堪见尼亚的即兴诗人与歌伎的强烈的恋爱的。原文经鸥外一字不苟地译出，很富于诗的兴味，除此以外，德奥的作品，由他翻译为日文的也不少。坪内逍遥是日本翻译莎士比亚的名手，他立了翻译莎翁全集的计划，目前已全部译成。他自己对于戏曲极有研究

(有创作戏曲多种)。他的半生精力,多费于早稻田大学文科的计画上面,现在东京的文艺界,早稻田派的人材最杰出,可以说是坪内氏培育的功绩。他译书的方法是"勿失语,勿失语",他不取生硬的直译,而主张造成艺术的翻译的倾向。内田鲁庵译有俄国陀思妥也夫斯基的《罪与罚》,颇显出他的卓越的本领,他译此书,自二十五年末起译至次年的夏天,成第一第二两卷,当时不曾出版,因为那时的读书界,还没有领略如《罪与罚》这类书籍的理解力与欣赏力。即以二叶亭所译的屠格涅夫的作品论,也不过只为一部分的文学青年所了解,至于《罪与罚》出版后销路之坏倒是当然的了。坪内逍遥在《早稻田文学》上极口称赞他的译本,说他的译文是《浮云》一样的言文一致体,刚柔自在。写出男女、老少、都鄙、上下的口吻,如耳朵亲闻的一般。他译到第二卷,愈显出他的手腕的熟练。逍遥说:"仅就译文论,已是明治唯一的杰作了。"他的译文,很能巧妙地应用东京的俗语,与原文融成一片,使读者几忘其为译文。

日本此时的翻译家,便是上述的四大重镇。后来又有升曙梦、片上伸介绍俄国文学;生田长江、户川秋骨等介绍英美文学。到了目前,各国有世界价值的作品,无论全集或短篇长篇,几于全有译本而且一种名著也不止一种译本。后来新兴文学的发达,此时的翻译介绍的努力,实为主要原因,追溯功绩,自不能不推到这几位了。

十一、新体歌诗

在翻译文学兴起之前,新体诗歌已经发芽。明治十五年四月,有井上巽轩、矢田部上今等,要求发表新思想的新诗形,曾出有《新体诗钞》一卷,巽轩论曰:"向来占领诗坛的汉诗与和歌,不足以发抒吾人的情志,既是'汉诗',便是支那的诗,并非当作本邦的文学发达起来的。和歌虽为本邦文学,足以宝贵,然而已是过去的文学。栖息于新日本的文学潮流里的国民,欲借此发挥情志,则应该用现时的国语所作的欧化的诗形;应该选择用平常的语言作成的诗形。"巽轩的痛感新体诗歌的必要,乃是他和欧美文学接触,而受了启发感化的结果。所谓新体诗的意义,据矢[田]部上今之说,是"模仿西洋风而作出的一种新体的诗"。《新体诗钞》便是在这种意气与抱负之下出世的,至于《诗钞》的内容,由现在的眼光看起来,颇缺乏艺术的芳香。巽轩自己所作的和翻译的,都是幼稚的作品,不过他对于新体诗的提倡,其功劳仍不可没。

新体诗歌的反响在当时不甚烈,到了明治二十年顷才渐渐地发酵。此时有尾崎红叶、山田美妙等出《新体诗选》,与从前巽轩等所出的《新体诗钞》相呼应。《国民之友》、新声社(约名为 S.S.S)的同人森鸥外、落合直文,以及对于基督教文学有研究的汤浅半月都发表新体诗,接着矢崎嵯峨之屋、中西梅花、宫崎湖处子等人也有新诗的投稿。当时的少壮文人,对于新诗的移译也很努力,如摆伦、海勒、徐尼、哥德等名家的译诗,都是常见的了。

新体诗的创作,当数落合直文的《孝女白菊之歌》。中西梅花的《新体梅花诗集》也颇有名。德富苏峰评他的诗道:"君负奇骨,飘荡清逸,如天马行空,不可以寻常规矩律也。"中西是一个狂热的诗人,诗集出版不久,便发狂死了。此外如北村透谷、岛崎藤村、马场孤蝶、户川残花诸人,在新诗界都放异彩,开拓新体诗的领域。其中尤以北村透谷的诗剧《蓬莱曲》为脍炙人口之作。他用厌世的哀调作成此诗,共有三出八场,反映出他的天才的光焰。自北村死后,颇少个性优越的诗人。惟岛崎藤村锐意修养,到了中日战争后,他成了新诗界的第一流人物。落合直文是短歌革新运动的健将,他虽然不懂外国文,因他与森鸥外等结新声社,自然有了接触新文艺思潮的机会,他的作品很多,有《荻之家遗稿》《荻之家集》等遗著。后来佐佐木信纲刊行《日本歌学全书》以及大町桂月、武岛羽衣、盐井两江诸人所作的诗歌,都是受了他的感化。

第四节　浪漫主义时代

一、中日战争与日本文学

中日战争发生于明治二十七年七月,这一次的战争,我们中国人固然是在醉生梦死的时代,看为"番邦造反",不足轻重,而在日本的国民,则视为决定国运的关键。结果中国吃了败仗,日本人则直步青云,于是他们的自尊心更增加,在国际上的地位更形稳固。"征清胜利"的呼声,到处都是。高须梅溪氏在《明治大正五十三年史论》里,说明这次胜利的要素:一是日本国民性的优越;二是文化的优越;三是政府当局人物的优秀;四是海陆军人物的优秀。于是乎"征清胜利"。高须氏的话虽然有点笼统,但还不曾把所谓"王朝威仪""赖我主洪福"都归到胜利的原因上去。我们中国人只消一读德富芦花的《不如归》的末几章,描写海战的几行,也就不难想象日本之何以会打胜仗了。这一次战争以后,日本文学便进了第三个时期。我们知道一国的文学,在国运兴隆的时代,自然要起剧烈的变化,因为战后日本得了大宗赔款,拿去用在国家的建设事业上面,国民生计较有余裕,所以影响到文学。

二、文艺杂志的勃兴

战后的日本出版界,与战前不同,文学杂志像春笋一样地崛起,战争的翌年,有《帝国文学》《太阳》《文艺俱乐部》《文库》等陆续行世。[明治]二十九年,有《觉醒》(原名《惊目草》,乃《栅草纸》的改名)出,有《新小说》《世界之日本》等出。此外则《新著月刊》《青年友》《日本主义》《杜鹃》《江湖文学》《新声》《中央公论》《小天地》《关西文学》等相继刊行。这些定期刊物的流行,很足以促进新文艺,因为他们需要许多作品登载,借此以抉摘后进的作家。一面又需要应时的文字,以供点缀,如《太阳》的创刊号,登有坪内逍遥的《战争与文学》,论及"什么是战争?""战争之影响"等,都是应时而生的。

第三时期的创作与评论文字,可以称为浪漫主义时代。此时的小说、戏曲、新体诗、短歌、文艺评论等,都带着浓厚的浪漫主义的色彩,也是写实主义的过渡时代。大家在这个转变的时期,发挥他们的诗的空想以遨游于超现实的世界,睁着憬慕于美的双眼而高歌。这期的文学,可用小说为主分做前后两个时期:1. 浪漫主义的全盛期([明治]二十八年至[明治]三十三年);2. 写实主义的过渡期(自[明治]三十四年至[明治]三十八年)。

三、浪漫主义的全盛期

从前砚友社全盛时代,文艺界结成党羽,成了"文阀",他们的势力很大,若不当"文阀"的门徒,是不会出头的,正如政界有"萨阀""长阀"一样,若无人打破这些门阀,青年人士便不能在政治上露头角,所以在政治方面则有大隈重信、板垣退助、犬养毅、尾崎行雄诸人,去努力攻打政界的门阀。至于文艺界的门阀,则有赤门派的冈田岭云及《国民之友》一派的批评家去打头阵。他们痛恨砚友社之盘踞,先向砚友社的中心人物尾崎红叶发炮。《文库》《新声》等志极力向他挑战,《文库》有千叶龟雄,《新声》有佐藤义亮、高须梅溪等人,遂替无名的文士们杀了一条血路,出了许多人才,于是前半期的文艺界,分成了几系。

1. 砚友社系:泉镜花、小栗风叶、北田薄冰;

2. 早稻田系:岛村抱月、后藤宙外、水谷不倒;

3. 独立系:田山花袋、樋口一叶、小杉天外;

4. 民友社系:德富芦花;

5. 露伴系:田村鱼松。

(一)泉镜花

他是一个浪漫派的诗人,也是一个在神秘思想里开拓新境的北国诗人,是使北国的光明与黑暗体现于一身的作家。他起首做观念小说,[明治]二十八年发表于《文艺俱乐部》的《外科室》与《夜巡查》二篇,是他的出世作。《外科室》描写医生夫人与医生的悲痛的恋爱,《夜巡查》写一警察对于他自己的职务责任的悔悟而搭救他的情敌。他的文体不是向来的流丽潇洒一派,而是生硬的翻译调式,借此以炫新奇。他所描写的内容,多为悲痛的、异常的恋爱,这一点和向来的作风两样,在当时颇得批评家之赞许。镜花因为这两篇作品,遂被认为新进作家中之有力者。后又续出《钟声夜半录》,[明治]二十九年出《海城发电》,渐渐转移到《琵琶传》《银杏化》一类奇怪神秘的作品,显然由观念小说移至神怪的空想小说了。后又有《照叶狂言》《风流蝶花影》《化鸟》《清心庵》《龙潭》等作出世,描写神怪,或以怪蝶象征妓女的死,或写被恶魔诱惑的幼童的梦幻,又有诅咒现世的少年、相思美男的妓女、妓女的末路等。此外更有《枭物语》《笠草纸》《辰巳巷谈》《汤岛诣》等作公世。前述的《照叶狂言》写他幼时在北国都市的小剧场里,所看见的歌舞剧女伶的回忆,用当时流行的美文叙述,是一篇富于诗味的作品。《汤岛诣》以深川、川崎等妓寮为背景,写一美妓与美少年的恋爱,篇中写美少年月夜访妓于深川的陋巷的景色,极为纤细。《辰巳巷谈》所为悲痛之感。高山樗牛评《汤岛诣》,认为明治三十二年的佳作。

(二)川上眉山

与泉镜花同作观念小说,惹起时人注目的为川上眉山,他是砚友社中对于艺术始终执着研究态度的人。他生于明治二年,于[明治]

四十一年六月自杀。《里表》《书记官》是他的名作。《里表》发表于[明治]二十八年《国民之友》的夏季增刊,得批评家的赞赏。《里表》一篇,写他的社会观,叙一个名叫波多野十郎的人,由道德家变为盗贼。意在描写被世人煽动,做了慈善事业,倾家破产的道德家受了世人的冷遇,怨恨社会的无情与残酷,遂弃而为盗贼。此作里的描写方法,是有缺点的,如忽略心理描写,以一种议论的对话体为主位等是,不能算是成功的作品。但是在那个时候,把社会观寄托在小说里的,还没有见过,所以也惹起文艺界的注意。《书记官》曾发表于《太阳》杂志,描写为父牺牲,节操被污的少女的苦运。此作也是描写社会的黑暗的,在表现法上,较前作为优。嗣后他又在《胧富士》里写的悲恋所苦的女子;在《弦声》里写出与夜半弦声共鸣的幽微的心境;在《松风》里写热情的诗人。他在《读卖新闻》上发表的《暗潮》,虽为一般人所期待,终不曾完稿,后来改题为《网代本》,有单行本行世。

(三)广津柳浪

他的作品有深刻小说或悲惨小说的名称。他描写情死(心中)的作品最多,如《今户心中》《中川心中》《女夫心中》等都是的,此类可称之为深刻小说(均发表于[明治]二十九年至[明治]三十三年前半季);如《变目传》《龟君》《黑蜥蜴》《蓄生腹》《青大将》等,则被称为悲惨小说。他在当时能够享盛名的原因,全靠带有伤感的色彩的悲惨小说。他的作品的长处有四:1.描写人生黑暗面的居多;2.富于戏剧的色调;3.比较能尽力于心理描写;4.现实味较别的作家多些。田山花袋论他的缺点说:"他只能以实感动低级的读者,不能够深味人生。"《今户心中》与《河内屋》二作是他的代表作,但由今人的眼光看去,不过仅是人情小说、同情小说罢了。他的作品之中,有好几种的情调,无非是杀人、自杀、痛苦等类的奇怪事件,借此以惊异阅者,实具有侦探小说的倾向,所写社会的黑暗,也无何等的意义。只有《今户心中》一作,很能忠实地描写吉原公娼的生活,描写心理的地方也还细致。《蓄生腹》为高山樗牛所推赏,谓可以和尾崎红叶的《金色夜叉》相抗。在[明治]三十二年,又作《骨盗》《目黑小町》《系二孀》《紫被布》等,作风渐次显明,作法也老练,俨然驾凌红叶了。

(四)樋口一叶(夏子)

她是明治时代最著名的作家,是一个真诚地思考人生与艺术的作家。她在文学上的努力,不幸只有四五年,二十五岁便死了。所作虽只有二十多篇,读之有一种打击阅者胸际的力量。在她的优秀的作品里,显然是人生姿态的再现,悲哀之味,脉脉不尽。一叶成功的原因,据说有下列各种:1.她比较普通的女子,能够了解世间一部的事情;2.她的艺术的良心锐利;3.能够描写自己所亲[历]的环境;4.在表现上能努力走向自己的世界;5.能体味西鹤作品的真髓,而不为虚构的、游戏的结构。有此数因,所以她的作品能受人的欢迎。她没有哲学的修养,也缺乏科学的智识,她的人生观与社会观,不是从书桌上的科学哲学得来的,是由她的阅历经验得来的。因此她偏向一方面,以为人生是不如意的,被苦的运命诅咒,于此只有悲痛、哀泣、愁苦,而没有欢喜与悦乐。生活于这样人生里的女子,是不幸的。不合理的社会,与黑暗的人生虐待女子,使他们烦恼痛苦。人生是悲哀之谷,社会如冷石一般。这就是她的人生观与社会观,她虽然带了这样的哀世的色彩,但是她以被虐的女性的资格,执着激烈的反抗态度。

她爱读《源氏物语》与井原西鹤的小说,受了他们的感化,但却不是如尾崎红叶般的,受了皮相的感化,乃是内部的受感化。她又爱读幸田露伴的小说,也受了几分影响,但总不如受西鹤的感化之深。她的态度,一点也不是"戏作者"的,是真切的、严肃的。她所采取的题材得之于自己亲历的环境,是从自己实际经验的,由自己能解的世界之中取材。简单说一句,一叶的现实倾向多,空想的倾向少。她无论何时都面向着活的现实,由现实中取材,以空想为主而制造小说的手法,她不大用的。因此她在[明治]二十八年顷所作的,都是如实地再现人生的一面,并无破绽与缺陷,可算是成功的。她在这时代的描写有一种新鲜的风味,所用的文体与形式,是由她自身的个性而生出的。换言之,就形式上说,已经完全脱离了西鹤与露伴,作成独自的世界了。她在[明治]二十五六年的作品,是发泄自己的厌世的苦闷与反抗的心情由空想与实验作成,如《暗樱》《玉祥》《埋木》《五月雨》等是。到了[明治]二十七年后半期,才离了空想的世界,表现出直面人生的态度;对于人生的悲痛的环境、因果、运命及复杂的事像,才显地地观察出来,同时她的作品便大进步。读她的后期作品,无论谁人,所先感触的便是巧妙的女性描写。《浊江》一篇,描写酒店女儿阿力的内部的苦闷。《十三夜》里,写那家庭为束缚与抑压所充满,虽然绝望,然而还能强耐的阿关。《从我起》里叙那有遗传的执拗性因而误身的可怜的阿町。《别路》里面,写一弱女子渡颠连的生活,到头陷于浮世的诱惑,以至于决心为妾。受了继母的虐待,在恋爱上看出男子的心不可恃的阿缝,这是《行云》一篇里的主人。又有写从薮州到东京吉原的娼家做养女的薄命少女的环境及少女时代的性的变化的阿绿(此篇名《丈较》),以上的这几个女性,都由一叶的生花妙笔,把她们描写出来了。因为作者是女性,所以她能够走到男性作家所不能触到的境地,并且她所描写的阿力、阿关、阿町、阿绿的心理,无一不是成功的。《丈较》一篇,可以说是她的最杰作,原作所写的事件极平淡,并无何等惊人的地方,仅以吉原的娼寮为中心,描写附近的少年生活,但有深能动人的诗的魔力。写少年少女的生活,暗示人生的一面,把人生的愁暗,如实地写出。描写的方法也很圆熟,如吉原的地方色、少年少女的特性,都鲜明地表现出来。篇中的任性的正太、温和沉默的信如、愚暗滑稽的三五郎等人物,都给阅者一种不能忘记的印象。

(五)新进小说家

和一叶同时的新进作家,显示相当成绩的,为后藤宙外,稍迟又有岛村抱月、小杉天外、小栗风叶诸人。宙外初为评论作家,后始执笔创作,他的出世作为《兴涌》与《暗之现》二篇。前者刊于[明治]二十八年的《文艺俱乐部》,后者发表于[明治]二十九年的《新小说》。二作于心理描写与田园的叙景,结构的周到诸点,可说是成功的作品。由现在看起来,他的作品正如田山花袋所评,是"独特的心理描写,也多空想",这话是不差的。[明治]三十年宙外与小杉天外共出

《新著月刊》，新进作家借此出世的，有岛村抱月、水谷不倒。当时抱月所作的小说不及他的评论，用笔平淡，描写也没有什么特色，惟结构与布局是戏剧的，令人注目。对于他的作品，说他是以诗的感兴的沸腾而写，不若说他在冷淡的理性里加上几分热情而写的较为妥当些。他的著作，在当时得佳评的，是[明治]三十年所作的《夫妇波》《月晕日晕》与[明治]三十一年所作的《墨绘草纸》等。水谷不倒在抱月的前后出《锖刀》《薄唇》二篇，他受江户文学的影响，尤其是近松的影响为多。小杉天外师事斋藤绿雨，他的最初的作品是与绿雨合作的《五纹》。于[明治]二十八年作《奇病》，于[明治]二十九年作《改良若殿》《卒塔婆记》等。此时他在绿雨的影响之下，别开生面，作讽刺小说。以上诸作，或嘲笑众议院议员的内幕，或讽刺华族的愚昧，虽无绿雨般的苦味，但却以轻微的甘味着笔。小栗风叶与泉镜花同在尾崎红叶门下，[明治]二十九年发表《寐白粉》《龟甲鹤》等作，被认为新进作家。他对于肉欲的描写颇胆大，在《寐白粉》里描写兄妹相奸的恋爱，文坛起了大波澜，当时的作家都注力于道德上，对于他的这种描写，当然有退避的倾向。《龟甲鹤》描写半田地方的造酒店的生活，很精细新鲜。[明治]三十年出版《十七八》，田山花袋评为有写实的风味，[明治]三十一年有《恋慕流》一篇发表于《读卖新闻》，他的名字便与各大家同列，此作叙一音乐界的天才与擅长西乐的少女恋爱的故事，写二人为一对盲目的恋爱者，他们背了双亲，舍去名誉，结为夫妇，等到他们走到实际的世界里，他们的美丽的虹一般的空想，被那寒冷的实世的风所吹破了。出乎意外的，堕入了社会深渊的贫民窟生活,青年尚手持尺八(日本乐器,用竹根制成状如我国的箫,其声呜呜,悲哀动人),以寄托他的艺术的生命。结局成了生活的败北者,葬送在屈辱与黑暗之中,他们的美丽的热爱终不能完美,得了悲惨的下场。风叶的《鬘下地》与《恋慕流》同时出世,描写女伶对于情人之爱与子爱的悲惨生活,也得时人的赞赏。

(六)社会小说作家

在这时期做社会小说的有内田鲁庵,也是一种应时的作品,是为补充前述诸家的观念小说、悲惨小说、深刻小说以及皮相的写实、空想本位的作品而出世的。当时的评论界,有一种倾向,他们要求:1.作社会小说;2.描写时代精神;3.离开"不好的写实"之弊而写非游荡的、健全的小说。那时的批评家要求社会小说的理由,据高山樗牛说:"现今的小说家没有多数读者,又不能作成伟大著作的原因,就是因为他们与社会的实相隔离,这已是从前的批评家所高倡的了。其实现在的作家,年龄还幼,阅历不足,所以他们表现的人物、事件、思想多为世所未见的虚浮的事。他们所写的人物的多数,不过是他们的同年辈(二三十岁壮年)的事。人物和他们自己的境遇相近,而对于一般读者极不感兴味。由这些理由所生出来的当然的结果,除了平凡的恋爱谈之外,读者与作者之间,没有共通的兴味。对于这种小说得到满足的读者,也不过是一部分的青年学生。年在四五十岁以上,稍有世故经验的人,这样的小说自然看为幼稚空疏的了。简单说一句,现在小说家的根本缺点,就是不能捉住实世与活社会的共通兴味,在于主观性之幼稚而狭隘。"因为上述的理由,当时的评论家要求与"活社会"接触的作品,遂提倡社会小说。但是社会小说是什么呢?当时的解答纷纷不一:有说社会小说是描写社会的实相的;有说是带社会主义倾向的;也有说是取材于政治界宗教界,而扩张其范围的。结局解释为"离开单调的恋爱材料,与空想本位的世界,积极地与'活社会'接触,确切地捉住其真相的一部分"比较妥当。由此可见当时要求社会小说的意义。其次是要求与时代精神接触,内田鲁庵骂当时的小说家:"常与社会分离,不能理解时代精神。他们的作品,不过是新闻纸上的第三面杂报的延长。老实说一句,现在的小说家立在思想界上,没有和别的学者、政治家、宗教家相骋驰的权利。"他又说:"试看我国现在在政治、宗教、伦理上,不是已经预告着新旧思想的乖离,将起大冲突了吗? 读每天的新闻,可叹可怖的,宛然有如读维新前后的历史同一之感。反过来看《文艺俱乐部》《新小说》,天下太平无事,狂于恋爱,劳于放荡,恰如隔世。"因为要补救这种缺陷,所以内田鲁庵力说描写时代精神的必要。对于以上诸点,要求更为热心的,要数高山樗牛,他批评皮相的写实者说:"所谓写实派作家描写的人物,名虽称为写实,其实是如无根之草一般的。他们对于人物所生活的社会,弘通于此社会的精神,也没有较多的视察与解释,单就表现于外的语言、衣服、风习等末节,以自炫其写实逼真。"当时的批评家既然这种要求,所以社会小说自[明治]二十九年起便流行起来了。读书界排斥砚友社一派的游荡文学,需要有道念,内容纯洁的小说、宗教的文学、哲学的文学的呼声遂起。因此产生了通俗的社会小说。当时作社会小说的,除了内田鲁庵而外,还有广津柳浪、小栗风叶、后藤宙外诸人，不过顶努力而作品比较多的，算是内田鲁庵罢了。[明治]三十二年左右，他有《暮之二十八日》《落红》《片鹑》《霜消》《今样厌世男》《浮枕》《电影》《血樱》《青理想》等行世。其中最有艺术价值的，要数发表于[明治]三十一年三月的《新著月刊》的《暮之二十八日》。原作写梦想大事业的青年，中途失败，苦闷异常，不意得与宗教的光明接触，遂悟自己的真幸福，在于家庭，遂入于和平生活。当时饱饮悲惨小说、深刻小说的读书界，对于此作，极表欢迎。鲁庵此外的作品，成功的很少，他的抱负与理想，虽是高伟，但成为概念，不能够艺术化。

（七）家庭小说作家

家庭小说的名称是不很妥当的，但在当时，对于德富芦花的《不如归》一类的小说，则称之为家庭小说，即是一种通俗小说的意味。《不如归》由民友社出版，时为明治三十三年。日人几于人手一篇，至今重版数百次，有英汉文译本。至于《不如归》的艺术价值，田山花袋评曰："此作得非常的欢迎，乃由于取材、实感、及同情，不在艺术上的价值。"能感动人的原因，全在于内容的事件与通俗，其情调为向来的作家所没有的。菊池幽芳的《己之罪》，也是有名的家庭小说，曾发表于大阪《朝日新闻》，逐日登载，幽芳又作《乳姊妹》，也受阅者的欢迎。

四、写实主义的过渡期

这后半期的小说界，有两个潮流：一是前半期兴起的少壮作家，仍步从前的旧道，次弟向上；一是在前半期成名的作家，到了后半期，便走别的道路。如泉镜花、德富芦花时人属于前者，小杉天外等属于后者。

（一）写实主义的先驱作家

反对向来的唯美的、道德的文学，与法国佐拉主义共鸣，造在自己的新艺术的，为小杉天外，他的主张的大旨是："人生不是美的，不是丑的；也不善的，也不是恶的。只是有他原有的姿态。小说在写出实社会，要将人物及事件正直而视切地写出来。"他所谓的这种写实主义是很模糊的，不能得到佐拉的真髓，自然有许多可以议论的地方。他将自己的理论具体化的作品，是[明治]三十三年所作的《初姿》。此作之前，原有《咖啡店》《乱发》《蛇莓》《肱枕》《女儿之心》等作。《初姿》中第一二回用力描写剧场的内部，为模仿佐拉的《喃那》（Nana）之作。此作成功后，更作续篇《伪紫》《恋与恋》，[明治]三十六年作《魔风恋风》《长者星》《拳》等。他的写实主义没有深的意味，并且轻视心理描写，不能算是特出的，不出介绍西洋的写实派作风到日本来的，却是他的功劳。

国木田独步在[明治]三十五年出有短篇集《武藏野》，初不为人注意，只有《新声》对于他有好评，替他介绍一下。独步的作品富于淡漠的诗情与自然味，《难忘之人》《鹿狩》《武藏野》三篇是最好的。在艺术上他是反对尾崎红叶的，曾在新声社出版的《现代百人豪》里作《红叶论》骂红叶，在[明治]三十五六年时。他虽作有《女难》《第三者》《酒中日记》《牛肉与马铃薯》等佳作，在那时却未得好评，他之出名,是在晚年。

田山花袋在此时也是一个不遇的作家,除《重右卫门之最后》一作外,又作《女教师》。他在[明治]三十七年著了一篇论文,名叫《露骨的描写》,发表于《新声》杂志,为提倡自然主义的第一声,他力说露骨的自然的描写之必要,并论及欧洲近代文学的大势。此文出后没有什么反响,他们二人只得静待以后的新时代,同时也准备造出新时代罢了。

岛崎藤村先是新体诗人,后来专做小说。他的初期的作品是《草鞋》《水彩画家》《老孃》《椰子叶荫》等,其中得人赞许的是《水彩画家》。原作以信州的地方色作背景,写归自外洋的水彩画家的家庭,写妻子的怀疑与不睦,显示艺术家的烦恼的生活,篇中充满了诗趣。藤村的诗集有《若叶集》,咏自然的美与恋爱的美。歌自然美的,如《森林的逍遥》,歌恋爱美的如《四袖》,都是卓越的著作。除此集外,又有诗文集《一叶舟》,诗集《夏草》。他的文字,于奔放热情之中,微有沉静的色调。《夏草》里的诗,是由空想的世界、梦的世界,到现实世界的。如《农夫》《新潮》等诗是讴歌现实生活的,[明治]二十四年出的《落梅集》,就渐有为民众为劳动的价值而歌的倾向了。

除上列诸家外,此时有永井荷风独树一帜,他在这时发展的作品,有《野心》《地狱之花》《梦之女》等。他崇拜广津柳浪,曾为其门徒,但看他的作品,几于没有受柳浪的感化。《地狱之花》是他的佳作,写女教师的不幸生涯与节操被污的悲哀,收束处描写黑暗面,显示最后的希望之曙光。他的手法不仅是外面的描写,也是内面的,后来的文坛受他的影响不少。

(二)戏剧

这时期的戏剧已较从前进步。[明治]二十七年坪内逍遥在《早稻田文学》上发表史剧《桐一叶》，[明治]二十九年发表三部曲之一《牧之方》，[明治]三十年在《新小说》上发表《沓平鸟孤城落叶》，在《新著月刊》发表《二叶楠》，作法都极优美。福地樱痴于[明治]二十八年作史剧《丰岛风》，[明治]三十年作《侠客》《春雨伞》《大森彦七》等。森鸥外于[明治]三十六年发表《两蒲岛》，次年发表《日莲上人说法》。高安郊月在[明治]三十六年作新史剧《大盐平八郎》《江户城明渡》，又译易卜生的社会剧《玩物的家庭》与《社会的敌人》二篇。[明治]二十九年逍遥译莎士比亚的《哈孟雷特》，[明治]三十二年户泽姑射发表译文《俄色洛》，[明治]三十六年江见水荫又译莎翁的此作，由明治座剧场的川上一派表演。此时土肥春曙、山岸荷叶等也译莎翁的戏曲，演于舞台，戏剧之创作与介绍，此时是很努力的。

(三)新体诗歌

诗歌方面，此时的新进作家也不少。最初有盐井两江，用韵文译司各脱的《湖上美人》。外山山山、上田万年、中村秋香等人的新体歌集陆续公世。井上选轩在《帝国文学》上发表《比治山歌》，与谢野宽也出诗歌集名《东西南北》。此时又有新体诗歌的专门杂志《大和琴》出版。岛崎藤村与土井晚翠二人，是诗坛的白眉。藤村的诗已见前述。晚翠于[明治]三十二年出《天地有情》诗集，披沥冥想的诗人对于人生与自然的胸怀。此外又有诗集名《晓钟》与《黑龙江上的悲剧》等。同时还有蒲原有明与薄田泣堇二诗人,有明有《独弦哀歌》,泣堇有《暮笛集》行世。

(四)短歌的革新

革新短歌的落合直文,他在[明治]三十三年发行短歌杂志《明星》,内容揭载与谢野宽等人的短歌。他们的歌调不是因袭的,情趣复杂而清新,有抒情诗之风,即是他们把从前的短歌加以欧化。当时他们的同志有与谢野晶子(宽的夫人)、洼田空穗、山川登美子、增田杂子、水野叶舟、吉井勇、北原白秋、高村光太郎等人。其中最杂出的是与谢野晶子,她于[明治]三十八①年出歌集《乱发》,歌咏恋爱与肉感,浪漫的色彩颇浓厚,诗才横溢,至今不衰。当时与明星派对峙的有佐佐木信纲、正冈子规等。明星派主欧化,他们则主纯日本的趣味。正冈子规曾革新俳句,他努力研究俳句的宗匠芭蕉与芜村,他主张俳句的真生命为叙景与客观的句法。芭蕉、芜村是从自然观察得到新诗材,所以他主眺望自然,写出自然。他的有名的俳句是《灯火十二月》,这是他的主张的表现。当时帮助他的,还有高浜虚子、河井碧梧桐,《杜鹃》《子规》是他们的机关杂志,被称为日本派的俳人。和他们一派对立的有新声社与筑波会。新声社的中心人物有角田竹冷、岩谷小波,筑波派的中心人物有大野酒竹、佐佐醒雪等人,这两派的势力不及日本派。

(五)文艺评论的勃兴

这时评论界分为两大派:一为赤门派(帝园大学派),一为早稻田

————————
①应为"明治三十四"年。

派(早稻田大学派)。赤门派有高山樗牛、大町桂月、姊崎嘲风、田冈岭雪、登张竹风、笹川临风等人。早稻田派有岛村抱月、金子筑水、长谷川天溪、后藤宙外、中岛孤岛、纲鸟梁川、正宗白鸟、高须梅溪等人。此外还有以文库为中心的小岛乌水、千叶电雄;以新声为中心的田口掬订、正冈艺阳;更加上前辈的森鸥外、坪内逍遥、内田鲁庵、斋藤绿雨诸位,可算是一时之盛了。那时他们讨论的问题约有几项:1.古文学之新研究;2.美学的研究;3.关于尼采的论争;4.文人的品行问题与生活问题。古文学之新研究,如早稻田文学同人与高山樗牛之研究近松、西鹤,大町桂月之《国文学大纲》,藤冈剑峰、冈田雪岭的《支那文学大纲》,都是主要的研究。研究美学的最力的为森鸥外与大西祝。大西氏曾在早稻田大学为抱月、宙外、梁川等讲过美学,他们四人后来遂注重美学,关于美学的著作很多,且能使美学影响于小说戏剧,功绩很大。尼采的争论是起于赤门派之恭维尼采的长处,而态度却并非批评的。早稻田派则反对尼采,一时纷纷辩难,尼采的本体,因此得以明了。关于文人的品行,在那时也成了问题,因为不知是谁出了一本《文坛照妖镜》的小册子,摘发与谢野宽的不德,加以攻击。当时的少壮文人为了这事纷争了一下,于文坛也不无影响。其次关于文人的生活,高山樗牛倡美的,满足本能的生活。曾在《太阳杂志》上发表论《美的生活》一文,他说:"我们的目的,在于幸福。幸福是什么呢?就是本能满足。本能者何?即是人性本能的要求,使人生本然地要求满足,便是美的生活。"他排斥道德伦理,欲使青年的锐利的意气得以解放。我们试看他们讨论的这四大题目,便可以知道现代日本文学的发达,这些评论界的言论,不是没有功劳的了。

第五节　自然主义时代

从日俄战争后到大正初年,现代文学进了第四个时期,这一期在文学史上是大可注意的文学革新时代。这时自然主义的文学兴起,正和法国文学由嚣俄的浪漫主义到龚古尔兄弟、弗劳贝的自然主义一样。日俄战争后,一面提高了日本国民的自尊心;他方面则将悲惨的现实姿态显示于国人,即德富芦花说的"胜利的悲哀"之暗地的思考,起于各智识阶级的人。他们的眼睛凝视着现实,一切不满足与不平都涌现出来了。他们要想除去了不满不平,以入于充实的新生活,遂排斥向来所行的,被虚伪的道德形式所囚的风习,有面对赤裸裸的真实的必要。不特在当时的社会、生活、思想上这样的感触着,即在文学上,也有同样之感,因此自然主义便有勃兴的可能性了。

一、自然主义文学发生的原因

自然主义文学的发生,有好几种原因,现据高须梅溪氏在《明治大正五十三年史》里面所列举的,译引于下。"思想方面:一、因为要扩充科学的精神。二、因为受了实验主义、人道主义的影响。三、因为不满意向来的诗的宗教思想,唯心的哲学,与形式的道德,遂直入个人的自觉的彻底境,以把握人生的真实。更就文学方面:一、因为受了欧洲大陆文学的影响。二、因为要破除向来囿于游戏的,空想的弊病；破除偏于小主观的；作伪的痕迹昭著的文学，要毫不虚伪地，真切地表现赤裸裸的人生与现实。"再将以上的话加以注解，就是思想方面十九世纪到二十世纪，因为尊重科学的结果，由精密的穷理的方法出发的，机械的唯物的人生观占强大的势力，研究人生现象，也用一定的方式，由科学去下观察，这种风气很盛旺。善、美、真三者，第一先要把持着真，自然主义的根底，就是以此为主。当时起源于英美的人道主义、实验主义也流入日本，以为现实生活比什么东西都要尊贵些。就文学方面说，因为欧洲文学的输入，日本文学受了新刺激。在日俄战争前后，从法国的佐拉、巴尔札克、弗劳贝、莫泊三、龚古尔兄弟等起，以至德国的苏德曼、霍卜特曼诸家的作品，都大批地介绍过来，刺激了少壮文学家的一部分，使他们感染了自然主义的思潮，到了日俄战争以后（明治三十九年），自然主义的作家和他们的作品，便乘势而起，成为文艺界的中心势力。

二、自然主义的作家

自然主义的先声，当推[明治]三十八年国木田独步的《独步集》《运命》等作。其次则为岛崎藤村的《破戒》、田山花袋的《棉被》、正宗白鸟的《红尘》、真山青果的《青果集》。当时的文艺界曾有自然主义的争执，岛村抱月、长谷川天溪、岩野泡鸣等党于自然主义派，后藤宙外则非难自然主义，但因时代精神的倾向，自然主义终于得了胜利。于是二十年来把持文坛的砚友社一派，遂被推出文坛之外，新进作家代之而兴。如小栗风叶的《青春》、《恋鲛》（禁止发行），生田葵江的《都会》(禁止发行),德田秋声的《出产》诸作,都使自然主义派加增了实力。文艺评论界也高倡自然主义,如岛村抱月的《被囚的文艺》、长谷川天溪的《幻灭时代的艺术》、岩野泡鸣的《神秘的半兽主义》等论文,都是自然派的应援者。新体诗人也在自然主义的旗帜下兴起,如相马御风、三木露风等作家都用口语作长诗,咏都会情调的北原白秋,作民谣的上田敏,都与自然主义共鸣。到了后来,岛崎藤村的《春与家》;田山花袋的《乡先生》,"生""妻""缘"三部作;国木田独步的《涛声》与《第二独步集》;德田秋声的《霉》《足痕》;岩野泡鸣的《耽溺》;高浜虚子的《俳诸师》等作品出世,自然主义的光焰更辉煌起来了。

三、新剧运动

因为自然主义的影响,戏剧也起了革新运动,运动的先驱为坪内逍遥所指导的文艺协会。先是逍遥曾于[明治]三十七年发表《新乐剧论》《新曲浦岛》,颇惹起剧界的注目,[明治]三十八年又作新曲《赫哉姬》,[明治]三十九年便举行文艺协会的开会式。他们表演《妹脊山》《孤城落月》及莎翁的《威尼斯商人》,逍遥作的《桐一叶》等,第一次假歌舞伎座上演。嗣后经逍遥的扶掖,新剧作家陆续产生,主要的剧本有中村吉藏的《牧师的家》,佐野天声的《意志》《大农》,山崎紫红的《七只桔梗》,真山青果的《第一人者》。此外还有秋田雨雀、久米正雄、吉井勇诸人,渐为世人所知,他们的作品都具有清新的内容与技巧,文艺协会得这些人加入,便获得了显著的成功了。

当时东仪铁笛、松井须磨子、土肥春曙等人,演易卜生的《玩偶的家庭》等剧,获了可惊的成功。除了逍遥主持的文艺协会以外,又有市川左团次、小山内薰一派主持的自由剧场。第一次表演易卜生的《布克曼》,第二次演爱德肯特的《出发前半时间》与森鸥外的《生田川》、柴霍甫的《犬》等作。同时又有新时代剧协会、新社会剧团、土曜剧场、东京俳优学校的试演等,都收了相当的成功。名伶尾上菊五郎、中村吉右卫门试演近松剧,一川上贞奴及东京帝国剧场的当事人,更努力养成女优,为大正时代剧界活跃的准备。

四、非自然主义派的余裕派与享乐派

当时与自然主义分离,别取途径的有夏目漱石、森鸥外、永井荷风等人。漱石以《我辈是猫》一作出名,至《虞美人草》《三四郎门》等作出,是为低徊趣味小说的首领,他自己曾说小说以余裕为主,故曰余裕派。森鸥外的小说别具风格,与漱石不同,他的作品有《塞克斯亚尼司》《游戏》《青年》等作。永井荷风写都会人的享乐的倾向,有《美洲物语》《欢乐》《冷笑》等出,是为享乐派的先驱。与永井荷风同一倾向的是谷崎润一郎,他在明治四十三年发表《刺青》,[明治]四十四年发表《少年》《帮间》,遂成为日本唯一的唯美派的首领,人尊之为日本的王尔德。他的才华,此时不过稍露光芒,到了大正时代,更发挥他的奇才,震惊一世,为一时代的宗匠。

第六节　各派分立时代

明治末年,日本的文学界,大抵由自然主义所统一,到了大正时代,自然主义渐渐衰颓,于是各种流派蔚然而起。明治末期已有反自然主义的作家兴起新浪漫主义的运动。到了这时代,日本文学也与欧洲文学一样,遇会了大改造时期,从大正元年到六年左右,便以新理想主义为主流,又因在欧洲大战后,社会改造的声浪愈高,日本受了欧美思潮的激荡,遂产生适应时代的文学,有社会主义文学、无产阶级文学等流派,陆续兴起。这一期的日本文学比前期更形复杂,详述几有所不能。兹就各作家的倾向,范列为几派,一一分述如下。

一、新浪漫派作家

现代文学自与欧美文学潮流接触以后,为这种潮流所激荡,在自然主义之后,起了新浪漫主义的运动。这派可用小川未明、铃木三重吉、森田草平三氏做代表。小川未明当自然主义盛行时,他一人孤立,不为所动。他的初期的作品,多感伤的色彩,到了中期,渐具现实的要素。他的作品,已收入《小川未明全集》内。近已声言不作小说,专心于童话的创作。他的小说是描写对于现实生活的痛切的苦闷与不安,以神经质的笔调抒写,希望得到什么而又不能得到的苦痛,便是他的艺术的基调。他的作风,经过几度的转变,后转为人道主义、社会主义的作家,不过他的浪漫的本质是始终不变的。铃木三重吉是夏目漱石的弟子,他的作品甚多,有《千代纸》《赤鸟》《不返之日》等短篇集,长短集《小鸟之巢》后来曾收入《铃木三重吉全集》内。他的作风与小川氏又有不同,他的是对于现实生活的焦躁,追逐于难于捕捉的幻影,至于神经质的一点,二人则多相似。他早已不作小说,也专心于童话的创作,办《赤鸟》杂志,专供少年子女的阅读。赤田草平的作品,也是对于现实生活的苦闷与焦躁,惟具有浪漫的热情。他曾与当时的新女子平冢明子发生浪漫的恋爱,《煤烟》一作,就是描写他自己的。《女之一生》《初恋》等短篇,皆以描写女性为主。近发表长篇小说《轮回》,轰动一时。森田氏除创作外,又努力于论文与翻译。

二、享乐派、颓废派、恶魔派

这派是"世纪末"的产物,他们对于现实怀疑苦闷,因此沉湎于享乐与颓废。近松秋江的《别离了的妻》《舞鹤心中》《疑惑》,长田干彦的《舞伎姿》《鸭川情话》《浮草》,田村俊子的《誓言》《木乃伊的口红》,谷崎润一郎的《恶魔》《续恶魔》《富美子的脚》都是这派的代表著作。此外如久保田万太郎写"下町"的市井生活,水上泷太郎(本名阿部章藏)之崇拜泉镜花,本下太郎(即医学博士太田正男)之倾向唯美,都属于这一派。

三、白桦派

这一派有机关杂志名《白桦》,故名白桦派。他们以人道主义为主,武者小路实笃是这派的中心人物,同志都是华族子弟。他们最初受了托尔斯泰的影响,以爱、和平、无抵抗三者做标语。武者小路氏的出世作为《可贺的人》,著作甚多,如《妹妹》《一个青年的梦》《爱欲》等,都是他的杰作,菊池宽批评他说:"我以为武者小路氏是在日本现代文学里颇有异彩的作家。当作一个小说家,当作一个戏曲家,在武者小路氏以上的人或许也有,可是在他的思想与他的作品,相俟以显示唯一无二的个性这一点上,恐怕是没有第二个存在的吧。对于如像我们这些在明治四十年以后成长的作家或文学爱好者,武者小路氏的作品,恰如一座武者小路学校。我们大家都进过那学校一次,从那里叨了各种的教。在思想方面或在艺术方面,打破了一切传统与一切习惯,以至开拓了真正新颖的文艺世界,在这一点,我以为像武者小路氏那样伟大的作家是没有的,如像武者小路氏那样,用伟大的精神而动的作家是没有的,即就文学史上说,武者小路氏的存在,也是永久不能消抹的吧。"武者小路氏从前在日向建设新村,前年①已移住东京,办《大调和杂志》。

　　志贺直哉为白桦派的重要人物,他的创作态[度]极严肃,为一般批评家所景仰。长篇作品有《和解》《暗夜行路》《大津顺吉》等,短篇有《十一月三日午后的事》《范之犯罪》等。长与善郎著《盲目之川》《项羽与刘邦》,人道的色彩非常丰富。其次为有岛家的三弟兄,有岛武郎早年抱个人主义的思想,后期则显露社会主义的思想,著作有二十余辑,如《该隐的末裔》《死与其前后》《宣言》是他的代表作。晚年

---

①为1925年。

他把自己的财产放弃,试为生活的革命,后来与爱人波多野秋子自杀于轻井泽。有岛生马是武郎的兄弟,以西洋画家而兼作小说,作品以温雅见长,描写亦极巧妙,所作有《蝙蝠》《少年》《饲鸽的女儿》等。里见弴是有岛兄弟最幼的一个,虽出身白桦派,但能别开新心理小说的境地,《多情佛心》《善心恶心》《今年竹》等作都足以表现他的才华。

四、新思潮派

这派以《新思潮》杂志为中心,故名。《新思潮》的创刊原为明治四十二年,前后共刊行十次,第一次刊行时的主干是小山内薰,至大正时代,则为芥川龙之介、菊池宽、久米正雄三人所主持,放奇异的光芒。除此三人外,尚有丰岛与志雄。芥川龙之介是现代文学界里的奇才,又是一个最有博识的人。他的作品警技精练,善应用陈旧的材料,以显示他的技巧。他的杰作有《鼻子》《罗生门》《地狱变相》《薮之中》《开化的杀人》等。他因要领略死的滋味,于1927年服安眠药自杀。现在的《新思潮》只剩下菊池、久米、丰岛诸人。

菊池宽是芥川的好友,他的作品以主题为重,使文艺一般化,为现代文坛最流行的作家,有《真珠夫人》《新珠》《火华》《第二的接吻》等长篇,《藤十郎的爱》《屋上狂人》《父归》等戏曲。他主办《文艺春秋》杂志,代表有闲阶级的著作。久米正雄兼作小说与戏曲,有《破船》《学生时代》《三浦制丝场主》《归去来》等作。丰岛与志雄有《未来的天才》《胎儿》等作,善写静寂的场面。

五、早稻田派

这一派的作家,多由早稻田大学文科出身,有谷崎精二、广津和郎、加能作次郎、细田民树、细田源长、宇野浩二、葛西善藏、吉田弦二郎诸人。精二是润一郎的兄弟,作风和他的老兄不同,有写实的倾向。所作有《离合恋爱摸索者》《结婚期》等。和郎是柳浪的儿子,描写的轻快与观察的锐利,是他的特长,作风颇似俄国的柴霍甫。《两个不幸者》《走到光明去》是他的代表作。加能作次郎以朴素的情趣见长,写北海渔村的著作颇有名。细田民树有人道主义的倾向,细田源吉则近于自然派。宇野浩二的出世作为《藏之中》,他的作品善写人间的苦劳味,有一种独特的情调,最近时以花柳界为题材,做了许多小说。葛西善藏善写心境,对于他的寂寞困苦的生活,披沥无余。吉田弦二郎以感伤的情调著作,《岛之秋》《副牧师》是他的代表作。

六、三田派

这派是庆应大学(原称庆应义塾)出身的作家,因庆应大学在三田,故名三田派。这派的作家有前述的久保田万太郎与水上泷太郎诸人。佐藤春夫曾学于三田,也可以算是这一派。佐藤氏的《田园的忧郁》与《都会的忧郁》二长篇,最享盛名。他本是一个抒情诗人,富于浪漫的情感。他在文艺界的位置,与新思潮派的三人齐名。

七、新潮社派

《新潮》是日本唯一的高级文学杂志,由新潮社刊行。新潮社营文艺书籍的出版,对于文艺的促进颇有功绩。《新潮》杂志的编辑人为中村武罗夫。他专作长篇小说,短篇甚少,所作以结构的壮大与波澜之重叠见称,《人生》《涡潮》《琉璃鸟》是他的著作。新潮社又出版一种通俗的文艺杂志,名叫《文章俱乐部》。编辑的人是加藤武雄。加藤氏在这时代的文学界里,也占很高的地位,他为乡土艺术的代表作家。所作以《乡愁》《爱犬故事》等短篇为杰出,他善守人间的哀愁,长篇小说也多,有《久远的像》《抛球》等作。

八、无产阶级文学运动

这派的运动健将有藤森成吉、宫岛资夫、前田河广一郎诸人。藤森氏曾隐姓埋名,体验劳动生活,最近曾有《礫茂左卫门》《牺牲》等作公世。宫岛资夫为社会运动家,有《坑夫》《金》等作,他也有肉体劳动的经验。前田河广一郎曾流浪美洲多年,有《三等船客》《大暴风时代》等作。新进的无产阶级作家,当数林房雄、青野季吉、叶山嘉树诸人,他们曾发行《文艺战线》,较之藤森等人,则为左倾的作家。

九、宗教文学作家

仓田百三、贺川丰彦、江原小弥太诸氏,均富有宗教的色彩。仓田氏的《出家与其子弟》,写亲鸾的感化。贺川丰彦的《越过死线》写无抵抗主义,写被资产阶级压迫的人,富于基督教的博爱色彩。江原小弥太著《新约》《旧约》《复活》等作,取材于圣书,写他自己的人生观与社会观。

十、其他作家

大正八年文艺界出了一个惊人的作家,就是岛田清次郎。他的长篇《地上》,为读者最多的一部杰作。批评家生田长江氏曾说:"十几年来的各流派主义、倾向等,不过为《地上》的准备而已。"又说他的描写,兼有巴尔扎克与弗劳贝之长;他的思想,合托尔斯泰与陀思托也夫司基为一人。不幸这位少年天才得了狂疾,闭锁在病院里,不能充分发展他的才华,实是现代文艺界的损失。

以上所述诸派,不过是第五期文学的代表作家,此外还有许多新进人物,如新感觉派之横光利一,新进作家今东光、佐佐木茂索、白井乔二和其他的作家,均限于篇幅,不能列举。

主要参考书目

(甲) 各时代的作品

《日本古典全集》普及本,与谢野宽、正宗敦夫、与谢野晶子编纂校订,日本古典全集刊行会出版。

《名著文库》,芳贺矢一博士等多人编校,东京富山房出版。

《岩波文库》,内搜古代名作多种,东京岩波书店出版。

《日本名著大系》,包含古代至近世的名著多种,附有评注,东京日本名著大系刊行会出版。

以上四种为丛书本,卷帙较繁。东京明治书院与富山房,有各时代作品的评释多种,最便选购。

《现代日本文学全集》,内有明治、大正时代作家的作品,新潮社一圆本。

《明治大正文学全集》,以主义派别分册,所选作品与前一种略有差别,春阳堂出版。

《现代长编小说全集》,新潮社一圆本。

上二种亦为丛书,收入明治、大正各作家的作品。若欲选购,则东京新潮社、春阳堂两家书店,均有各作家著作的单行本,易于购求。

(乙)一般的日本文学史

芳贺矢一,《国文学史概论》。

服部嘉香,《日本文学发达略史》。

铃木弘恭,《日本文学史略》。

林森太郎,《日本文学史》。

大和田建树,《日本大文学史》五卷。

五十岚力,《新国文学史》。

植松安,《国文学小史》。

三上、高津　合著,《日本文学史》二卷。

芝野六助　译补,英人阿斯吞　著,《日本文学史》。

芳贺矢一,《国文学史十讲》。

铃木畅幸,《大日本文学史》《国民文学史》。

三浦圭三,《综合日本文学全史》。

永井一孝,《国文学史》。

尾上八郎,《日本文学新史》。

津田左右吉,《现于文学的国民思想之研究》。

(丙)各时代的文学史

武田佑吉,《上代文学之研究》。

藤冈作太郎,《国文学全史·平安朝篇》《镰室室町时代文学史》。

藤井乙男,《江户文学研究》。

内藤耻叟,《江户文学史略》。

干河岸贯一,《德川时代之文学》。

高须梅溪,《日本近世文学十二讲》《日本现代文学十二讲》《近代文艺史论》。

岩城准太郎,《明治文学史》。

宫岛新三郎,《明治文学十二讲》《大正文学十四讲》。

加藤武雄,《明治大正文学之轮廓》。

相马御风,《明治文学讲话》《现代日本文学讲话》。上二种见佐藤义亮编的《新文学百科精讲》内。

(丁) 分科的研究

和适哲郎,《日本古代文化》。

藤冈作太郎,《近代小说史》。

山内素行,《日本短歌史》。

佐佐木信纲,《近世和歌史》。

池田秋旻,《日本俳谐史》。

高野辰之,《日本歌谣史》《净瑠璃史》。

伊原敏郎,《日本演剧史》。

立川焉马,《歌舞伎年代记》。

大和田建树,《谣曲通解》。

正田章太郎,《能乐大辞典》。

人名索引

阿呆亲王 53/阿保亲王

阿刀忠行 134

阿国 202、203

阿斯吞 138、263/阿斯顿

阿直岐 8

爱德肯特 254

安昙 148

安藤正次 10

安徒生 231、232

巴尔札克 252、261；巴沙克 103/巴尔扎克

巴米洛达斯 214

白河院 152

白井乔二 261

百尔修(Perseus) 138/珀尔修斯

摆伦 229、230、233、234/拜伦

稗田阿礼 39、136

阪上郎女 39

阪田藤十郎 203；阪田 203/阪田藤十郎

坂上望城 54

坂垣退助 214/板垣退助

伴久永 134

卑弥呼 6

北村透谷 210、222、228、234

北京白秋 210

北洛比达斯 214

北田薄冰 236

北畠亲房 191；亲房 191、192/北畠亲房

北条氏 183

北原白秋 104、249、253

本居宣长 141

本下太郎（太田正男）256

比利 126/Billy

滨田耕作 5

波多野秋子 258

薄伽邱（Boccaccio）153/薄伽丘

薄田泣堇 210、249

布林克里 126

仓田百三 110、260；仓田氏 260/仓田百三

柴霍甫 254、259/契诃夫

长谷部言人 5

长谷川天溪 104、250、252、253

长田干彦 256

长与善郎 257

持统天皇 144

赤染右卫门 68/赤染卫门

赤田草平 256

崇德天皇 55

川岛忠之助 95、215

川上眉山 98、210、222、224、237

春日隆能 178

村上浪六 99、226

村上天皇 54

大伴坂上郎女 145

大伴家持 26、39、145

大伴旅人 39、145

大伯皇女 39

大长谷王子 42

大辅信实 186

大津皇子 49

大桥乙羽 222、224

大矢透 10

大町桂月 210、234、250

大隈重信 113、236

大西操山 210

大西祝 250;大西氏 250/大西祝

大野酒竹 249

大中臣安则 134

岛村抱月 103、104、210、227、236、241、242、250、252、253；抱月 228、242、250/岛村抱月

岛崎藤村 103、104、110、209、210、234、247、248、252、253

岛田清次郎 261

道纲 67/藤原道纲

德川家康 14、71、87、128、187、195、196；德川 196/德川家康

德富芦花 97、102、210、221、228、235、236、245、246、251

德富苏峰 97、221、228、231、233；苏峰 97、221；德富 221/德富苏峰

德田秋声 104、110、210、253

的士累利（Disraeli）215/本杰明·迪斯雷利

登张竹风 250

荻泉井泉水 210

荻生徂徕 190

定屋辰五郎 196

定子 67

东海散士 94、214

东仪铁笛 254

渡边泾 95

渡边温 215

顿阿 85、194

俄耳可克 127

额田女王 39、145

二条良基 85；良基 85、194/二条良基

二条天皇 71、184

二条院赞岐 67、181

二叶亭四迷 222；长谷川二叶亭 97、99、208、220、221、229；二叶亭 97、98、221、222、229、230、231、232/二叶亭四迷

凡冈九华 224

凡河内躬恒 52、151、152；躬恒 53/凡河内躬恒

芳贺矢一 128、262、263

飞鸟井雅庸 196

丰臣秀吉 195、201；秀吉 195；羽柴秀吉 195/丰臣秀吉

丰岛与志雄 258；丰岛 258/丰岛与志雄

弗劳贝 102、103、251、252、261/福楼拜

弗洛冷兹 120

伏贝帝 186；伏见天皇 192/伏见天皇

服部诚一郎 215

服部岚雪 89、205

福地樱痴 210、213、248

福俄儿吞 126

福田直彦 215

福泽谕吉 209、210、213

冈本绮堂 210

冈田岭云 236

冈田虚心亭 224

纲岛梁川 210；梁川 250；纲鸟梁川 250/纲岛梁川

高安郊月 248

高浜虚子 210、249、253

高仓天皇 69

高村光太郎 249

高桥 148

高山樗牛 99、210、219、228、237、239、243、244、250

高向玄理 50

高须梅溪 103、234、236、250、251、264

哥德 215、233/歌德

葛西善藏 115、259

葛野王 49

宫岛资夫 260

宫崎湖处子 97、221、228、233

宫崎三昧 226/宫崎三昧

龚古尔兄弟 251、252；龚枯尔兄弟 102、103/龚古尔兄弟

谷崎精二 110、259；精二 259/谷崎精二

谷崎润一郎 105、110、210、254、256；润一郎 105、259/谷崎润一郎

关直彦 215

观阿弥 189

管原孝标 67、180/菅原孝标

光君 157

光仁天皇 26、49、145、147

广津和郎 259

广津柳浪 100、210、222、224、238、244、247

龟山帝 186

国木田独步 97、103、104、210、221、229、231、246、252、253

哈勃特曼 103；霍卜特曼 252/霍普特曼

海勒 233/约瑟夫·海勒

韩氏 127

和泉式部 52、67、181

河东碧梧桐 210;河井碧梧桐 249/河东碧梧桐

河津三郎 192

贺川丰彦 260

黑当 146

黑岩泪香 99、227

横光利一 109、261

弘文天皇 49

红芍园主人 215

后白河天皇 71、184

后光严院 191

后鸟羽天皇 14、71、150、183、185、192;后岛羽天皇 55、70/后鸟羽天皇

后普光院良荃 192

后藤宙外 101、104、210、236、241、250、252;宙外 104、241、250/后藤宙外

后醍醐天皇 14、70、71、185、191、192

后阳成天皇 195

后一条帝 181;后一条天皇 67、69、181/后一条天皇

后朱雀天皇 67

户川残花 234

户川秋骨 232

户泽姑射 248

花山院 66

花园天皇 191

桓武天皇 14、26、51、53、150;桓武帝 149/桓武天皇

箕子 6

吉丁斯 128

吉井勇 249、253

吉可夫司基 229、230

吉田兼好 86、192；兼好 86、194；兼好法师 72、86、191、192/吉田兼好

吉田弦二郎 112、259

几岛丹后 203

纪贯之 52、53、54、67、151、152、180；贯之 53/纪贯之

纪清人 49、142

纪时文 54

纪友则 52、151、152

加能作次郎 210、259

加藤武雄 260、264；加藤氏 260/加藤武雄

榎本其角 89、205

假名垣鲁文 94、212、213；垣文鲁 94；假名垣文鲁 94/假名垣鲁文

江见水荫 98、210、222、224、248

江口焕 210

江原小弥太 260

角田浩浩歌客 97、221

角田竹冷 249

芥川龙之介 210、258；芥川 258/芥川龙之介

今川了俊 194

今东光 109、261

金子薰园 210

金子筑水 210、225、228、250

津田真造 213

近江之君 155

近松门左卫门 89、114、201；近松 89、202；巢林子 89、201；近松巢林子 202；杉森信盛 89；松森信盛 201/近松门左卫门

近松秋江 256

晋武帝 8、132

井上勤 95、215

井上巽轩 100、233；井上选轩 248/井上巽轩

井原西鹤 91、198、240；西鹤 91、101、198、199、223、239、240、250/井原西鹤

净辨 194

久保田万太郎 110、114、256、259

久米正雄 110、210、253、258；久米 258/久米正雄

菊池宽 210、257、258；菊池 258/菊池宽

菊池幽芳 102、245；幽芳 245/菊池幽芳

橘俊通 67

开化天皇 144

柯干 108

柯奈耶（Corneille）209/高乃依

克德勒 126

克拉塞 125

克洛卜斯托克（Klopstock）209/克洛普施托克

克纳司特 231/克莱斯特

堀河天皇 67、185；堀河帝 68、181/堀河天皇

拉辛（Racine）209/让·拉辛

勒新（Lessing）209/莱辛

冷泉为满 196

里见淳 210

理查孙（Richardson）153/塞缪尔·理查逊

栗董（B. Lytton）215/布威·利顿

恋川春町 91、199

良暹法师 55

凉仁天皇 49/淳仁天皇

列子 130

林房雄 109、260

铃木三重吉 105、255

铃木正三 91、198

柳川春叶 210

泷泽马琴 91、199

卢骚 94、215/卢梭

鲁那卡尔斯基 108/卢那察尔斯基

鲁朋 126

鲁朋 126

路麦尔登 108

落合直文 100、210、233、234、249

马场孤蝶 234

美夜受 134

摩利尔（Molière）209/莫里哀

末广铁肠 214、226；末广铁觞 94/末广铁肠

莫泊三 103、198、252/莫泊桑

默阿弥 94；河竹默阿弥 94、212/河竹默阿弥

目弱王 42

内藤鸣雪 210

内田鲁庵 98、100、208、221、226、228、231、232、243、244、245、250

南内请安 50

能因法师 55

尼采 250

尼敦 95/约翰·邓恩

鸟居龙藏 5

片山平三郎 95、215

片上伸 115、210、232

平城天皇 53

平冢明子 256

坪内逍遥 95、97、98、99、105、113、114、202、208、210、215、216、222、225、226、228、231、232、235、248、250、253；坪内氏 96、114、216、217、232；逍遥 95、96、97、98、99、105、219、220、221、225、226、232、248、253、254/坪内逍遥

蒲原有明 210、249

朴兰特 126

朴兰特 126

普勒哈洛夫 108/普列汉诺夫

七理重穗 190

千叶龟雄 236；千叶电雄 250/千叶龟雄

前田河广一郎 113、114、260

浅井了意 91、198

桥本进吉 10

秦始皇帝 8

青野季吉 260

清穆宗 196

清少纳言 67、181

清原元辅 54、67、181

庆云 194

秋田雨雀 210、253

泉镜花 100、104、210、222、236、237、242、246、256;镜花 98、100、237/泉镜花

犬养毅 236

人见一太郎 97、221

仁德天皇 133、144

仁明天皇 69

壬生忠岑 52、151

如儡子 90、197

若山牧水 115、210

萨都(Victorien Sardou) 212/维克多连恩·萨都

三木露风 104、210、253

三浦圭三 191、263

三上 263

三宅藤麻吕 142;藤麻吕 141;三宅藤縻 49/三宅藤麻吕

森川许六 205

森鸥外 98、99、100、105、208、210、221、222、225、226、231、233、234、248、250、254;鸥外 98、99、105、225、231/森鸥外

森田草平 105、110、255

森田思轩 98、222、228、231;思轩 231/森田思轩

森有礼 209、213

僧旻 50

僧正彻 194

沙比尔 124、125

沙比尔 124、125/Shabir

莎士比亚 95、100、105、113、114、202、215、231、248

山岸荷叶 248

山部赤人 27、28、39、145

山川登美子 249

山东京传 92、200

山冈元邻 198；山冈兀邻 91/山冈元邻

山路爱山 97、221、228

山崎紫红 253

山崎宗鉴 204；宗鉴 194/山崎宗鉴

山三郎 202

山上眉山 224

山上忆良 36、39、145

山田美妙 98、210、221、222、224、233

杉山杉风 204

上田敏 104、210、253

上田万年 248

舍人亲王 39、49、141、142；舍人视王 141/舍人亲王

深养父 151

神武天皇 17、18、19、69、131、144、191

升曙梦 232

生田长江 210、232、261；

生田葵山 104；生田葵江 252/生田葵山

圣武天皇 27、49、147、148

施耐庵 199

十返舍一九 92、200；一九 92、223；仲田贞一 200/十返舍一九

石川郎女 39、145

石川啄木 210

石桥忍月 98、210、221

石桥思案 98、222；石桥思岸 224/石桥思案

石上乙麻吕 50

石田三成 195

矢崎嵯峨 97、221；矢崎嵯峨之屋 233/矢崎镇四郎

矢田部上今 100、233

矢野龙溪 94、214、226

世阿弥 189

市川团十郎 203；市川 203/市川团十郎

市川左团次 254；左团次 114/市川左团次

式亭三马 92、200；三马 200、223；菊池泰辅 200/式亭三马

柿本人麻吕 27、31、33、35、39、145、146；人麻吕 27、32、34、145/柿本人麻吕

笹川临风 250

守武 194；荒本田守武 204/荒本田守武

舒明天皇 21、26、145

水谷不倒 236、242

水上泷太郎 256、259；阿部章藏 256/水上泷太郎

水野叶舟 249

司各脱 215、248/沃尔特·斯科特

司惠夫持 215/乔纳森·斯威夫特

斯克里布（Augustin Eugene Scribe）212/欧仁·奥古斯坦·斯克里布

斯迈尔 213/塞缪尔·斯迈尔斯

松井须磨子 254

松尾芭蕉 88、204；芭蕉 88、89、204、205、249；桃青 88、204/松尾芭蕉

松永贞德 204

松元彦七郎 5

松原二十三阶堂 97、221

宋高宗 71

宋孝宗 70、150

宋哲宗 68

宋真宗 68

苏德曼 103、252/赫尔曼·苏德曼

绥靖天皇 144

隋文帝 50

隼别王 133

台利 126、127

太安麻吕 136、142

太田道灌 194

唐德宗 51、149

唐光宗 68

唐睿宗 11、39

唐太宗 49

唐宣宗 69

唐昭宗 151

藤冈作太郎 155、173、263、264

藤森成吉 111、112、114、260

藤田鸣鹤 215

藤原定家 71、186

藤原范长 55

藤原公任 54、56、152

藤原家隆 71

藤原兼辅 151、179

藤原兼家 180

藤原俊成 55、152

藤原清贯 134

藤原为时 58、153

藤原为业 68、182

藤原显辅 55、152

藤原秀乡 71

藤原宣孝 58、153

藤原永手 49、147

藤原忠平 134；贞信公 66/藤原忠平

藤源通俊 152

醍醐天皇 52、134、150、151

天武天皇 21、39、143

天智天皇 21

田村俊子 256

田村鱼松 237

田冈岭云 210；田冈岭雪 250/田冈岭云

田口鼎轩 228

田口菊汀 102；田口掬订 250/田口掬汀

田山花袋 101、103、104、110、209、210、219、223、229、236、238、241、242、245、247、252、253

田中王堂 210

樋口一叶 101、210、222、236、239；樋口夏子 101、239；一叶 98、101、239、240、241/樋口一叶

屠格涅夫（Turgenieff）229、230、232

土肥春曙 248、254

土井晚翠 210、248

土岐哀果 210

推古天皇 14、26、50、136、144

托尔斯泰序 5、257、261

陀思托也夫司基 261；陀思妥也夫斯基 100、232/陀思妥耶夫斯基

洼田空穗 210、249

瓦勒 156/阿瑟·戴维·韦利

瓦勒 156/亚瑟·威利

外山山山 248/外山正一

王尔德 105、254/奥斯卡·王尔德

王莽 6

王仁 8、131

尾崎红叶 98、210、222、223、224、228、233、236、239、240、242、246；红叶 98、99、223、224、225、226、239、246/尾崎红叶

尾崎行雄 214、236

尾山柴舟 210

尾上菊五郎 254

魏尔尼(Jules Verne)95/儒勒·凡尔纳

文德天皇 69、181

文武天皇 128

芜村 249/与谢芜村

五十岚力 124、128、263

武岛羽衣 234

武者小路实笃 210、257

西山宗因 91、198

西行法师 71、186;佐藤义清 71、186/西行法师

细田民树 109、259

细田源长 259

夏目漱石 104、111、210、254、256;漱石 104、105、254/夏目漱石

相马御风 104、210、253、264

向井去来 205

嚣俄 227、231、251/雨果

小川未明 105、110、255

小岛法师 72、86、191

小岛鸟水 250

小栗风叶 101、104、210、236、241、242、244、252

小山内薰 112、113、114、254、258

小杉天外 209、210、236、241、242、246;小杉天外 101;天外 102/小杉天外

小野阿通 201

小野小町 151

行平 53/在原行平

幸田露伴 98、210、222、224、228、240;露伴 98、99、224、225、240/幸田露伴

须藤南翠 94、214、226

徐尼 233/席勒

穴穗天皇 42

鸭长明 186

岩城准太郎 219、264

岩谷小波 98、222、224、249;岩谷氏 224/岩谷小波

岩野泡鸣 104、210、252、253

盐井两江 234、248

耶尼塞也夫 120

叶山嘉树 109、260

叶室时长 71、184

一川上贞奴 254

一条冬良 192

一条天皇 54、67、69、152、153、181

伊能敬忠 128

依田学海 98、221

易卜生 113、248、254

应神天皇 8、131、144

永川春水 92

永经 186

永井荷风 105、110、111、210、212、247、254;荷风 105/永井荷风

有岛生马 110、210、258

有岛武郎 210、257

与谢野晶子 156、210、249、262

与谢野宽 248、249、250、262

宇多天皇 68

宇野浩二 110、259

誉谢女王 39、145

元明天皇 39、48、136、147;元明皇帝 141/元明天皇

元正天皇 49、141

源道具 71

源光行 186

源俊赖 152

源赖朝 70、71、86、184

源隆国 69、179;宇治大纳言 179/源隆国

源实朝 71、186

源顺 54、152、171、177

源义经 192

在原业平 53、151、152、173

在原滋春 66

造人麻吕 146/助丁丈部造人麻吕

曾伯尔克 125、126

曾根好忠 54

增田杂子 249

斋藤绿雨 210、242、250

真山青果 104、252、253

正冈艺阳 250

正冈子规 249;正纲子规 210/正冈子规

正亲町天皇 195、201

正田章太郎 264

正宗白鸟 104、111、210、250、252；正宗白岛 210/正宗白鸟

织田纯一郎 95、215

织田信长 89、195、201；织田 195/织田信长

志贺直哉 257

中村春雨 102

中村花瘦 222、224

中村吉藏 112、113、210、253

中村吉右卫门 254

中村秋香 178、248

中村武罗夫 260

中村正直 213

中岛孤岛 250

中江兆民 94、208、214、215

中山平次郎 5

中西梅花 98、233

中泽临川 210

冢越停春 97、221

仲马父子 227/亚历山大·仲马（Alexandre Dumas）、亚历山大·小仲马（Alexandre Dumas fils）

周惠王 49、69

竹本义太夫 201

竹越三叉 97、221、228

庄子 16、130

姊崎嘲风 250

紫式部 58、66、67、153、154、178、180

宗良亲王 194

宗祇 194

足利义满 187

左拉 103；佐拉（Zola）209、246、252/左拉

佐渡岛正吉 203

佐藤春夫 111、259

佐藤义亮 236、264

佐野天声 253

佐佐木茂索 110、261

佐佐木信纲 210、234、249、264

佐佐醒雪 249